REVELATIO - Ein Kardinal steigt aus

Birgitt Schippers

REVELATIO

Ein Kardinal steigt aus

Eine wahrscheinliche Geschichte

VERLAG
RALF LIEBE

Verlag Ralf Liebe, Weilerswist 2024

© Birgitt Schippers
© für diese Ausgabe beim Verlag Ralf Liebe

Herstellung: Rheinische Druck, Weilerswist

Verlag Ralf Liebe
Kölner Straße 58
53919 Weilerswist
www.verlag-ralf-liebe.de
info@verlag-ralf-liebe.de
Telefon: 02254/3347
Telefax: 02254/1602

ISBN 978-3-948682-62-0

Euro: 20,-

PROLOG

Fünf Uhr am Morgen. Es fiel ihm schwer aufzustehen. Die Kopfschmerzen waren unerträglich. Er hätte gestern Abend besser nicht noch eine ausführliche Joggingrunde eingelegt, obwohl der Husten schlimmer geworden war. Die Zeichen hatten auf heftige Erkältung mit leichtem Fieber gestanden. Warum er sich danach noch völlig verschwitzt eine Runde Bier mit seinen Kameraden vor der Kaserne gegönnt hatte, war verantwortungslos. Aber er hatte ja morgen keinen Dienst, dachte er.

Der heiße Kaffee am Frühstückstisch mit seinen Kollegen von der Starfighter-Bereitschaft tat ihm gut. Schlapp fühlte er sich dennoch. Benny und Thomas, die Helden ihrer Staffel, waren nicht am Frühstückstisch. Er lächelte verständnisvoll. Sie hatten gestern Abend nicht nur ein Bier getrunken.

„Kameraden", rief zackig ihr Staffelkapitän Treß, der von den koffeinfixierten Piloten unbemerkt in die Kantine geschritten war. Alle Gespräche erstarben wie auf Knopfdruck, und der Treß hatte die volle Aufmerksamkeit. „Pilot Korten und Pilot Bönig haben sich heute krankgemeldet. An ihrer Stelle werden …"

Er hörte mit Entsetzen, dass sein Name aufgerufen wurde. Es war klar, dass er in seiner aktuellen Verfassung diesen Aufklärungsflug nicht annehmen durfte. Aber auf keinen Fall wollte er wie eine Memme dastehen, die sich vor einem Einsatz drückt. Dafür gab es hässliche Schimpfwörter, die er nicht so schnell loswerden würde. Ganz abgesehen davon, dass er dringend noch mehr Flugstunden brauchte, um sein Soll zu erfüllen. Ein kurzer Blick aus dem Fenster beruhigte ihn etwas. Die Morgensonne versprach einen klaren Himmel.

Er konnte nicht ahnen, dass er in eine Katastrophe fliegen würde.

An einem Samstagabend

1

Die Kirchenglocken verkündeten mit dumpfen Schlägen die von Menschen gemachte Zeit. 21 Uhr. Bleierne Müdigkeit. Mein täglich' Brot, dachte Stefan Riemstedt. Seit er vor fünf Jahren zum Erzbischof und wenig später zum Kardinal vom Papst ernannt worden war, hatte er kaum mehr Muße, sich zu spüren. Zu erdrückend war die Last der Verantwortung, die ihn täglich von Termin zu Termin hetzen ließ.

Auf einem alten Biedermeier-Schreibtisch blickte ihn das Foto eines jungen, braungebrannten Mannes in Shorts an, der sich anschickte, einen Zehn-Meter-Turm zu besteigen. Ich habe es tatsächlich gemacht, dachte Stefan und erinnerte sich, wie stolz er damals gewesen war. Die Bewunderung seiner Oberstufenkameraden war echt gewesen, als er mit dem Mut der Verzweiflung doch noch einen Salto gewagt hatte – den schmerzhaften Aufprall auf der Wasseroberfläche konnte er noch heute fühlen. Aber er hatte die Zähne zusammengebissen, und es war nichts weiter passiert. Seitdem hatte er zu ihrer Clique gehört, obwohl er jeden Sonntag in die Kirche ging. Da habe ich noch an Jesus und die Kirche geglaubt, fuhr es ihm durch den Kopf. Mit einer unwirschen Geste fasste er sich an die Stirn. So etwas durfte er nicht einmal denken.

Noch immer fehlte ihm eine zündende Idee für die Sonntagspredigt, die von ihm morgen in der Pontifikalmesse im Dom erwartet wurde. Wer wollte denn noch von dem Elend der Flüchtlinge oder der Obdachlosen oder der Armut in der Welt hören? Damit kann Kirche auch nicht mehr punkten, dachte er. Und selbst er spürte nicht einen Funken Motivation, den

Leuten in der Kirche dieses ausgelutschte, moralinschwangere Bonbon aufzutischen. Überhaupt, wofür brannte er eigentlich noch? Aus den düsteren Untiefen seiner inneren Verlorenheit krochen Gedanken an die Oberfläche, die ihn schaudern ließ. Sind wir nicht alle willenlose Lemminge? Wir fühlen uns überrannt von den täglichen tausendkleinen Infohäppchen aus allen Kanälen, die wir täglich serviert bekommen, um die Welt besser zu verstehen. Und laufen blind in irgendeine Richtung. Orientierungslos. Ich habe keine Orientierung mehr, stellte er erschrocken fest und schloss die Augen. Vielleicht wäre ein Spaziergang durch die von jungen Leuten belebte abendliche Innenstadt eine gute Idee. Er liebte es, sich unerkannt unter die Menschen zu mischen. Und die flirrende Atmosphäre eines Samstagabends war besonders schön.

Seufzend legte er seine Hände auf die Tastatur seines Laptops und starrte auf den Bildschirm. Ihm fiel einfach kein zündendes Thema ein, das ihn selbst überzeugt hätte.

Kathie Stark hätte sich in der Luft zerreißen können. Seit einer Viertelstunde stand sie vor der dicht behängten Kleiderstange, die sie platzsparend neben das Bett in ihrer 30 qm-Studentenbude aufgestellt hat. Sie konnte sich einfach nicht entscheiden, ob sie ausnahmsweise einen kurzen Rock oder doch die schicken engen schwarzen Jeans anziehen sollte. Diesen Samstag hatte sie sich breitschlagen lassen, mit Carsten, Loretta und Marita auf Club-Tour zu gehen. Die Alternative wäre gewesen, am Rechner zu chatten oder endlich ein Konzept für die nächste Demo zu entwerfen. Vollmundig hatte sie bei der letzten Vereinssitzung von „Graswurzel gegen Rechts" verkündet, sie würde sich zeitnah Gedanken machen. Abgesehen davon war es höchste Zeit, sich wieder intensiv mit ihrer Abschlussarbeit für den schon lange fälligen Master zu beschäftigen. Aber aktive politische Arbeit erschien ihr viel sinnvoller als akademisch über die Bedeutung von Graswurzelbewegungen im digitalen Zeitalter zu hirnen.

Vor zwei Jahren hatte sie sich entschieden, politisch aktiv zu werden. Die Initialzündung kam durch ein Aktionswochenende des Netzwerks Attac in Hamburg, an dem sie teilgenommen hatte. Vier Tage lang hatte sie in Workshops und Vorträgen mit unterschiedlichen Themen erfahren, was sie alles gegen die Ungerechtigkeiten in dieser Welt unternehmen konnte. Der Workshop „Stammtischkämpfer" wurde für sie zum persönlichen ‚turning point'. In unzähligen Improvisationen lernten die Teilnehmenden, wie sie sich im Alltag gegen rechte Parolen fit machen konnten. Gelegenheiten, den Mund aufzumachen, um ausländerfeindlichem Stammtischgesabber nicht das Feld zu überlassen, gab es genug. Schon allein in der

Warteschlange vor der Supermarktkasse kam es immer wieder vor, dass ein altes Mütterlein oder ein bulliger Machotyp mit Bierdosen im Einkaufskorb dem dunkelhäutigen Afrikaner Worte wie „hau ab, du hast hier nichts zu suchen" an den Kopf warfen. Jetzt weiß sie, was sie in solchen rassistische Alltagssituationen tun konnte. Und sie würde keine Gelegenheit auslassen.

Auf dem Markt der Möglichkeiten hatte sie dann Gereon und seine Initiative „Graswurzel gegen Rechts" kennengelernt. Ein verrückter Kerl, der vor nichts Angst hatte und sich als Turboaktivist mit seiner kleinen Einsatztruppe bei jeder politischen Diskussion einmischte und keine Demo ausließ. Bei der Abschlussparty waren sie sich nähergekommen. Aber wirklich nahe ließ er keinen Menschen an sich heran. Das hatte sie nach der ersten Nacht mit ihm schmerzlich erfahren müssen. Aber sie mochte ihn sehr, und es fiel ihr schwer, den Abstand zu wahren, den er für sich reklamierte.

Sie starrte gedankenverloren auf die Kleiderstange. Noch immer war sie unschlüssig, wie sie den Abend verbringen sollte.

Orgelklänge wie aus einer Blechdose rissen den Kardinal aus seinen Gedanken. Er tastete seinen schwarzen Priesterrock nach dem Handy ab. Es lag hinter ihm auf dem kleinen Marienaltar im Nazarenerstil, den schon sein Vorgänger im Amt aufgebaut hatte. Er hatte es nicht gewagt, diese in seinen Augen kitschige Manifestation der Marienverehrung wegzuräumen. Unwillig nahm er das Gespräch an.

„Stefan", tönte die unangenehm selbstbewusste Stimme seines persönlichen Referenten Monsignore Martin Renzo, in der ein ungewöhnlich aufgeregter Unterton mitschwang, „entschuldige bitte die Störung, aber du musst etwas unternehmen."

Wieder ein Missbrauchsfall war der erste Gedanke des Kardinals, und sandte ein Stoßgebet gen Himmel. Bitte nicht.

Betont ruhig fragte er Renzo: „Was ist passiert, Martin?"

Monsignore Renzo holte tief Luft, doch das Zittern in seiner Stimme blieb: „Einer unserer Priester hat Selbstmord begangen, der junge Mann von St. Pankratius in der Innenstadt, Pfarrer Lukas Gönnefried. Er hat sich in der Sakristei erhängt – der Küster hat ihn vor einer halben Stunde gefunden und die Polizei gerufen. Und das ist nicht alles, Stefan", Renzo schluckte zweimal, bis er weitersprach: „Um seinen Hals hing ein Brief in Plastikfolie … und in diesem Brief schreibt dieser Unglücksrabe, er habe einen Mann geliebt und mit ihm in Beziehung gelebt, die Gemeinde habe das akzeptiert, aber sein Gewissenskonflikt gegenüber der Kirche, die Homosexualität verurteile, und sein Zölibatsversprechen hätten ihm keine Wahl gelassen. Und zu allem Überfluss – er hat eine Kopie des Abschiedsbriefs uns und an die Zeitungsredaktionen geschickt. Eine Katastrophe!"

Beide schwiegen. Ein Supergau, dachte der Kardinal. Den jungen Priester kannte er gut. Ein sehr beliebter und äußerst engagierter Seelsorger. Er hatte mit ihm erst vor kurzem ein intensives Vier-Augen-Gespräch geführt. Und jetzt war der junge Mann tot. Es schnürte ihm die Kehle zu. Wie sollte er in dieser Kirche weitermachen?

„Und, was schlägst du vor?", drängte sein Referent.

„Wir müssen darauf natürlich sofort reagieren", entgegnete der Kardinal nach einer längeren Pause in der er einen Entschluss fasste: „Ich werde eine kurze Videoansprache aufzeichnen, die wir über die sozialen Netzwerke veröffentlichen. Darin werde ich die großen seelsorgerischen Leistungen dieses Mannes hervorheben, bedauern, dass er keinen anderen Ausweg gefunden hat, und um seine Seele beten. So ähnlich. Sag' Tom Bescheid, er soll die Videoaufzeichnung organisieren."

Den Text schreibe ich lieber selber, dachte er, denn Tom Burkhardt war zwar ein guter Pressechef des Erzbistums, aber seine Texte waren zu routiniert und kirchenmoralin. Außerdem wollte er ein persönliches Statement setzen.

Schnell beendete er das Gespräch und setzte sich wieder vor seinen Bildschirm. Tief atmete er ein und aus. Seine Gedanken verzweigten sich. Wie satt er es hatte, ein Getriebener zu sein. Gefesselt an sein Gelübde als Priester und Bischof, treu und ergeben der Kirche zu dienen, die keine Abweichungen von ihren in Rom zementierten Gesetzen und Traditionen erlaubte. Obwohl er längst tiefste Zweifel verspürte. Er hatte schon lange Bauchschmerzen, das Glaubensbekenntnis in den Gottesdiensten zu beten, in dem es hieß „Ich glaube an die Heilige Katholische Kirche." War diese Kirche noch „heilig"? Eine Kirche, die von ihm verlangte, dass er einen jungen Priester wie Lukas, beseelt von seinem Glauben, abkanzelte, weil er einen

Menschen liebte und seine Liebe nicht verstecken wollte? Viel zu oft hatte er Priester und Diakone zurechtweisen müssen, bloß weil sie ihrem Gewissen gefolgt waren und Nächstenliebe über Kirchengesetze gestellt hatten. Ihm wurde schlecht, wenn er an die vielen Konferenzen dachte, in denen es um die Kirchenfinanzen ging. Das Geld sollte nicht mehr den Menschen in Not, einem offenen Bildungsauftrag oder dem Dialog mit kirchenfernen Gruppen dienen, sondern der sogenannten Neuevangelisierung – eine Bewegung, die sich scheinbar offen für jeden zeigte, aber nicht selten in regelrechter Brainwashing-Manier das Ziel hatte, die Menschen in das Joch einer hierarchischen Kirche zu bringen, die ihnen sagte, wo es lang geht.

Riemstedt blickte auf den Marienaltar. „Ich kann nicht mehr", sagte er laut. Dann flogen seine Finger nur so über die Tastatur.

Kathie entschied sich für den kurzen Rock aus schwarzem Leinen, in dem kleine bunte Glitzersteine eingearbeitet waren. Mit dem schwarzen Sport-BH darunter konnte sie auch das etwas durchsichtige weiße Shirt anziehen. No High-Heels, murmelte sie grimmig, und schlüpfte in ihre scheckigen bunten Ballerinas. Sie zog einen kleinen dezenten Lidstrich unter ihre Augen und tupfte etwas Mascara auf ihre Wimpern. Auf Lippenstift legte sie keinen Wert. Ihre schulterlangen lockigen hellbraunen Haare widersetzten sich wie immer jeder Haarbürstenbehandlung. „So bin ich eben", sagte sie grimmig ihrem Spiegelbild.

Kathie wusste, dass sie wieder mal völlig aus dem Rahmen fiel. Denn so sicher wie das Amen in der Kirche würden Loretta und Marita sich aufstylen bis ins letzte Hautdetail. Ihr Make-up war perfekt, kein einzelnes Haar fiel zufällig auf ihre Schultern, und sie würden ihre engumspannten Hinterteile provozierend durch die Gegend schaukeln. Vielleicht brauchen sie das als Naturwissenschaftlerinnen ganz besonders nach den vielen Stunden Forschungsarbeiten im keimfreien Labor, dachte sie. Doch sie schätzte die beiden, weil sie mit ihnen schon interessante Gespräche rund um ökologische Fragen geführt hatte. Ihr naturwissenschaftlicher Blick auf die Lösung von Umweltproblemen waren wertvoll für sie.

Per WhatsApp in der Chatgruppe klärte sie, wann und wo sie sich treffen würden, um für die lange Clubnacht vorzuglühen. Heute war das Chaos-Einzimmer-Apartment ihres nervigen Stiefbruders Carsten der Treffpunkt. Carsten war der Sohn des Langzeitlovers ihrer Mutter und wurde ihr als „kleiner" Stiefbruder ins Nest gesetzt. Ein hyperaktiver Quälgeist, den sie aber ganz gut mit ihrer auf Ausgleich bedachten Art beruhigen konnte. Er hatte ihr auch leid getan, so ohne eigene Mutter und einen Workaholic als Vater. Das änderte sich aber, als er als junger Teenager von einem Raser-Auto so schwer verletzt worden war, dass er beinahe gestorben wäre. Seitdem drehte sich alles in der Familie nur noch um sein Wohlbefinden, und Kathie war nur noch die Große, die Rücksicht nehmen sollte. Kathie fand es zum Kotzen, wie Carsten immer mehr den Superhelden gab. Seine Großspurigkeit war für sie schwer zu ertragen. Warum ihre Freundinnen sein präpubertäres Machogehabe attraktiv fanden, war ihr ein Rätsel. Eine feste Beziehung schien er aber nicht zu haben. Kathie hoffte, dass ein, zwei Bier helfen würden, Carstens übergroße Rambo-Plakate an den Wänden seines Apartments und seine stinkenden Socken auszublenden. Sie schulterte ihren kleinen blassgrünen Fair-Trade-Stoffrucksack und angelte den Wohnungstürschlüssel aus dem Körbchen neben der Garderobe. Mit einem lauten Knall fiel die Tür hinter ihr ins Schloss.

Carsten Döppner starrte auf seinen Bildschirm. Er war faszitiert von den Möglichkeiten im Darknet. Hier konnte man sich frei bewegen, anonym an Kontakte kommen, von denen andere besser nichts wussten. Besonders nicht Kathie, dachte er, die mit ihrem Gutmensch- und Ökofimmel so oft die Partystimmung im Handumdrehen auf den Gefrierpunkt gebracht hatte. Er war auch dafür, die Umwelt und Natur in Deutschland zu schützen, aber bitte nur für Deutsche.

Seine Eltern waren entsetzt gewesen, als sie noch in Schulzeiten unter der Matratze in seinem Jugendzimmer Hakenkreuz-T-Shirts und Aryan Brotherhood-CDs entdeckt hatten. Er hatte alles brav in der Mülltonne vor dem Haus entsorgt und seinen Eltern geschworen, er hätte mit Nazis nichts am Hut, das alles hätte nur den Reiz des Verbotenen gehabt. Wie gern sie ihm das alles geglaubt hatten. Danach war er vorsichtiger geworden. Nach dem Abi war er zur Bundeswehr gegangen und hatte schnell gemerkt, dass er mit seinen nationaldeutschen Gefühlen nicht alleine war. Mit den aktiven Kameraden war er noch immer im Kontakt. Ihm war aber schnell klargeworden, dass die Bundeswehr mit ihren Befehlsstrukturen nichts für ihn war.

Zur Freude seiner Eltern hatte er angefangen, Jura zu studieren. Aber seine Vorstellungen von Recht und Ordnung unterschieden sich fundamental von den ihren. Mit dem Jura-Studium konnte er es weit in der nationalen Szene bringen. Sein Freund Gerold hatte ihm schon konkrete Hoffnungen gemacht.

Es klingelte an der Haustür. Er machte den Rechner aus und warf einen Blick in den Kühlschrank. Bier war auf jeden Fall genug da.

Polizeikommissar Oscar Stoecker wurde mit einem Blitzlicht-gewitter empfangen. Mit Mikrofonen, Kameras und Diktierge-räten versuchte die Pressemeute lautstark ihm einen Satz zu entlocken. Der Abschiedsbrief des mutmaßlichen Selbstmör-ders hatte ihnen den Weg zur Kirche gewiesen. Stoecker war richtig sauer auf den jungen Priester, der mit dieser Aktion sei-ne Arbeit massiv erschwerte.

Routiniert bahnte sich der leicht übergewichtige Mittfünziger den Weg zur Absperrung vor der neogotischen Kirche St. Pan-kratius. Ein älterer Bereitschaftspolizist hob sofort das Flatter-band hoch und ließ ihn durch. Sie kannten sich von unzähligen Einsätzen. Stoecker war froh, im sicheren Aktionsradius seiner Kollegen zu sein und die Pressemeute hinter sich zu lassen.

Er blickte auf das von flackernden Polizeilichtern bombar-dierte Kirchenportal und presste die Lippen aufeinander. Noch immer konnte er eine Kirche nur mit größtem innerem Widerstand betreten. Für ihn war sie ein ewiger Gerichtsraum, die nur Schuld und keine Gnade kennt.

Mit einem lauten, dumpfen Knall schloss sich die schwere Kirchentür hinter ihm. Es umfing ihn im spärlich beleuchte-ten Kirchenraum eine unwirkliche Stille. Der reich verzierte barocke Altar fingerte sich im Dämmerlicht hoch ins Chorge-wölbe. Seine Schatten schienen zu tanzen. Auf der linken Seite schimmerte etwas Licht durch die halb geöffnete Tür. In der hell erleuchteten, modern sachlich eingerichteten Sakristei von St. Pankratius war schon die Spurensuche aktiv.

Als die Kriminaltechniker den Kommissar kommen sahen, hielten sie kurz inne, grüßten wortlos und arbeiteten wei-ter. Über den bereits auf den Boden gelegten Leichnam des

Priesters beugte sich die Gerichtsmedizinerin Verena Minden. Stoecker hockte sich neben sie. Minden und er waren ein eingespieltes Team, obwohl die Gerichtsmedizinerin um einiges jünger war als er. Sie beide waren keine Anhänger vieler Worte, aber ein Quäntchen Zynismus war immer willkommen.

„Noch einen Blick auf den geopferten Gottesmann?", fragte sie ihn, ohne aufzublicken.

Stoecker nickte und ließ den Toten auf sich wirken. Der junge Priester hatte offensichtlich einen längeren Todeskampf hinter sich. Eine zarte Gestalt mit feingliedrigen Fingern. Irritiert stellte Stoecker fest, dass das Opfer Marken-Jeans und ein schwarzes Rippenhemd trug. Auf den ersten Blick hätte man nicht vermutet, dass dieser gutaussehende junge Mann Pfarrer war.

„Es trifft immer die Falschen", murmelte er.

„Kann man so sehen – ein Verbrechen, dass die Kirche solche George Cloonys uns Frauen vorenthält." Die Gerichtsmedizinerin seufzte. „Es sieht nach Suizid aus. Aber sicher weiß ich das erst, wenn ich ihn obduziert habe." Sie packte ihre Sachen zusammen.

Stoecker zog sich ein Paar Einweghandschuhe an und untersuchte die Kleidung des Toten. Noch nicht einmal ein Staubkörnchen fand er in den Hosentaschen, geschweige denn ein Handy. Er warf noch einen Blick auf den in Folie konservierten, handgeschriebenen Abschiedsbrief. Er war in krakeligen Buchstaben geschrieben, offenbar unter Stress.

„Wir brauchen hier noch einen Handschriftenvergleich", rief er einem der Spusi-Leuten zu. Die nickten. Ein Handy hatte niemand gefunden.

Stoecker schaute sich noch ein wenig um. In der Sakristei herrschte Ordnung. Kein Hinweis auf einen Kampf. Scheint alles auf einen Suizid hinzudeuten, dachte Stoecker. Totalversagen der Kirche im Umgang mit dem Thema Sexualität mit tragischen Folgen für ihren Mitarbeiter im Priesterdienst. Für ihn eine überzeugende Erklärung.

In der Ecke kauerte auf einem Stuhl Küster Siegfried Nolens und hielt sich zitternd die Hände vor das Gesicht.

„Hat jemand einen Notfallseelsorger bestellt?", bellte Stoecker seine Kollegen an.

„Er will nicht", sagte jemand aus dem Team. Stoecker holte tief Luft und zwängte sich an den Kollegen vorbei nach hinten zum Küster.

„Guten Tag, ich bin Hauptkommissar Oscar Stoecker", stellte er sich mit einem bemüht freundlichen Lächeln vor und zog einen Stuhl heran, „können Sie mir ein paar Fragen beantworten?"

Wie aus einem Traum erwacht erhob Nolens seinen Kopf und blickte in das bärtige Gesicht des Kommissars mit den müden Augen. Er nickte widerstrebend.

„Um wieviel Uhr sind Sie heute Abend in die Sakristei gekommen? Ist Ihnen da etwas aufgefallen?", begann Stoecker.

„Das war so um 20 Uhr", erwiderte Nolens nach kurzem Zögern. Angestrengt versuchte er sich zu konzentrieren, um das innere emotionale Chaos in Schach zu halten.

„Und was haben Sie als Erstes gesehen?", fragte Stoecker behutsam.

Die Erinnerung machte Nolens sichtlich zu schaffen. Er starrte auf seine Hände, die er mechanisch auf seinem Oberschenkel hin- und herschob.

„Also", erwiderte er schleppend, „ich wollte nur noch schnell die Kerzenständer für den Sonntagsgottesdienst auffüllen. Die Kerzen haben wir in der Sakristei in einem der Schränke gelagert."

Nolens brach die Stimme weg. Er zitterte am ganzen Körper.

Sein Blick ging ins Leere.

„Ich weiß, das ist jetzt nicht leicht", versuchte Stoecker den offensichtlich geschockten Mann im Gespräch zu halten, „aber es ist so wichtig für unsere Ermittlungen von Ihnen zu erfahren, was sie erlebt haben."

Nolens blickte zu dem Kommissar auf. Seine Augen flackerten. Dann holte er tief Luft.

„Wissen Sie, es schien alles wie immer zu sein. Doch ich wunderte mich, dass die Tür zur Sakristei leicht geöffnet war. Normalerweise ist zu dieser Zeit niemand mehr da. Der Abendgottesdienst war ja schon längst vorbei."

Nach einer kurzen Pause fuhr er fort: „Ich habe dann die Tür vorsichtig weiter geöffnet und das Licht angemacht. Und da sah ich ihn … Lukas, wie er mit einem Strick um den Hals am Tisch hing. Es war entsetzlich!"

Nolens Stimme versagte. Starr blickte er am Kommissar vorbei zu der Stelle, wo der Priester gerade in einen Leichensack gehoben wurde.

„Und dann", hakte Stoecker nach.

Es dauerte eine Weile, bis Nolens sich wieder gefasst hatte. Er redete wie ein aufgezogenes Uhrwerk, als wäre er nicht anwesend.

„Lukas war mitfühlend, bei uns allen, jung oder alt, sehr beliebt. Er hat es geschafft, dass selbst wir Älteren seinen fortschrittlichen Kurs mitgegangen sind. SMS-Fürbitten in der Fastenzeit und Gemeinde-Chats auf den sozialen Medien. Natürlich wussten wir, dass er … schwul … war. Und eine … Beziehung … mit einem Mann hatte."

„Und kennen Sie den Mann?", unterbrach ihn Stoecker.

Nach kurzem Zögern antwortete Nolens: „Ja."

„Und wie ist sein Name?"

Nolens machte eine kurze Pause. „Robin Leitner. Er ist in unserem Kirchenvorstand."

Es war dem Mann anzusehen, wie erschöpft er war. Doch Stoecker durfte ihn jetzt noch nicht gehen lassen.

„Hatten die beiden in letzter Zeit Streit, Probleme?"

„Das weiß ich nicht", erwiderte Nolens nach einem kurzen Zögern.

„Wissen Sie von irgendwelchen Auseinandersetzungen? Zum Beispiel mit seinen Kirchenvorgesetzten?"

„Ja, da können Sie aber sicher sein. Lukas wurde letzte Woche ins Generalvikariat zitiert. Direkt zum Bischof. Und der hat ihn ganz schön in die Mangel genommen. Er war danach sehr niedergeschlagen. War völlig in sich gekehrt. Kein Lachen mehr im Gesicht. Wie grauer Beton lief er herum."

„Vielen Dank, Herr Nolens. Sie haben uns sehr weitergeholfen", sagte Stoecker, „Sie können jetzt gerne nach Hause gehen. Bitte geben Sie noch meinen Kollegen Ihre Adresse. Wenn wir noch Fragen haben, melden wir uns."

Erleichtert stand Nolens auf. Stoecker konnte verstehen, dass der Mann so schnell wie möglich diesen Ort des Grauens verlassen wollte. Gerne wäre auch Stoecker jetzt nach Hause gegangen. Ein heißes Bad. Und eine volle Mütze Schlaf. Aber daran war nicht zu denken.

Björn Legemann steckte wütend sein Handy zurück in die Brusttasche seines in die Jahre gekommenen dunkelgrünen Leder-Jacketts. Der Kardinal ging einfach nicht ran. Dabei hatten sie zusammen so viele schöne Geschichten gemacht, die er fast immer sehr positiv für die Kirche gestrickt hatte. Wenn einer diese Story exklusiv haben sollte, dann er.

Zigmal hatte er noch in der Redaktion den Brief dieses jungen Pfarrers gelesen, den er gleich ausgedruckt hatte. Armer Teufel! Unter Missachtung aller roter Ampeln war er zur Pankratius-Kirche gerast, wo leider schon einige seiner Kollegen herumlungerten. Doch die Polizei gab sich wie immer zugeknöpft. Gottseidank war mittlerweile auch sein Fotograf gekommen und hatte sich mit seinem Equipment in die erste Reihe vor dem Absperrband durchgekämpft.

Der kurze Ton eines quietschenden Autoreifens signalisierte ihm, dass er eine neue Nachricht auf dem Handy erhalten hatte. Sie kam von der Presseabteilung des Bistums und kündigte in einer Stunde eine Videobotschaft des Kardinals an.

Nicht schlecht, dachte er, Kirche wird ja immer schneller. Aber jetzt hatte er nur noch eine Stunde, um vorher mit einer exklusiven Meldung zumindest über die sozialen Medien zu punkten.

Wie finde ich möglichst schnell raus, wer der Lover an der Seite des Priesters war – das ist die Kardinalsfrage, murmelte er mit einem schnellen Grinsen. Solche Wortspiele waren ganz nach seinem Geschmack. Er nahm einen tiefen Zug von seiner Zigarette. Für extreme Stresssituationen hatte er immer ein Notpäckchen dabei. Das half ihm beim Nachdenken.

Er schlenderte rund um die Kirche und scannte mit seinen professionellen Reporteraugen die Umgebung. Aus dem

Nebeneingang der Kirche sah er einen Mann herauskommen. Mit hängenden Schultern ging er langsam die schwach beleuchtete Seitenstraße hinter der Kirche entlang und schaute konzentriert auf sein Handy.

Könnte einer von der Gemeinde sein, dachte Legemann und beschleunigte seine Schritte, um dem Mann näherzukommen. Kurz vor dem Pfarrhaus blieb der Unbekannte abrupt stehen. Eine schmale Gestalt war wie aus dem Nichts vor ihm aufgetaucht.

Legemann versuchte, unauffällig in Hörweite zu kommen und drückte sich in einen Hauseingang, vielleicht zwei Meter von ihnen entfernt. Im Scheinwerferlicht eines vorüberfahrenden Autos sah Legemann, dass beide von diesem Zusammentreffen überrascht waren.

„Was machst du noch hier", hörte er den offensichtlich älteren Mann sagen, „Lukas ist tot. Du kannst nichts mehr daran ändern."

Der junge Mann begann zu zittern. Tränen liefen ihm über das Gesicht. „Warum nur, warum", schluchzte er, „Lukas und ich hätten doch beide woanders hingehen können und neu anfangen. Ich verdiene doch genug für uns beide."

„Du unterschätzt die Macht der Kirche", sagte der ältere Mann unbewegt, „sie lässt dich niemals los, wenn Du einmal zu ihr Ja gesagt hast, und schon gar nicht als Priester."

Legemann wusste, dass er jetzt keine Sekunde verlieren durfte. Er war gerade auf einer sensationellen Erfolgsspur.

„Entschuldigung", rief er und trat aus dem Schatten der Hauswand heraus, „einen Moment bitte."

Wie vom Donner gerührt drehten sich die beiden zu ihm um und starrten ihn an.

„Es ist wirklich entsetzlich, was da geschehen ist. Mein Name ist Legemann. Ich bin vom RealAnzeiger. Der junge Priester hat uns vor seinem Ableben eine Kopie seines Abschiedsbriefes geschickt. Wussten Sie von dem Abschiedsbrief?"

Nein, sie wussten es nicht, so entsetzt, wie die beiden aussahen.

„Also, es ist ein handgeschriebener Abschiedsbrief, in dem
er von seiner Beziehung zu einem Mann erzählt, und dass er
den Gewissenskonflikt zwischen seiner tiefen Liebe zu diesem
Mann und seinem Gelübde als Priester, im Zölibat zu leben,
nicht mehr ertragen konnte."

Der junge Mann ballte die Fäuste und blickte Legemann mit
wütender Verzweiflung in den Augen an. Legemann wusste,
dass dieser Mann reif war für eine Schlagzeile.

„Sie sind der Partner dieses unglücklichen Mannes", sagte er
leise, unterlegt mit einem mitfühlenden Timbre, „was sagen Sie
dazu?"

Der junge Mann schaute ihn an, schien zu überlegen und
wurde von seinen Gefühlen übermannt.

„Ich kann nicht glauben, dass Lukas sich das Leben genommen hat. Wir haben uns so geliebt. Und unsere Beziehung war
in der Gemeinde akzeptiert. Aber diese Kirchenfürsten haben
ihn kaputt gemacht."

„Und Sie sind …", fragte Legemann wie beiläufig.

Der junge Mann strich die Tränen aus dem Gesicht und
straffte seine Schultern.

„Mein Name ist Robin Leitner. Ich bin der Partner von Lukas. Und ich sage Ihnen, und das dürfen Sie gerne zitieren: Die
Kirche hat meinen Mann umgebracht."

Was für eine Schlagzeile, triumphierte Leitner, ließ sich aber
seine Vorfreude nicht anmerken.

„Ich danke Ihnen, Herr Leitner. Seit wann kennen Sie sich?"

„Herr Legemann", erwiderte Leitner, der sich offensichtlich
wieder im Griff hatte, „mehr bin ich nicht bereit zu sagen. Bitte
gehen Sie jetzt."

Legemann war klar, dass er unbedingt ein Foto von diesem Leitner haben musste – auch wenn er in diesem Moment nur sein Handy zur Verfügung hatte.

„Herr Leitner, verstehe ich vollkommen", versuchte er Leitner zu beruhigen, „aber damit Ihr Statement glaubwürdig ist, brauche ich ein Foto von Ihnen."

Leitner trat abwehrend einen Schritt zurück.

„Es würde vollkommen reichen, wenn ich von Ihnen das Foto seitlich und als Schattenansicht mache. Ich versichere Ihnen, dass ich auch nur den Anfangsbuchstaben Ihres Nachnamens verwende."

Widerstrebend gab Leitner nach. Es dauerte nur zehn Sekunden, da hatte Legemann sein Foto in der Galerie seines Handys. Die beiden Männer machten Anstalten sich vom Acker zu machen.

„Halt", rief Legemann und stellte sich ihnen in den Weg. „Und wer sind Sie?" Er blickte dem älteren Mann intensiv in die Augen, der seinem Blick auswich.

„Ich bin der Küster der Kirche, und jetzt lassen Sie uns bitte in Ruhe. Und kein Foto mehr."

Legemann wusste, dass er schon die Situation mehr als ausgereizt hatte, und machte den Weg frei. Den Küster würde er jederzeit wieder ansprechen können. Er wollte keine Zeit verlieren, um die Hammerschlagzeile zumindest in den sozialen Medien seiner Zeitung sofort zu veröffentlichen. In zehn Minuten würde die Videobotschaft des Kardinals veröffentlicht – aber da würde die Katze schon aus dem Sack sein. Seine Exklusivnachricht.

Der Kardinal zerrte an seinem Priesterkragen, um ihn zu lockern. Die laue Sommerluft kühlte seine erhitzte Stirn, während er ganz langsam durch die hellerleuchtete Innenstadt ging, voller junger Menschen, Touristen und Leuten aus der Umgebung, die sich einen schönen Samstagabend machen wollten.

Das Drei-Minuten-Video war abgedreht. In spätestens einer Stunde würde es veröffentlicht werden. Und ein Sturm der Entrüstung würde losgehen, da war er sich sicher. Ein unaufhaltsamer Tsunami, der wie eine Monster-Abrissbirne tiefe Löcher in die brüchige Fassade der Kirche reißen würde.

Seinem Pressereferenten hatte er gesagt, dass er jetzt frische Luft schnappen wollte und keine Interviewanfragen annehmen würde. Mit dem Video wäre alles gesagt – sein Schmerz über den Verlust eines jungen Priesters, der die Nachfolge Jesu immer ernst genommen hat, und sein Appell an alle Katholiken einschließlich dem Papst, das Zölibat und die weltweite Diskriminierung von Homosexuellen abzuschaffen.

Sein Pressereferent hatte kurz einen Herzstillstand gestanden, als er den Text vor dem Dreh gelesen hatte. Doch der Kardinal hatte die Bischofskarte gezückt und ihm als geweihter Bischof und oberster Dienstherr befohlen, genau dieses Video zu veröffentlichen. Aschfahl hatte der Pressechef nur genickt. Der junge Kameramann und seine Assistentin, die den Teleprompter bediente, schienen seine Abrechnung mit der Kirche mehr als nur zu begrüßen. Sie waren sich offensichtlich auch des historischen Moments bewusst, den sie da aufzeichneten.

Ich kann da nicht mehr zurück, dachte der Kardinal. Wie eine Betondecke drückte ihn der bevorstehende Moment der

Entscheidung. Was für ein Kontrast zu den heiteren, angeregten oder teils schon angetrunkenen Gesichtern um ihn herum. Keiner schien allein zu sein. Nur er. Ich brauche einfach Abstand. Nur ich, im Strudel des Hier und Jetzt, dachte er. Wie die Lilien im Felde. Er riss sich den Priesterkragen herunter und ging in eines der Kaufhäuser, die bis 24 Uhr geöffnet hatten. An diesem Abend war Lange Einkaufsnacht am Samstag.

In dem Apartment von Carsten standen schon Loretta und Marita mit einer Flasche Bier in der Hand am Fenster und rauchten, als Kathie durch die Tür kam. Mehr als ein flüchtiges Hallo war bei Carsten nicht drin für seine Halbschwester. Kathie fühlte innerlich einen leichten Stich und war wütend auf sich. Warum kann ich Zurückweisung so schwer ertragen, dachte sie und nahm dankbar die Flasche Bier und ein Glas in die Hand. Wenigstens hatte er sich gemerkt, dass sie es hasste, aus Flaschen zu trinken.

„Schon eine Idee, wo wir als erstes hingehen?", fragte sie in die Runde.

„'Token' wäre doch nice", hörte sie Marita durch die Zigarettendunstwolken sagen, bevor Carsten den Mund aufmachen konnte.

„Zu viele gays da", konterte er, „ich bin für ‚Readymix'."

„Viel zu prollig", ließ Loretta ihn an sich abprallen.

Wie immer, dachte Kathie, endlose Diskussionen über Nebensächlichkeiten. Letztendlich ging es doch nur ums Vorglühen. Sie schlug die erst vor kurzem eröffnete Live-Music-Cocktailbar „Laubfrosch" vor. Regionale Drinks zu ehrlichen Preisen gemischt mit gutem Nach-vorne-Techno im grünen Samtambiente.

Carsten nahm einen tiefen Schluck aus seiner Flasche und blaffte sie an: „Wieder so ein Ökotipp von Dir?"

„Mega", rief Loretta und sprang vom Fenstersims, „habe davon im Netz gelesen. Die Projektionen sollen da ziemlich ballern. Inklusive Streams vom aktuellen Wetterbericht."

„Mir alles egal. Hauptsache da sind auch heiße Typen", warf Marita gelangweilt in die Runde, „lange keinen guten Fick gehabt."

„Den kannst du auch bei mir haben", grinste Carsten anzüglich und rutschte von seinem Schreibtischstuhl herunter.

Kathie hatte schon keine Lust mehr und nahm sich vor, nach einem Drink die Biege zu machen. Doch Marita verdrehte nur die Augen, zog an ihrer Zigarette und pustete Carsten den Zigarettenrauch ins Gesicht.

„Frischfleisch, lieber Carsten, Frischfleisch will ich. Muskelspiele im Fitnessstudio reichen mir nicht."

Carsten sprang wutentbrannt auf sie zu.

„Was hast du gesagt? Wie eine Rumänen-Hure führst Du Dich auf, Marita. Schon mal was von deutschem Anstand gehört?!"

Für eine Sekunde rührte sich keiner der jungen Leute. Marita starrte Carsten ungläubig an, ging einen Schritt zurück und brüllte: „Was geht denn bei dir ab? Bist du ein fucking Nazi oder was?!"

Kathie implodierte in ohnmächtiger Abscheu. Sie wollte nicht glauben, was sie gehört hatte.

Loretta blieb ruhig und fragte mit bedächtiger Stimme: „Carsten! Gibt es etwas, was Du uns sagen solltest? Zum Beispiel – ich bin ein rassistischer Deutschnationaler mit antiquiertem Frauenbild?"

Carsten nahm einen Schluck aus der Flasche und wischte sich mit dem Handrücken über den Mund. Er war zu weit gegangen. Niemand sollte wissen, wie er wirklich tickte. Schon gar nicht Loretta, deren Vater mit seinem Vater gut befreundet war.

„Sorry, Mädels, total sorry! Aber mal ehrlich, verschleudert euch doch nicht an irgendwelche Jungs für eine Nacht. Glaubt mir, mit den Folgen beschäftigen sich die Gerichte … Gewaltandrohungen, Stalking, Raub und so …"

Mehr fiel ihm nicht mehr zu seiner Verteidigung ein.

Doch Loretta ließ nicht locker: „Ok, aber was machst Du? Du stehst doch auf One-Night-Stands, weil du dich nicht binden willst. Und warum dürfen wir Frauen das nicht auch wollen? Scheiß toxic masculinity!"

Carsten konterte angriffslustig: „Also, wenn Du toxic masculinity definierst als Mann mit Beschützerinstinkt, dann liegst Du richtig. Das ist bei mir so drin von zu Hause, dass Mädchen besonders schutzbedürftig sind. Man nennt das auch Kavaliersein."

Kathie verdrehte die Augen. Zu Hause war Carsten doch immer das brave Schoßhündchen. Loretta holte tief Luft und zündete sich betont lässig eine weitere Zigarette an.

„Carsten, ich kann nicht glauben, was du da raushaust. Ich weiß echt nicht, ob ich damit umgehen kann. Dein Frauenbild ist zum Kotzen."

Marita stellte sich demonstrativ zu ihr und formte mit ihren Fingern eine Schere, die auf- und zuklappte.

„Schnippschnapp", sagte sie süffisant.

Kathie hatte das Gefühl, etwas sagen zu müssen, aber mehr als „Jetzt ist ja alles geklärt", fiel ihr nicht ein.

Marita schaltete einen Gang zurück.

„Könnte es sein, dass wir gerade dringend ein bisschen Spaß brauchen, um zu entspannen?"

Loretta drückte ihre angerauchte Zigarette entschlossen aus.

„Very nice auf den Punkt gebracht. Ich habe mich nicht aufwändig gestylt, um jetzt nach Hause zu gehen. Wir gehen jetzt subito in die warme schöne Sommerabendluft und feiern. Let's go!"

Mit einem Seitenblick auf Carsten setzte sie noch nach: „Draußen warten viele nette Jungs auf uns!"

Bevor Carsten reagieren konnte, hob Marita ihre fast leere Bierflasche und stieß mit Carsten an: „Hey, Carsten. Easy. Entweder du chillst jetzt oder wir gehen ohne dich."

Carsten war klar, dass er jetzt besser auf gute Miene machen sollte. Sonst würde er wie ein beleidigter Trottel dastehen. Und diesen Punkt wollte er den Weibern nicht lassen.

Stefan Riemstedt schaute sich im Spiegel der Umkleidekabine an. Ein gutaussehender Mann Mitte Fünfzig schaute ihm entgegen. Beschämt senkte er die Augen. ‚Superbia' ist eine Todsünde, fuhr ihm durch den Kopf. Unwillkürlich blickte er wieder nach oben und lächelte – gelungene Schöpfung Gottes, könnte man auch sagen. Gezeichnete Schöpfung, ergänzte er, denn um seine Mundwinkel und über seine Stirn hatten sich tiefe Gräben gezogen. Die Last der Verantwortung, der nie schweigende innere Inquisitor, waren kräftezehrende Begleiter seines Lebens. Und die Einsamkeit.

Jemand schob den Vorhang zur Seite und fragte freundlich: „Und, passt Ihnen die Jeans, Herr Kardinal?"

Erschrocken drehte sich Stefan um und blickte in das freundliche Gesicht eines älteren Verkäufers.

„Ja, ja, vielen Dank. Ich glaube, ich nehme die Jeans mit dem Hemd und allem Drum und Dran", erwiderte er leicht errötend.

„Aber gerne", beeilte sich der Verkäufer zu erwidern, „sieht flott aus. Da kommen Sie bei den jungen Leuten gut an. Nicht einfach, junge Leute für die Kirche zu begeistern, das kann ich mir gut vorstellen. Meine Söhne wollen auch nichts mit der Kirche zu tun haben und meine Enkel sind nicht einmal getauft …"

„Da haben Sie Recht", sagte Stefan leicht genervt wegen des Redeschwalls des Kundenberaters, „ich würde gerne meine neue Kluft anlassen. Geht das?"

Schnell rupfte der Verkäufer die Preisschildchen von Jeans, Gürtel, Hemd und Freizeitjackett ab. Es war ihm unangenehm, bei dem Kirchenmann, warum auch immer, in Ungnade gefallen zu sein.

Stefan zahlte an der Kasse im Erdgeschoss mit seiner privaten Kreditkarte. Er fühlte sich abgrundtief schlecht. Wie ein Krimineller bin ich gerade dabei abzutauchen, dachte er. Auf Verständnis würde er nicht hoffen können. Aber sollte er jetzt in sein Kirchenhamsterrad zurückkehren? Alles in ihm sträubte sich dagegen.

„Mach es wie die Lilien im Felde", murmelte er in einem Akt der Selbstermutigung, nahm die Tüte mit seiner Priesterkleidung in die Hand und trat auf die belebte Einkaufsstraße. Er musste die Tüte loswerden. Aber Wegwerfen konnte er seine Priesterkleidung auch nicht.

Als er an der ökumenischen Citykirche vorbeilief, hatte er die Lösung. Sie war wegen der langen Einkaufsnacht noch offen.

Im Halbdunkel der Kirche konnte er nur wenige Menschen ausmachen. Sie saßen vereinzelt auf den Kirchenbänken oder schauten sich die neonfarbene Lichtinstallation im Altarraum an. Die pulsierenden Farbtafeln verwandelten den Kirchenraum in einen irrlichternden Kosmos. Fasziniert versank Stefan in diesen magischen Impulsstrudel. Ein kühler Luftzug riss ihn aus seinem wohltuenden Freeze.

Drei junge Leute kamen mit Bierflaschen laut tönend in die Kirche. „Ey, wie cool ist das denn", lallte einer von ihnen und drängte sich an ihm vorbei.

„Tschuldigung", sagte eine junge Frau und lächelte ihn freundlich an. Neben den beiden aufgetakelten, auf klappernden Stilettos stolzierenden Freundinnen schien sie in ihren bunten Ballerinas recht normal zu sein. Eine sympathische junge Frau, dachte er kurz, drehte sich schnell um und steuerte auf einen Büchertisch links vom Eingang zu.

Aufsichtspersonen waren nicht zu sehen. Gut für mich, stellte er fest und ergänzte mit einem leisen Lächeln, auch für den

Typen mit der Bierflasche in der Hand, so hackedicht, wie er ist. Stefan blickte auf die religiösen Bücher, Flyer, Plakate und Pfarrmitteilungen. Ich bin ein Alien in meiner eigenen Kirche, hörte er sich leise sagen. Im Leben. In mir selbst. Wie so viele Menschen. Wie vielleicht diese Jugendlichen von vorhin auch.

Mit einem kurzen Blick versicherte er sich, dass niemand ihn beobachtete. Entschlossen stellte er die Kaufhaustüte mit seinem Priesterrock unter die Kirchenbank vor ihm. Urplötzlich durchflutete ihn eine Welle des Glücks. Schnell trat er auf die Straße, ohne auch nur einen Blick auf das Kreuz über dem Altar zu werfen.

11

Monsignore Martin Renzo entfuhr ein lautes, verzweifeltes „Nein!!!" Auf dem Display seines Handys las er mit Entsetzen die Push-Nachricht vom RealAnzeiger: „Junger Priester hat sich in der Sakristei seiner Gemeinde St. Pankratius erhängt. Seine gelebte Liebe zu einem Mann war für seine Pfarrgemeinde kein Problem, aber für seine Kirche. Sein Partner Robin L. klagt an: Die Kirche hat meinen Mann umgebracht! Mehr in Kürze bei Realanzeiger.de." Kurz starrte er auf das Handyfoto zum Text, das die Silhouette eines Mannes vor der von flackernden Polizeiautos gespenstig erleuchteten Kirche St. Pankratius zeigte. Das wird ein Supergau, wisperte er atemlos.

Glockengeläut tönte aus seinem Handy. Pressechef Tom Burkhardt kam sofort zur Sache: „Herr Monsignore, schauen Sie sich bitte sofort das Video des Kardinals an, bevor ich es veröffentliche. Er will es unbedingt so, aber ich glaube, das geht gar nicht!"

Renzo öffnete mit zitternden Fingern den Link, den Burkhardt ihm parallel geschickt hatte. Da stand der Kardinal vor dem großen Kreuz in seinem Büro und blickte ihn konzentriert an, während er Ungeheuerliches mit ruhiger, fast freundlicher Stimme aussprach. Für Monsignore Renzo brach die Welt zusammen. Was war bloß in den Kardinal gefahren. Das war nicht die Position der katholischen Kirche.

Sofort rief er Burkhardt zurück: „Auf keinen Fall so veröffentlichen. Kürzen Sie ein auf Teufel komm raus. Nur sein Erschüttern, dass er den Priester geschätzt habe. Alles Kirchenpolitische raus, und wenn nur dreißig Sekunden übrigbleiben."

„Aber als Erzbischof hat er doch das letzte Wort ...", gab Burkhardt vorsichtig zu bedenken.

„Wenn wir das veröffentlichen würden, wäre er erledigt als Erzbischof und als Kardinal und würde im besten Falle als verwirrter Geist in ein abgelegenes Kloster verbannt, zur Gewissenserforschung", bellte Renzo zurück.

Mit Schaudern bedachte er die Folgen: Wenn dann ein neuer Bischof käme, dann würde der den ganzen Laden umkrempeln. Und das hieße nichts anderes, als dass seine Tage als persönlicher Sekretär des Bischofs gezählt wären. Neuer Erzbischof, neue Mitarbeiter. Er musste alles tun, um zu zeigen, dass er treu auf Linie der Kirche an der Seite seines Erzbischofs war.

„Wo ist der Kardinal eigentlich hin?", fragte er barsch.

Burkhardt antwortete betreten: „Er hat gesagt, er wolle sich zurückziehen und nicht gestört werden. Auf keinen Fall Interviews."

„Na, das ist doch mal eine gute Nachricht", knurrte Renzo und legte auf.

Vergeblich versuchte er mehrere Male, den Kardinal telefonisch zu erreichen. Völlig entnervt setzte er sich in seinen hybrid betriebenen BMW und fuhr einen Block weiter zur Privatwohnung des Kardinals. Er klingelte Sturm, doch niemand rührte sich.

Wo treibt er sich herum?, fragte sich Renzo mit wachsender Unruhe. Noch vor wenigen Stunden war Stefan völlig normal gewesen. Wie immer Wachs in seinen Händen mit ein paar Ausreißern, wenn er wieder einmal zu sehr den Laien das Wort geredet hatte. Aber letztendlich war er doch treu der Kirche und ihren bewährten Traditionen ergeben. Deswegen hatte sein Netzwerk dafür gesorgt, dass der Papst ihn zum Kardinal ernannt hatte. War ja nicht unwichtig für die nächste Papstwahl, einen konservativen Mann für das Konklave in Stellung gebracht zu haben.

Vielleicht betet er gerade in seiner Bischofskirche, überlegte Renzo. Er erinnerte sich, dass sie heute wegen des Langen Samstags bis Mitternacht geöffnet war. Er setzte sich wieder ans Steuer seines BMW und fuhr mit hohem Tempo los. Schnelle Autos waren seine Leidenschaft.

Direkt vor der Bischofskirche hielt er an. Um ihn herum flanierten junge und alte Leute und genossen die laue Sommerluft.

Grölend zog eine Herde junger Männer mit goldenen Krönchen auf den Köpfen vorbei. Einer von ihnen hatte einen roten Umhang an. Angewidert verzog Renzo sein Gesicht. Wieder so ein Junggesellenabschied. Kreischende Teenagermädchen in kurzen Hosen und bauchfreien T-Shirts umtanzten die jungen Männer, machten sich lustig über sie und zogen weiter.

An den Tischen vor den Cafés und Hotels war jeder Platz besetzt. Die Gäste unterhielten sich lebhaft. Immer wieder deuteten sie auf die alte, in warmem Licht getauchte Kirche. Renzo machte sich keine Illusionen. Für diese Menschen war die Kirche nur noch ein schönes Ambiente. Er hatte sich schon lange abgewöhnt, Zeit in Cafés zu verbummeln. Seine Zeit gehörte der Kirche und Gott. Und er wusste genau, wohin er wollte.

Ein Mann vom Ordnungsamt klopfte an die Scheiben.

„Hier dürfen Sie nicht parken", sagte er freundlich und hielt seinen Dienstausweis gegen die Windschutzscheibe.

„Die Kirche darf doch wohl noch auf ihrem eigenen Gelände parken, wo sie will, oder?", bellte Renzo zurück.

„Dann weisen Sie sich mal aus", entgegnete der Mann ungehalten.

„Na hören Sie mal, wissen Sie nicht, wer ich bin?", brüllte Renzo jetzt richtig abgenervt.

„Nein, weiß ich nicht", erwiderte der Mann richtig sauer, „aber Ihr Ton ist völlig unangebracht. Meinen Sie, das hier macht Spaß?"

Renzo fuhr sich ein paar Gänge herunter.

„Ich glauben Ihnen ja, dass Sie nur Ihre Pflicht tun", versuchte er den Mann zu beschwichtigen, der aber gerade warmgelaufen war.

„Wenn wir hier nicht so viel Gesindel herumlaufen hätten oder uns Sorgen um jeden allahkranken Attentäter machen müssten, dann hätten meine Kollegen und ich nicht dauernd abends Dienst."

Bevor er weiterreden konnte, ließ Renzo sein Seitenfenster noch tiefer herunterfahren und deutete auf seinen Priesterkragen.

„Ich bin Priester der katholischen Kirche. Reicht Ihnen das?"

Der Ordnungsamtsmann schüttelte streitlustig den Kopf und verlangte nach dem Ausweis. Renzo lenkte ein, reicht ihm den Personalausweis inklusive seines Dienstausweises für das Generalvikariat.

„Auch wenn Sie ein Mann der Kirche sind", sagte der Ordnungshüter, und Renzo spürte, wie sehr er seine Ordnungsmacht genoss, „aber hier ist absolutes Fahr- und Parkverbot. Nur mit Sondererlaubnis können Sie hier stehenbleiben."

Renzo platzte der Kragen. Mit vollem Schwung öffnete er seine Fahrertür. Erschrocken sprang der Mann zurück.

„Ich sage Ihnen mal was! Ich werde jetzt kurz in MEINE Kirche gehen, kurz nach dem Rechten sehen, und dann komme ich wieder zurück. In spätestens 10 Minuten. Und Sie können gerne auf meinen Wagen bis dahin aufpassen. Sie wollen sicher nicht riskieren, dass mein Bischof Ihrem Chef richtig Ärger macht. Glauben Sie mir, das geht ganz einfach und schnell!"

Ohne auf die Reaktion des sichtlich verwirrten Ordnungs-
mannes einzugehen, stürmte Renzo durch das große Haupt-
portal der Kirche ins Innere. Ein Lichtermeer aus Kerzen
erleuchtete den Kirchenraum, in dem eine Handvoll von
Menschen andächtig auf- und abliefen oder in den Sitzbänken
beteten. Doch vom Kardinal keine Spur. Auch nicht in den
Beichtstühlen oder den Seitenaltären. Niemand von den Ord-
nungskräften in der Kirche konnten sich erinnern, ihn gesehen
zu haben.

In Renzo breitete sich eine ihm unbekannte Welle von Panik
aus. Hier lief gerade etwas gewaltig schief. Als er zu seinem
Wagen kam, telefonierte der Mann vom Ordnungsamt aufgeregt.

„Regen Sie sich ab, ich bin schon weg", rief Renzo ihm zu,
setzte sich eilig in den Wagen und startete den Motor. Gleichzeitig wählte er eine mobile Nummer an. Krisensitzung war
angesagt.

Legemann trommelte ungeduldig auf seinen mit Zetteln, Zeitungen, Sticks und Handys voll belegten Redaktionsschreibtisch herum, während er mit seinen Blicken zwischen den geöffneten Agenturmeldungen, Social-Media- und E-Mail-Accounts auf seinem riesengroßen Bildschirm hin- und hersprang. Abgesehen von seinem Online-Kollegen in der Spätschicht war er alleine. Dieser hatte ihm schon Druck gemacht, den Artikel fertigzustellen, damit er endlich nach Hause könnte. Auf ihn wartete seine Frau und die schlafenden Kinder. Der Glückliche oder auch nicht. Legemann verzog sein Gesicht. Er war eben ein einsamer Wolf, liebte seinen Job und die Unabhängigkeit. Die eine Scheidung vor fünf Jahren hatte ihm gereicht.

Immer wieder schaute er auf seine High-Tech-Armbanduhr mit dem nostalgischen Zifferblatt. Die Videobotschaft von der Kirche hätte längst veröffentlicht sein müssen. Da war was im Busch, kein Zweifel. Da brauchte es kein journalistisches Hochbegabungsfeingespür, um zu wissen, dass eine ganz große Sache gerade ins Rollen kam. Vor allem, wenn er bedachte, dass der Kardinal noch nicht einmal auf seine Anrufe über die Privatnummer geantwortet hatte. „Keine Zeit. Kein Kommentar. Bitte um Ruhe" – zumindest Kurzreaktionen hatte der Kardinal ihm stets vermittelt. Und jetzt – das totale Nichts. Da war Panik im Kirchenbau, er spürte das bis in die kleine Zehe.

Legemann griff noch einmal zum Telefon und rief beim Presseamt der Kirche an. Diesmal blockierte kein Besetzt-Zeichen die Leitung, und er hörte die gereizte Stimme von Tom Burkhardt, der völlig übergangslos ins Telefon knurrte.

„Herr Legemann, es bleibt dabei: kein Kommentar."

Legemann drückte sofort seine gelbe Quietscheente, um Burkhardt davon abzuhalten, aufzulegen. Diese Notfall-Geräusch-Attacke hatte ihm schon öfter in Krisensituationen geholfen. Tatsächlich reagiert auch Burkhardt.

„Was war das denn!?"

„Alles in Ordnung, aber bestimmt nicht bei Ihnen, Herr Burkhardt", erwiderte Legemann hastig, „Sie müssen mir jetzt etwas sagen, sonst mache ich aus Ihrem finsteren Schweigen ein paar ganz große Fragezeichen, die Sie lieber nicht lesen wollen. Die Frist für die Videobotschaft des Kardinals ist längst abgelaufen. Also, was ist los bei Ihnen!"

„Technische Probleme im Schnitt", erklärte Burkhardt beherrscht, „peinlich, aber wahr!"

„Und deshalb geht der Kardinal nicht ans Telefon? Deshalb sind Sie so nervös? Ich bitte Sie, das können Sie nicht einmal einem Dreijährigen verkaufen. Was sagt der Kardinal zum Vorwurf des Liebespartners seines Selbstmordpriesters, den ich vor kurzem auf Social Media veröffentlicht habe? Rücken Sie raus mit der Sprache."

Es blieb am anderen Ende des Telefons kurz still. Vielleicht hatte Burkhardt noch nicht mitbekommen, dass er gerade die Topnachricht über das Liebesleben des Pfarrers veröffentlicht hatte?

„Mein lieber Herr Legemann, ich verstehe, dass Sie schon von Berufs wegen hinter jeder kleinen technischen Panne eine Story wittern, die Sie vermarkten wollen. Alles, wirklich alles erfahren Sie aus dem Video des Kardinals. In spätestens zehn Minuten. Mehr gibt es heute nicht für Sie und Ihre Kollegen. Wenn es wieder etwas zu berichten gibt, dann erfahren Sie es als einer der ersten. Und jetzt gute Nacht!"

Burkhardt hatte sofort aufgelegt. Legemann ließ seine Quietscheente im Kreis drehen und dachte nach. Die Kirche war in Not. Ganz klar. Sie stand als institutioneller Mörder eines jungen, sympathischen Priesters am Pranger. Irgendwo halten die Oberhäuptlinge im schwarzen Rock eine Krisensitzung ab. Da war er sich sicher.

Er klickte wieder seinen Redaktionstext an, in dem er alle von ihm recherchierten Informationen in einen Artikel gegossen hatte. Was fehlte, war noch das Video des Kardinals. Und Infos aus der Krisensitzung! Er hoffte, sein Informant würde sich auch diesmal wieder melden. Bislang war auf sie immer Verlass gewesen.

Das Glücksgefühl in ihm verebbte wie Wasser im Waschbecken. Der rauschhafte Wirbel der Freiheit war einem ebenso starken Gefühl von Verlorenheit gewichen. Langsam ging er die belebte Einkaufsstraße entlang und ließ seinen Gedanken freien Lauf.

In seinem Kardinalsleben war er von morgens bis abends von vertrauten Menschen umgeben, die Termine gemacht, ihm den Rücken freigehalten und seinen Alltag geregelt haben. Als Kirchenmann mit Position war seine Zeit komplett durchgetaktet, selbst im Urlaub gab es den Stand-By-Modus. Er musste funktionieren, ein Vorbild sein als Arbeiter im Weinberg des Herrn – 24-Stunden-Dauerbereitschaft. Nur im persönlichen Gebet war er allein mit Gott. Es hatte ihn genervt, immer kommunizieren zu müssen und dabei den guten Hirten zu geben. Und alles, was an ihn herangetragen wurde, war so unglaublich wichtig in den Augen seiner Mitarbeiter. Und die vielen Wichtigtuer, die seine Nähe gesucht hatten, um ihre Interessen durchzubringen, Konkurrenten schlecht zu machen oder ihr Ego aufzupolieren, hatten ihn seinen Job zu einer Fron werden lassen.

Das ängstliche Kratzbuckeln dieser Heuchler war ihm schon lange zuwider. Er konnte es förmlich hören, wie sie nach einem Besuch bei ihm mit Stolz geschwellter Brust ihren Mitmenschen erzählten: ‚Ich habe dem Kardinal die Hand gegeben, er hat mit mir länger als mit anderen gesprochen, ich konnte ihn überzeugen, ohne mich ginge gar nichts.'

Stefan Riemstedt hob energisch den Kopf und zwang sich, eine selbstbewusste Haltung einzunehmen. Er hatte eine Entscheidung getroffen, und spätestens nach der Ausstrahlung des Videos würde es sehr schwer werden, in sein Amt zurückzukehren.

Langsam begann er, sich aus seinem Gedankenkarussel zu lösen und seine Aufmerksamkeit auf die lebendige Betriebssamkeit um ihn herum zu richten. Menschen eilten mit ihren Einkäufen an ihm vorbei, andere bummelten die Schaufenster entlang oder hörten den Straßenmusikern zu, die alle paar Meter versuchten, mit ihrer Musik die Passanten in den Bann zu ziehen, in der Hoffnung auf ein paar Euro.

Eine offenbar angetrunkene ältere Frau stupste ihn an und versuchte ihn verführerisch anzusehen.

„Hey, noch unentschlossen heute Abend, was? Willst Du ‚n Bier? Du siehst viel zu gut aus, um heute Nacht alleine zu sein!"

Dabei angelte sie aus einem kleinen Bollerwagen eine Flasche Bier und hielt sie ihm entgegen. Ihr grell geschminkter weit aufgerissener Mund und die glitzernden Fingernägel rückten ihm unaufhaltsam näher. Erschrocken schüttelte Stefan den Kopf und floh in eine dunklere Nebenstraße, wo es ruhiger war. Ihr schrilles Lachen schien an den Wänden zu kleben.

Er spürte sein Herz klopfen und konnte nicht glauben, dass er so kopflos auf diese arme Frau reagiert hatte.

Ihn beschlich ein Gefühl, als würde sich vor ihm ein Abgrund auftun. Leicht panisch beschleunigte er seine Schritte. In einer kleinen Kneipe am Ende der Gasse fand er an der hinteren Theke noch einen Platz und bestellte sich ein Bier. Niemand beachtete ihn. Und das war ihm sehr recht.

Sie hatten nur eine gute halbe Stunde warten müssen, bis sie endlich in den „Laubfrosch" reinkamen. Der Geheimtipp war auch schon keiner mehr. In wechselnden Grün- und Orangetönen der Lichtanlage getaucht mäanderten Grüppchen mit schrillbunten Cocktails zwischen dem noch wenig frequentierten Dancefloor und dem Tresen im Jugendstilambiente. Über die Wände flimmerten Slideshows mit Comicfröschen.

Carsten fühlte sich sichtlich unwohl in diesem durchgestylten Edelschuppen, doch für einen ersten Drink ließ es sich aushalten. Wenigstens die Auswahl an Cocktails war für ihn top, denn er liebte Bierkombinationen. Der Bockshot mit Whiskey war hervorragend und hob seine Stimmung. Loretta und Marita nippten an ihrem Strawberry Daiquiri und checkten nach gutaussehenden Männern. Nur Kathie hing unschlüssig auf einem Barhocker und scrollte sich durch die lange Getränkekarte, die sie sich via QR-Code auf ihr Handy geladen hatte. Sie fand nichts, worauf sie Lust hatte. Sie sollte besser gehen, dachte sie und rutschte von ihrem Barhocker herunter.

„Leute, ich habe einfach keinen Bock auf Party. Ich mach heute einen auf allein."

„Hey, stopp", rief Carsten, packte sie am Arm und hielt ihr sein Glas provozierend unter die Nase: „Hier, trink einen Bockshot, dann hast Du automatisch Bock."

Kathie riss sich los und explodierte aus dem Stand.

„Ich gehe, wann ich gehe, klar?!"

Loretta verdrehte die Augen und stellte sich zwischen beiden.

„Hey, einen Drink zusammen sollten wir noch hinkriegen, oder? Kathie, ich spendiere dir einen Negroni, und du erzählst uns, was du gerade so machst, und dann schauen wir weiter, ok?"

Kathie holte tief Luft. Das war gerade eine Art Liebeserklärung von Loretta, denn das letzte, worauf sie Lust an so einem Abend hatte, war ein gepflegtes Gespräch, womöglich noch über politische Aktionen. Wahrscheinlich wollte sie, dass sie Carsten noch ein bisschen im Zaum hielte. Darauf hatte sie so gar keinen Bock, aber sie wollte ihre Freundinnen auch nicht im Regen stehen lassen.

„Ok, Loretta"„ sagte sie, „wirklich lieb von Dir. Vorschlag: ich trinke einen Negroni, Carsten lässt mich komplett in Ruhe, und wir müssen auch nicht reden, sondern genießen, was kommt."

„So ist sie, unsere Kathie", säuselte Loretta erleichtert, „eine kleine smarte Bitch mit Herz!"

Carsten schnaubte. Kathie musste lachen und wackelte mit dem Kopf.

„Warum muss Loretta immer von sich auf andere schließen."

Carsten kippte mit einem Schluck seinen Cocktail runter. Der Ärger stand ihm im Gesicht geschrieben. Und da war noch was – ein lüsternes Funkeln. Aber er sagte nichts.

15

Spuren gab es natürlich in so einer Sakristei wie Sand am Meer. Es wurde auch nur einmal in der Woche geputzt, hatte der Küster seinen Kollegen erklärt. Eine Frau in der Gemeinde machte das ehrenamtlich. Und ausgerechnet diese Woche war sie krank gewesen.

Stoecker schaute in den Kreis seiner Kollegen. Sie hatten sich im Großraumbüro um einen großen langen Tisch zur Lagebesprechung im Polizeipräsidium versammelt. Vor ihnen standen in allen Formen, Farben und Größen Kaffeetassen – irgendwie mussten sie sich ja an diesem Abend wachhalten.

„Haben wir schon eine Handyortung des Toten?", fragte Stoecker in die Runde.

„Nein, aber wir sind dran", erklärte eilfertig Tim Kolakowski, einer der jüngsten Neuzugänge im Ermittlerteam.

Stoecker schaute auf die Uhr, als sein Handy klingelte. Eine unterdrückte Nummer. Fast hätte er nicht abgenommen, und das wäre ein Fehler gewesen. Am anderen Ende der Leitung war der Polizeipräsident, Dr. Volker Kessler. Er stand auf und ging in sein Büro. Die Augen seines Ermittlungsteams bohrten sich durch die Glasscheibe.

„Stoecker, sind Sie es?", bellte Kessler ihm ins Ohr.

Stoecker weigerte sich, Haltung anzunehmen, und antwortete knapp: „Ja, Herr Polizeipräsident. Worum geht es?"

„Können wir ungestört sprechen?", fragte Kessler scharf.

„Ja, Herr Polizeipräsident", erwiderte Stoecker spitz. Er hasste die autoritätsverliebte Art seines obersten Chefs.

„Ihnen ist schon klar, dass das kein gewöhnlicher Fall ist, Stoecker!", sagte Kessler mit eisiger Stimme, „es geht schon durch alle sozialen Medien – der RealAnzeiger hat die Schlagzeile veröffentlicht: ‚Die Kirche ist an dem Tod meines Geliebten schuld'. Ein Herr L. ist das. Haben Sie den schon in die Mangel genommen?"

Stoecker stöhnte innerlich. Das kam nicht gut an, wenn die Presse schneller war als die Polizei.

„Ich bin dran", redete er sich heraus.

„Und, was sagt er?", hakte Kessler unerbittlich nach.

Stoecker brach der Schweiß aus. Er hatte sich in die Falle geritten.

„Habe den Namen gerade erfahren, wir suchen nach ihm."

Kessler holte tief Luft und wütete am anderen Ende der Leitung.

„Aber bitte presto, presto! Was glauben Sie, was jetzt für ein Mediengewitter über uns hereinbricht? Wir brauchen Ergebnisse. Belastbare Ergebnisse. Es muss 100 Prozent sicher sein, dass es Selbstmord war. Oder ein Mord aus Eifersucht durch diesen schwulen ... Partner."

Gerade konnte sich Kessler noch beherrschen. Er war bekannt für seine stockkonservative Haltung gegenüber Schwulen, Linken und, wie er es gerne sagte, dem ‚ganzen Gesocks, das uns die Polizeiarbeit so schwer macht'.

„Ich will schnelle Ergebnisse!", schmetterte Kessler noch und legte ohne weiteres Wort auf.

Stoecker stand mit dem Handy am Ohr und versuchte seine Gedanken zu ordnen. Langsam wurde ihm klar, dass er gerade die berühmte A-Karte überreicht bekommen hatte. Ein Ermittlungsfehler, und der Polizeipräsident würde ihn ohne Wimpernzucken in die Wüste irgendeiner belanglosen Verwaltungstätigkeit abkommandieren. Er wunderte sich nur, warum Kessler sich so mächtig bei diesem Fall ins Zeug legte. Aber wenn die Kirche eine Rolle spielte, war es immer heikel. Zu viele Emotionen im Spiel. Für die Presse ein Festessen. Für ihn – Stress pur.

Er ging zurück in den Besprechungsraum. „Der Polizeipräsident macht Druck. Im RealAnzeiger ist ein Artikel online – ein Interview mit dem Lebenspartner des Toten, Robin Leitner. Den müssen wir befragen. Und auch Leute aus dem inneren Zirkel der Gemeinde. Machen wir uns an die Arbeit." Er blickte in die müden Augen seines Teams und verteilte die Aufgaben.

Monsignore Renzo blickte in die ernsten Gesichter seines eilig zusammengerufenen Krisenstabs. Es waren nur der Generalvikar, der Pressechef und er anwesend. Generalvikar Marczinek hatten sie aus der Lohengrin-Premiere in der Oper geholt, als gerade Pause war. Marczinek war not amused. Renzo konnte die Wagner-Begeisterung des kunstsinnigen Generalvikars nicht nachvollziehen.

An dem sonst üblichen Small-Talk-Geplänkel hatte heute Abend keiner der Anwesenden Bedarf. Sie sahen sich kurz an und nahmen rund um einen modernen Glastisch auf freischwingenden Designer-Stühlen im Büro des Generalvikars Platz.

Renzo seufzte. Für Menschen seiner üppigen Bauart waren solche Sitzkreationen nicht gedacht. Marczinek holte aus einem dunklen Rokokoschrank drei fein gearbeitete Kristallgläser und schenkte Wasser mit ‚Sprudel' ein. Ein gutes Glas Wein wäre ihnen lieber gewesen, aber sie brauchten jetzt einen klaren Kopf.

Sie waren sich einig, als erstes die beiden Videostatements des Kardinals anzusehen – die ungekürzte und dann die gekürzte Version. „Mein Gott!", rief Marczinek immer wieder mit blankem Entsetzen, während die Originalfassung der Videobotschaft des Kardinals über den Bildschirm des Rechners lief. In einer für ihn völlig ungewohnten Anwandlung von Unbeherrschtheit haute er am Ende mit seiner rechten Hand auf den Glastisch, so dass die Wassergläser zu tanzten. Erschrocken hielten Renzo und Burckhard reflexartig ihre Gläser fest und schauten ihren Generalvikar erschrocken an. Noch nie hatten sie erlebt, dass er mit einer solchen Vehemenz aus der Fassung geraten war.

„Ich kann dich verstehen", sagte Renzo beschwichtigend.

Burkhardt nickte blass. Er war äußerst angespannt, denn er kannte die Machtmechanismen der hohen Geistlichkeit nur zu gut. Er war hier das schwächste Glied in der Runde, ein Laie obendrein. Wenn diese zwei hochgestellte Kirchenvertreter mit dem Rücken an der Wand stehen sollten und keine Lösung für dieses Problem heute finden würden, dann könnte er sehr schnell als Sündenbock herhalten müssen.

„Schauen wir uns doch die gekürzte Version an", meinte Marczinek wieder äußerlich ruhig.

Burkhardt aktivierte eilfertig das zweite Video auf seinem Laptop. Konzentriert schauten sie auf den Bildschirm. Nur die Glocken der Bischofskirche waren entfernt zu hören. Burkhardt schaute auf den kleinen Uhranzeiger auf seinem Rechner. 22.30 Uhr.

Am Ende der Präsentation blickte Marczinek wohlwollend zum Pressechef.

„Ich finde, Herr Burkhardt, Sie und Ihr Team haben eine gute Kurzfassung von dem Desaster-Video erstellt. Der Kardinal kommt glaubwürdig und ehrlich betroffen herüber. Kein Wort zu viel. So können wir das veröffentlichen."

Renzo nickte zustimmend. Burckhard war nicht so zufrieden. Profis würden trotz der eingebauten Zwischenschnitte sehen, dass sie nicht die Originalversion veröffentlicht hatten. Aber er war erleichtert, dass der entminte Videobeitrag beim Generalvikar unfallfrei über die Rampe gekommen war, und bedankte sich knapp ohne weiteren Kommentar. Er beugte sich über seinen Rechner, und sandte mit dem bereits vorbereiteten Text den gekürzten Videobeitrag über den Medienverteiler an die Presse und die Agenturen.

„Wichtig ist natürlich, dafür zu sorgen, dass Volker dichthält", warf Renzo ein.

Doch niemand war wirklich besorgt, denn den Videoproducer Volkner schätzten sie als einen loyalen Mitarbeiter der Kirche ein. Wegen seines fortgeschrittenen Alters würde er ganz sicher nicht seine gut bezahlte Festanstellung riskieren. Renzo nahm sich aber trotzdem im Stillen vor, sich den bewährten Medienmann noch einmal zur Brust zu nehmen, sicher ist sicher.

Kopfzerbrechen bereitete ihnen die Frage, wie sie strategisch mit dem Selbstmord des beliebten Seelsorgers umgehen sollten. Schwule Priester, die sich loyal zur Kirche verhalten, wurden schon seit jeher geduldet. Aber Pfarrer Gönnefried lebte seine sexuelle Neigung öffentlich – und er war nicht der einzige. Der Leiter der Personalabteilung Seelsorge Marcus Broscat und der Kardinal hatten ihn deswegen zu einem Gespräch eingeladen. Danach hatte der Kardinal sich noch länger mit ihm unter vier Augen unterhalten.

„Ich verstehe nicht, warum Pfarrer Gönnefried kurz nach diesem offensichtlich positiv gelaufenen Gespräch sich das Leben genommen hat", sinnierte Marczinek, „mir hat Stefan telefonisch mitgeteilt, dass der junge Priester noch einmal über diese Aktion nachdenken wollte."

„Na ja, euphorisch war Stefan nach diesem Gespräch nicht", warf Renzo ein, „er wirkte sehr nachdenklich. Schon ein wenig neben der Spur, fand ich."

Marczinek schüttelte den Kopf.

„Das ist ja nichts Neues bei unserem Stefan. Er hat immer wieder so Momente, da wirkt er düster und in sich gekehrt. Aber trotzdem – auch Marcus hat mit diesem Querulanten gesprochen und war der Meinung, dass er bei allem Selbstbewusstsein durchaus auch ein frommer Mann sei und noch mal in sich gehen wollte. Unter uns – wir haben ihm ja das Angebot gemacht, über seine Verfehlungen hinwegzusehen, wenn er sein Zölibatsversprechen einhält und sich nicht dazu verleiten lässt, zum Robin Hood schwuler Priester zu werden. Und wir haben ihn auch nachdrücklich daran erinnert, dass wir sein Verhalten überheblich finden. Er würde sich und seine Interessen über die Lehre der Kirche stellen."

„Das ist ja das Problem. Er steht mit seiner Haltung nicht alleine", murmelte Renzo.

Marczinek sah ihn scharf an: „Es ist unsere Aufgabe, die Lehre der Kirche ohne Wenn und Aber hochzuhalten! In Gedanken, Worten und Taten."

Renzo nickte unwillig. Dieses schulmeisterliche Gebaren des Generalvikars ging ihm total gegen den Strich. Aber solange Stefan vom Erdboden verschluckt war, musste er sich noch ein wenig zurückhalten. Aber dann wüsste er, wer Marcinek ablösen könnte. Und wie.

Burkhardt hielt die Zeit gekommen, das Gespräch wieder auf die wichtigen Fragen zurückzuführen.

„Was wir jetzt dringend brauchen", gab er diplomatisch zu bedenken, „ist eine klare Linie, wie wir uns gegenüber der Öffentlichkeit positionieren. Der Legemann wird sicher in der nächsten Stunde einen saftigen Artikel online veröffentlichen. Die Posts waren ja schon Sprengstoff gewesen, und in die Richtung wird es weitergehen. Morgen dann in der Zeitung auch für unsere älteren Zeitgenossen in den Gemeinden nachzulesen. Die brauchen jetzt eine klare Orientierung."

Renzo und Marczinek nickten zustimmend.

Ohne zu zögern sagte der Generalvikar: „Für mich ist klar und nicht verhandelbar, im Namen unserer heiligen katholischen Kirche weichen wir kein Jota von der offiziellen Lehre ab, dass Homosexualität und Priesterweihe nicht vereinbar sind. Und schon gar nicht gelebte Sexualität. Das Zölibat ist unantastbar."

„So sehe ich das auch", stimmte Renzo zu, „die tragische Selbsttötung, von der auszugehen ist, definieren wir als ein letztes Zugeständnis von Pfarrer Gönnefried, dass er als Priester mit diesem moralischen Konflikt nicht weiterleben konnte."

Burkhardt schluckte.

Renzo schaute ihn an: „Irgendwelche Einwände?"

„Können wir nicht ein wenig zurückhaltender in die Öffentlichkeit kommunizieren, dass wir fassungslos sind, für die Seele des armen Mannes beten und mit unseren Priestern einen Dialog beginnen wollen, was wir gegen die Einsamkeit in ihrem Job unternehmen können?", gab er vorsichtig zu bedenken, „dann zeigen wir uns als eine Kirche, die sich um ihre Seelsorger Gedanken macht und ihre Sorgen ernst nimmt. Dann umgehen wir das Minenfeld Homosexualität unter Priestern und setzen die Einsamkeit in den Fokus."

„Sie wissen doch selbst, dass wir am Ende sowieso die Bösen sind", entgegnete Renzo harsch, „warum dann nicht gleich mit einer klaren Haltung nach vorne gehen."

„Ich stimme Martin voll und ganz zu", sagte der Generalvikar, „aber was mich äußerst beunruhigt sind die anderen Priester, die sich mit dem Selbstmörder solidarisieren könnten."

„Ja, Du hast Recht. Die könnten uns noch richtig Ärger machen. Es gibt ja einige, die schon ein gotteslästerliches Eigenleben führen. Wir müssen die Namen wissen", drängte Renzo.

„Von einigen Schwulen in unserer Priesterschaft wissen wir Bescheid", sinnierte der Generalvikar, „wir werden jeden Einzelnen von ihnen zu uns ins Generalvikariat zitieren. Das hat sicher eine abschreckende Wirkung auch auf die, die wir nicht kennen. Denn dann ist es mit der Duldung vorbei."

„Und was machen wir mit dem Kardinal?", fragte Burkhardt resigniert.

„Kein Wort", war die kurze Antwort des Generalvikars.

17

Kathie war noch mit Fremdschämen beschäftigt, während Carsten, Loretta und Marita offensichtlich ihren Spaß daran gehabt hatten, in der Kirche sich mit Bierdosen in der Hand lautstark darüber zu unterhalten, wie eine geile Nacht im Gotteshaus aussehen könnte. Niemand hatte eingegriffen. Es war echt eine Schnapsidee von ihr gewesen, nach dem Laubfrosch noch in diese Kirche zu gehen, bevor die nächste Tanke angesteuert wurde.

„Leute, ich gehe jetzt nach Hause, ich habe endgültig kein Bock mehr, mit oder ohne Bock", verkündete sie und wollte sich mit einem Handwedeln verabschieden.

Carsten packte sie an ihrem Ausgehrucksack.

„Die grüne Prinzessin ist gelangweilt von uns?", zischte er und verzog sein vom Alkohol gerötetes Gesicht zu einer hämischen Grimasse, „sie muss immer zeigen, wie besonders sie ist, was?"

Kathie versuchte sich von ihm loszureißen.

„Was ist heute los mit Dir, Du bist wirklich aggressiv", protestierte Loretta.

„Mir geht diese besserwisserische Moralapostelin so was auf den Sack", fauchte Carsten und ließ Kathie los.

„Dann hast Du sicher nichts dagegen, wenn ich gehe, oder?", sagte Kathie wütend und ging schnell davon, ohne sich umzudrehen.

Marita und Loretta schauten sich kurz an. Sie waren sich einig, ohne Carsten könnte dieser Samstagabend noch was werden.

Kühl sagte Loretta: „Carsten, ich glaube, Du brauchst heute unsere Gesellschaft nicht. Und wir verzichten auch gerne. Schönen Abend noch!"

Die beiden Frauen hakten einander ein, stöckelten aufreizend fröhlich los und ließen Carsten vor der Kirche versteinert stehen.

Mit wutverzerrtem Gesicht ballte er seine Fäuste. Er brauchte alle Kraft, sich davon abzuhalten, den beiden Mädchen handgreiflich seine Meinung zu sagen. So eine Demütigung hatte er nicht nötig.

Kathie ist schuld, dachte er. Mit ihrem feministischen Öko-Wahn hatte sie die beiden Hohlhippen angesteckt. Sonst hätten die sich nie getraut, ihn einfach so stehen zu lassen und ohne Beschützer loszuziehen. Sollten sie doch diese Nacht mit ihren Fuckboys so richtig auf ihre aufgetakelten Schnauzen fallen, fluchte er. Und Kathie würde er noch zeigen, was ein Mann ist.

Er überlegte kurz, ob er nicht im Darknet was Nettes finden sollte, um sich abzureagieren. Aber Lust auf die eigenen vier verfickten Wände hatte er auch nicht. Gigi – fuhr es ihm durch den Kopf. Er telefonierte kurz und winkte ein Taxi heran.

18

„Hallo Jeanette, auch mal wieder da?", hörte er den bier-
bauchigen Wirt mit weißem Rauschebart laut durch die Kneipe rufen. Die wenigen Männer, die sich in der Eckkneipe auf
ein Bier zusammengefunden hatten, hoben kurz die Köpfe,
kehrten aber gleich wieder zu ihren Gesprächen zurück oder
starrten weiter auf den Bildschirm, um die Sportschau zu verfolgen. Stefan stellte sein Bierglas ab und schaute in Richtung
Eingang. Eine junge Frau, Mitte 20, in einem knallroten Ove-
rall rauschte durch den Kneipenraum direkt zur Theke und
drückte dem freudig strahlenden Wirt ungestüm einen Kuss
auf dem Mund, der so tat, als sei er geschockt.

Lachend setzte sie sich auf den Barhocker vor der Theke und
machte ein Peace-Zeichen. Der Wirt verstand und stellte ihr
ein Pils und einen Kurzen hin.

„Fertig malocht?", fragte er.

„Yes, Gäste eingecheckt, Bar geschlossen, Nachtschicht da.
Alles paletti", sagte sie, kippte routiniert den Kurzen auf Ex
und nahm einen tiefen Schluck aus dem Pilsglas.

Stefan war regelrecht gebannt von dieser energievollen Frau,
deren Hals und Hände mit dunkelblauen Tattoos fast vollstän-
dig bedeckt waren. Er hatte wohl zu lange zu ihr hingeschaut,
denn sie drehte ihren Kopf und entdeckte ihn sofort in seiner
Ecke.

„Was hast Du denn da für ein Leckerli", säuselte sie und hob
ihr Bierglas zu Stefan.

Unwillkürlich hob er auch sein Glas und prostete ihr eben-
falls zu.

„So allein an einem schönen Sommerabend?", fragte sie
freundlich.

Stefan hatte nicht das Gefühl, dass sie ihn anmachen wollte, was ihn sehr erleichterte. Einerseits. Ein Lächeln flog über seine Lippen. Ein Kardinal als Leckerli, nicht schlecht.

„Und, was hast Du heute so vor", fragte sie, „oder läufst Du weg."

Stefans Lächeln erstarb für eine Sekunde. Er fühlte sich ertappt. Schnell hatte er sich gefasst und antwortete mit einem Hauch von Trotz in der Stimme: „Ich sitze einfach hier auf ein Bier."

„Gute Wahl", sagte sie und drehte sich wieder dem Wirt zu.

Stefan nahm einen großen Schluck, stellte das halbleere Glas vor sich auf den klebrigen Tisch und wanderte mit seinem Blick die Maserungen im Holz nach, die aufeinander zuliefen und sich wieder entfernten. Ein Gefühl von Verlorenheit packte ihn und drohte ihn zu verschlingen. Er schnippte einen uralten Brotkrümel vom Tisch und brachte sich zurück ins Hier und Jetzt.

Jeannette hatte mittlerweile den dritten Kurzen gekippt und redete sich in Rage.

„Diese Misttypen meinen, sie könnten sich alles erlauben. Als wären sie Scheißgäste im Grand Hotel und nicht für wenig Geld in dieser Absteige. Ich habe es so satt! satt! satt!", wütete sie und knallte bei jedem satt ihre Faust auf den Tresen.

„Ruhig, ganz ruhig, Jeannilein", brummte der Wirt und stellte ihr noch ein Pils hin, „geht auf's Haus."

Jeannette packte ihren Kopf zwischen die Hände und versuchte tief durchzuatmen.

Stefan fühlte den Impuls, aufzustehen und ihr Mut zuzusprechen. Du kennst sie nicht, mahnte er sich, und das ist hier keine Kirchengemeinde. Da kam ihm ein Gedanke. Er stand auf und ging zur Theke.

„Entschuldigen Sie", sprach er sie vorsichtig an, „ich möchte Sie nicht stören, aber ich suche eine Unterkunft heute Nacht. Können Sie mir vielleicht eine günstige Pension oder kleines Hotel empfehlen? Sie scheinen sich ja auszukennen, und ich bin fremd hier."

Jeannette drehte sich zu ihm um und blickte ihn verärgert aus ihren vor Übermüdung geröteten Augen an.

„Haben Sie kein Handy? Es gibt doch genug Hotelbuchungsportale."

Stefan schluckte. Es war ewig her, dass ihn jemand so ruppig angesprochen hatte. Er musste aufpassen, nicht aufzufallen. Ein Mann ohne Handy war auffällig. Und die Nummer mit ‚es wurde mir gestohlen' fühlte sich für ihn nicht glaubwürdig an. Und gelogen wäre es auch. Sei ehrlich, ermahnte er sich.

„Ich gehe grundsätzlich nicht über Internetportale", erklärte er im Brustton der Überzeugung, „sie machen mit den Hotels Knebelverträge. Und Hotelangestellte werden deshalb noch mieser bezahlt. Das unterstütze ich nicht."

Jeannette schaute ihn sprachlos an.

„Wow", sagte sie nur.

„Der Mann hat's gecheckt", sagte der Wirt und prüfte ein Glas, das er gerade gesäubert hatte im schummrigen Licht der 50er-Jahre Thekenlampe.

„In Jeannette's Hotel würde ich nicht gehen", fuhr er fort, „aber wenn Sie wollen, rufe ich mal beim Hermann an. Sein kleines Hotel Royal liegt hier um die Ecke. Heißt Royal, ist aber eher was für den kleinen Geldbeutel."

Stefan wollte dieses Angebot gerne sofort annehmen, aber weder seine Kreditkarte noch seinen Namen angeben müssen. Er zögerte.

Der Wirt zwinkerte ihm zu.

„Ist ein Kumpel von mir. Der nimmt allerdings nur Barzahlung."

„Das wäre ideal", freute sich Stefan, „hat er denn noch ein Zimmer frei?"

Der Wirt griff nach seinem Handy neben der alten Registrierkasse, und während sich die Verbindung zum Hotel aufbaute, nahm er eine Bestellung von der Stammtischrunde entgegen. Kurz verschwand er in der Küche und kam mit einem Holzbrett mit geräucherten Würsten wieder, das Handy mit der Schulter ans Ohr geklemmt. Er stellte das Holzbrett kurz auf der Theke ab und beendete das Gespräch mit einem kurzen Wisch über das Display.

„Sie haben Glück", sagte er und wischte sich die Hände an seiner dunkelblauen Schürze ab, „es ist noch ein Zimmer frei."

Stefan bedankte sich herzlich und spürte gleichzeitig, wie verunsichert er war. Es war das erste Mal seit sehr langer Zeit, dass er ganz privat in einem Hotelzimmer übernachten würde.

Als der Wirt das Vesperbrett den hungrigen Gästen auf den Tisch gestellt hatte, kam er zurück und schrieb Stefan die Adresse des kleinen Hotels auf einen Bierdeckel. Stefan schaute kurz drauf und dachte, so ein billiges Hotelzimmer in einer Nebenstraße war das Beste, was ihm für heute Nacht passieren konnte. Er bedankte sich noch einmal, bezahlte und wünschte der Frau namens Jeanette alles Gute. Nach fünf Minuten Fußweg stand er vor dem empfohlenen Hotel, das schon von außen den Charme einer heruntergekommenen Jugendherberge hatte.

Er stieg die zwei Treppenstufen zum Eingang hoch. In schmucklosen Lettern las er auf einem Messingschild an der Holztür ‚Hotel Royal'. Sie war verschlossen. Es war recht dunkel, und so brauchte er einen Moment, bis er rechts eine Klingel ohne Namen fand und sie drückte. Umgehend wurde ihm aufgemacht.

Er betrat ein schmales, kleines Foyer mit der Rezeption auf der rechten Seite. Die ganze Einrichtung machte einen heruntergekommenen, aber sauberen Eindruck.

Niemand war da, aber er hörte in einem Raum hinter der Rezeption den Fernseher laufen. Das wunderte ihn, denn irgendjemand musste ihm doch aufgemacht haben. Er schaute sich um und entdeckte ein Glöckchen auf dem Tresen. Wie Weihnachten, dachte er, und ich bin Josef ohne Maria auf Herbergssuche.

Das schrille Klingeln des Glöckchens verklang und es war erst einmal still. Dann bog ein älterer Herr in schäbiger Kleidung um die Ecke, guckte ihn kurz an und sagte leicht lallend: „Ah, der Herr vom Josef um die Ecke. Dacht' ich's mir schon. Sie hätten gerne ein Zimmer?"

Stefan schaute in das bleiche, mit roten Flecken gesäumte Gesicht des Mannes, und es überkam ihn eine Welle des Mitleids. Sicher ein Rentner, der seine kleine Rente aufbessern musste. Oder war es der Hotelbesitzer?

Schnell antwortete er: „Ja, ich hätte gerne ein Zimmer für die Nacht."

„Nur gegen Vorauszahlung in Bar", antwortete ihm der Mann wie ein Automat, „macht 60 Euro."

Stefan fand dies einen stolzen Preis für dieses offensichtlich heruntergewirtschaftete Hotel. Aber er wollte kein Aufsehen machen, zog seine Geldbörse aus der Hosentasche und legte drei Zwanzig-Euro-Scheine auf den Tresen. Die Scheine verschwanden wie von Zauberhand in einer abschließbaren Schublade.

Der Zimmerschlüssel hatte einen Holzknauf, auf dem in schwarzen Lettern die Ziffer 6 eingebrannt war. Mit einem Kopfnicken in Richtung Gang sagte der Hotelportier:

„Den Gang lang, eine Treppe hoch, dann links ganz hinten. Frühstück gibt's keins. Bäckereien gibt es hier genug in der Umgebung. Bis 12 Uhr Schlüssel hier in den Kasten."

Er deutete auf eine Box unter der Schlüsselwand. Der Mann blickte ihn prüfend an.

„Gepäck haben Sie ja keins. Dann schlafen Sie mal gut. Schönen Abend."

Bevor Stefan noch was sagen konnte, war der Mann verschwunden. Der Fernseher dröhnte wieder in voller Lautstärke – irgendein Kriegsfilm, so hörte es sich an. Stefan war sich nicht mehr sicher, ob sein Mitleid angebracht war.

Stefan ging die Treppe hoch und kam in einen schlecht beleuchteten Gang mit einem schmierigen roten Teppich. Er fand sein Zimmer schnell am Ende des Ganges. Die gesamte Einrichtung schien aus den 50er Jahre zu kommen. Die vergilbte Tischdecke mit kleinen Brandlöchern und der abgenutzte Läufer waren aus Plastik. Das Bad bestand aus einer Dusche mit einem fleckigen, ehemals wohl hellgrünen Vorhang, einem von Rissen durchfrästes Waschbecken und einer Toilette ohne Deckel. Die stickige Luft nahm ihm den Atem. Stefan wollte nur noch raus.

19

Das Video des Kardinals war absolut tote Hose. Und sehr kurz. Trotzdem hatte Legemann es seinem Online-Kollegen Chucky Wintermann schon mal zur Besichtigung weitergeleitet. Kurze Zeit später kam Chucky an seinen Schreibtisch und legte los.

„Björn, ich glaube, wir haben es nicht mit einem Original zu tun."

Chucky war kein Mann der vielen Worte, aber multimedial topfit. Legemann glaubte ihm sofort.

„Was ist los mit dem Video?", fragte er scheißfreundlich, um alles aus dem Kollegen herauszuholen.

Chucky zögerte einen Moment. So einen Ton war er von dem Ego-Shooter-Kollegen Legemann nicht gewöhnt.

„Also, die Schnitte sind grottenschlecht und total willkürlich. Hey, das ist richtig auffällig, selbst wenn man Zeitdruck unterstellt", er holte kurz Luft, „wenn Du mich fragst, und das tust Du ja ausnahmsweise – hier hat jemand wie ein Berserker das Original gekürzt, um alles zu killen, was ihm nicht passte."

Legemann sprang von seinem Schreibtisch auf und klopfte seinem Kollegen enthusiastisch auf die Schultern.

„Chuck, du bist ein Genie", rief er und setzte sich gleich wieder vor seinen Bildschirm. Sichtlich überrascht über diese ungewohnte Lobattacke salutierte Chuck kurz und trabte zurück an seinen Desk.

Legemanns Neuronen führten einen Veitstanz auf. Wenn der Kollege Recht hatte – das wäre der Hammer! Er schaute sich das Video noch einmal an – und ihm sprangen die harten Schnitte in die Augen. Sie konterkarierten die hochemotionalen Passagen in der Botschaft des Kardinals, die immer wieder abrupt endeten. Da waren Berserker aus dem Bistum am Werk gewesen.

Noch einmal rief er bei der Pressestelle an. Und dann beim Kardinal. Niemand ging ran. Legemann überlegte. Das verhunzte Entschuldigungsvideo musste noch rein in den Artikel, bevor andere darauf kamen. Doch wie ging er mit dem schweigenden Kardinal um? Er biss sich streitlustig auf die Unterlippe und beendete den Online-Artikel mit einer Frage: „Und wer hat das Video des Kardinals gekürzt? Was soll vertuscht werden? Der Kardinal und das Bistum waren nach der Veröffentlichung nicht mehr erreichbar."

Er checkte noch einmal seinen Text und war zufrieden. Das wird sicher eine Bombe, dachte er, und für morgen wusste er genau, wie er die nächste Mine legen würde. Er roch es geradezu, dass in dieser Geschichte noch viel mehr drinsteckte, als er es an diesem Abend überreißen konnte.

Mit Genugtuung schob er den Text zu Chuck, der nur noch happy war – wegen des Textes, den exklusiven Fotos und der Aussicht, endlich Feierabend zu haben. Auf den Rückruf aus dem Generalvikariat brauchte Legemann jetzt nicht mehr zu warten. Morgen war auch noch ein Tag.

Als Legemann drei Stockwerke tiefer vor dem Verlagshaus stand, holte er tief Luft. Ja, es war wirklich ein traumschöner lauer Sommerabend. Kurz checkte er noch einmal sein Handy. Immer noch keine Nachricht vom Kardinal. Vielleicht haben sie ihn in einen Kerker unter dem Generalvikariat gesperrt, dachte er grimmig, mit Weihwasser und vielen geweihten Oblaten als Fastenessen, damit ihn niemand findet und er nichts Falsches sagt.

Das Bild gefiel ihm. Wäre ein Cartoon wert, dachte er hämisch. Entschlossen verbannte Legemann alle Gedanken rund um seinen Job aus seinem Kopf. Jetzt war „Kätzchen"-Time. In dieser Absacker-Kneipe im Hinterhof, in der sich alle versammelten, die irgendwie die Nacht herumbringen wollten, war er Stammgast. Er freute sich schon auf seinen Kumpel und Informanten, der am Wochenende oft persönlich Schallplatten auflegte, jeden mit viel Alkohol versorgte und in dessen Reich Zigarettenqualm niemanden aufregte. Langsam ging er los. Je später er dort ankam, desto besser die Stimmung.

20

Kathie blieb abrupt stehen und schaute sich um. Sie hatte keine Ahnung, wo sie sich gerade befand. In ihrer Empörung war sie einfach losgegangen – möglichst weit weg von Carsten und ihren Freundinnen, die heute nur noch auf geile Zeit aus waren. Manchmal waren sie wirklich nicht auszuhalten. Freizeitdumpfbacken, Leerstellenverfüller, nur unter Drogen erträglich. Ich passe überhaupt nicht in deren Scheiß-Partyglitzerspaßweltbild, dachte sie. Und auf Carsten konnte sie sowieso verzichten.

Das ist nur die halbe Wahrheit, ging ihr durch den Kopf. Denn es war ja nicht das erste Mal, dass sie trotz aller Widerstände mit ihnen die Samstagabende abgehangen ist. Ich komme einfach nicht los von ihnen, vielleicht, weil sie so anders waren, vergnügungssüchtig und moralresistent. Warum ticke ich immer so hochmoralisch, bewerte alles, stelle mich permanent in Frage?

„Ich bin so eine moralinsaure Tussi!" Am liebsten hätte sie sich in den nächsten Papierkorb gestopft.

„Ey, hab Dich lieb", rief ein schon angetrunkener junger Typ und torkelte auf sie zu.

Kathie schreckte aus ihrem schon zum Ritual gewordenen Gedankenkarussell hoch und erwiderte gereizt: „Alles klar, guck Dich doch selbst mal an."

Sie beschleunigte ihren Schritt, um nicht in eine Diskussion oder Schlimmeres zu geraten. Vielleicht hatte sie doch etwas zu viel getrunken. In einer Seitenstraße hielt sie inne und holte tief Luft. Jetzt nach Hause zu gehen war auch keine Lösung. Alleine in irgendeine Kneipe zu gehen – da kam für sie nur eine Frage. Dort kannte man sie. Einen kleinen Absacker könnte sie brauchen. Dann habe ich mich auch wieder lieb, lächelte sie grimmig und bog in Richtung Altstadt ab.

Um sie herum schlenderten Grüppchen gut gelaunte junger Menschen, die offensichtlich die warme Sommerluft und den Abend genossen, offen waren für die kleinen Abenteuer, die auf sie warteten. Kathie war froh, für sich zu sein und ließ sich durch die heitere Abendstimmung treiben. An der Ampel, die zu dem belebten studentischen Kneipenviertel führte, blieb sie stehen. Sie schien die Einzige zu sein, die sich von dem Rotlicht verpflichtet fühlte, nicht die Straße zu überqueren. Im Rudel fluteten die Nachtschwärmer an ihr vorbei und lachten über wütende Radfahrer, die versuchten, sie mit lautem Klingeln von ihrer Rennpiste wegzujagen.

Während sie sich noch fragte, ob sie nicht bescheuert sei mit ihrer spießigen Prinzipientreue und sich besser mal schnell die Freiheit nehmen sollte, munter über die wenig befahrene Straße zu gehen, spürte sie, dass jemand neben ihr stehenblieb. Ein kurzer Seitenblick signalisierte ihr, dass ein recht attraktiver, dezent sportlich gekleideter Mann mittleren Alters neben ihr am Bordstein wartete. Sie riskierte noch einen Blick und sah in traurige und gleichzeitig wache Augen, die sie freundlich anschauten. Er war ihr spontan sympathisch.

„Rot ist doch eine schöne Farbe", sprach sie ihn an, „da kann man doch nicht einfach dran vorbeigehen, oder?"

Er versuchte ein Lächeln und erwiderte tiefgründig:

„Manchmal muss man mitten im Trubel des Lebens innehalten."

Kathie starrte den Unbekannten fasziniert an. Von diesem Mann ging eine Ausstrahlung aus, die sie zutiefst berührte. Ein Wesen aus einem Paralleluniversum, etwas unheimlich und irgendwie magisch.

Der Rempler von einer alten Frau, die sich mit ihrem Rollator an ihr vorbeiquetschte, riss sie aus ihren Gedanken.

„Oh Verzeihung", sagte sie vorsichtshalber.

„Sehen Sie nicht", schnarrte die Alte, „ist doch schon längst grün."

Und marschierte mit kleinen, entschlossenen Schritten weiter über die Straße gegen die Beine einer billig aufgebrezelten jungen Frau auf High-Heels, die daraufhin ihre Leibesfülle kaum ins Gleichgewicht halten konnte.

„Kannst du nicht aufpassen, du alte Fotze", kreischte sie, „du gehörst doch schon längst ins Bett. Haben wohl im Pflegeheim vergessen, dich ins Bett zu bringen."

Unbeirrt zog die Alte weiter, als hätte sie nichts gehört, getrieben von der Sorge, nicht rechtzeitig über die Straße zu kommen, bevor die Ampel auf Rot schaltete.

„So geht man nicht mit alten Menschen um", meinte der Unbekannte.

„Aber die Alte war auch nicht ohne", erwiderte Kathie.

Ohne weitere Worte gingen die beiden schnell über die Straße, bevor die Ampel wieder auf Rot schaltete, und blieben in der Fußgängerzone stehen.

„War nett", sagte Kathie, zögerte kurz und fuhr fort: „Ich heiße Kathie, und Sie?"

Der Unbekannte zuckte zurück, fasste sich und antwortete leicht widerstrebend.

„Ähm, ich heiße Stefan."

Kathie fasste sich ein Herz. Es war Zeit, dass sie sich nicht immer nur mit sich beschäftigte.

„Ok - Stefan, ich wollte noch einen Absacker im „Durstig" trinken. Die ist ein bisschen heruntergekommen, aber da sind total nette Leute. Und ganz in der Nähe." Kathie holte tief Luft und fügte hinzu: „Also, für mich nur auf einen Absacker. Ich muss morgen arbeiten."

Stefan zögerte. Er fühlte sich wie in einem reißenden Strom, der ihn mitriss, ohne dass er sich an irgendetwas festhalten konnte. Aber dieser Strom der unbegrenzten Möglichkeiten hatte für ihn auch den Reiz, neue Welten kennenzulernen. In sein abgewracktes Hotelzimmer zurückzukehren war sicherlich keine Option. Er fühlte unbekannte Lebensgeister in sich aufsteigen – und sagte zu.

21

Er schaute durch das gerippte Fenster in den Nachthimmel. Fade schimmerte das Licht einer verschmutzten Straßenlaterne in den Fenstern des frisch renovierten Nachbarhauses. Die noch immer lauwarme Sommerluft, die durch die leicht geöffnete Terrassentür hinter ihm das Wohnzimmer flutete, erreichte ihn nicht. Er fror.

Noch immer lösten sich Tränen aus seinen Augenwinkeln, rieselten in Rinnsalen seine Wangen hinunter und wurden vom Halsausschnitt seines T-Shirts aufgefangen. Robin Leitner saß auf der mit schwarzem Filz ausgelegten Fensterbank seiner Souterrainwohnung im Altbauviertel und fühlte nichts außer unendliche Trauer. Er hatte keine Bilder mehr im Kopf, sein Ich war ohne Echo und stierte in eine abstrakte, leere Ferne.

Wieder und wieder erhob sich der qualvolle Moment wie ein Seeungeheuer aus den Tiefen seines Bewusstseins, als er freudestrahlend die Tür der Sakristei aufgerissen hatte, mit einem Blumenstrauß in der anderen Hand, und Lukas leblos, mit gebrochenen Augen und bläulicher Zunge über den blutigen Lippen seitlich vom Tisch vor ihm liegen sah. Seinen Mann. Seine Liebe. Sein Leben. Er hatte geschrien wie ein Irrer und war doch keinen Schritt nähergekommen. Den Anblick des vom Todeskampf deformierten Körpers, den er noch am Morgen geliebt hatte, war für ihn unerträglich. Die sanfte Seele dieses liebevollen Menschen, der an Menschen fast kindlich und unerschütterlich geglaubt hatte, war spurlos verschwunden. Eine bleiche Härte umzingelte stattdessen seine Gesichtszüge.

Er wusste nicht, wie lange er gestanden und geschrien hatte. Dann war plötzlich Siegfried da.

„Wir müssen die Polizei rufen", waren seine ersten Worte. Und dann gleich hinterher: „Ich muss die Polizei rufen, Robin. Du verschwindest hier. Aber sofort. Du willst jetzt nicht ins Kreuzfeuer der Presse oder der Kirche kommen, oder?"

Er hatte nicht verstanden, was der Küster meinte, aber gespürt, dass er genau das tun musste. Siegfried hatte ihm den Blumenstrauß in die Hand gedrückt und aus der Tür geschoben mit den beschwörenden Worten.

„Verschwinde, gehe in die Kneipe zu einem Freund. Du warst nicht hier, verstehst Du?"

Robin hatte genickt und war wie in Trance aus der Kirche gegangen.

In eine Kneipe war er nicht gegangen. Er hatte die Einsamkeit gesucht – und die hatte er in den Seitenstraßen rund um die Kirche gefunden. Bis es ihn wieder zurückgetrieben hatte – mit all den furchtbaren Bildern, die sein Gehirn in einen formlosen Sumpf des Schreckens, der Wut und der Verzweiflung stampften. Siegfried war plötzlich wieder da, um ihn zur Vernunft zu bringen. Und dann hatte ihnen dieser Journalist aufgelauert. Er hatte sie völlig überrumpelt.

Robin blickte über den Esszimmertisch zu der Küchenspüle. Stumm und dunkel lag dort sein Handy. Der Online-Artikel über ihn, sein Verhältnis zu Stefan und seinen Wutaufschrei gegen die Kirche – alles war jetzt öffentlich.

Er nahm noch einen tiefen Schluck aus seinem Rotweinglas. Es war die beste Flasche, die er im Keller aufbewahrt hatte. Und ganz tief in seinem Innern züngelte eine kleine Flamme Lebensenergie. Sie war stark genug, um sein Bewusstsein zu erreichen. Er würde Robins Kampf weiterkämpfen. Das war er ihm schuldig.

22

Kriminalhauptkommissar Stoecker hörte eine tieftönende Glocke im Innern der Villa läuten. Bei feinen Leuten reicht ein einfaches Ding-Dong nicht, brummelte er missmutig, während er den Mantelkragen höher zog. Der Schlafmangel ließ selbst eine angenehm temperierte Sommerabendluft frostig erscheinen. Er hoffte inständig, einen konkreten Hinweis auf den Partner des toten Lukas zu bekommen. Niemand wollte etwas sagen. Und Robin Leitner schien wie vom Erdboden verschluckt zu sein. Ans Telefon war er auch nicht gegangen.

Es dauerte eine Weile, bis sich die hohe, schwere Eingangstür lautlos öffnete. Eine gut sechzigjährige, gutaussehende Frau mit modischer Kurzhaarfrisur stand an der Tür. Unter ihrem üppigen Hermelinmantel, schaukelte ein fußlanges Flanellnachthemd. Ihre kleinen Augen funkelten den Kommissar empört an.

„Wissen Sie, wie spät es ist?"

„Entschuldigen Sie bitte die späte Störung, Frau Noethen", entgegnete er ihr so freundlich, wie es ihm in seiner momentanen Gemütsverfassung möglich war, „mein Name ist Oscar Stoecker. Ich bin Kriminalhauptkommissar. Wir ermitteln im Fall Pfarrer Lukas Gönnefried."

Mit einem abschätzenden Blick schaute sie ihn an: „Sie meinen den armen jungen Pfarrer?"

Sie hatte einen merkwürdigen Ausdruck im Gesicht. Der Kommissar meinte eine Mischung zwischen Misstrauen und lüsterner Sensationslust zu sehen. Aber er konnte sich auch irren. Klischees sind mächtig, wusste er.

„Könnte ich kurz hereinkommen?", setzte er nach und einen Fuß in die Tür.

Sie zierte sich nur kurz und öffnete dann bereitwillig die Tür.

„Mein Mann schläft schon. Er hat einen gottgesegneten Schlaf. Eine Atombombe würde ihm nicht den Schlaf rauben", grantelte sie vor sich hin, während sie die Eingangstür mit Nachdruck hinter ihm schloss und im repräsentativen, plüschigen Wohnzimmer Licht machte. Getränke bot sie nicht an.

„Also, Frau Noethen, ich bin hier, weil Sie Vorsitzende im Pfarrgemeinderat sind", begann er die Befragung, „wir hätten gerne gewusst, was Sie über Pfarrer Gönnefried wissen."

Gisela Noethen holte tief Luft und lud den müden Kommissar ein, sich auf einen der schlanken Stühle am langen Esstisch zu setzen. Sie nahm ihm gegenüber Platz.

„Ich habe es schon von Siegfried gehört", seufzte sie, „vom Küster. Aber das wissen Sie ja schon längst. Wie soll ich sagen, ich bin zutiefst erschüttert."

Ihr Blick schweifte kurz in eine Ecke des Wohnzimmers mit einer gemütlichen Sitzecke. Auf dem kleinen, gläsernen Couchtisch mit Messingbeinen stand eine Flasche Rotwein und ein halb ausgetrunkenes Glas. Sie blickt sofort wieder zum Kommissar. Ihre grau-grünen Augen spiegelten verhalten ihre Trauer.

Eine Frau, die nicht viel redet und noch weniger aus sich herausgeht, dachte Stoeker, lag damit aber verkehrt.

„Wussten Sie von seiner Partnerschaft?", fragte er ohne Umschweife.

„Ja", antwortete sie kurz, aber keineswegs abfällig. Stoecker schwieg und schaute sie abwartend an. Eine kurze Weile schwiegen sie.

„Frau Noethen", drängte Stoecker behutsam, „ich verstehe ja, dass dieses Verhältnis, naja, sagen wir mal, ein mittelgroßes Problem war. Zumindest für die Kirchenspitze. Aber wie sind Sie in Ihrer Gemeinde damit umgegangen?"

Gisela Noethen bekam Farbe ins Gesicht und sprang auf. Sie fand Halt an der Tischkannte und die Tränen schossen ihr nur so aus den Augen.

„Jetzt nennen Sie es doch gottverdammt beim Namen. Ja, Lukas war schwul. Das wusste jeder. Und er hatte einen unglaublich engagierten, netten Partner, den Robin. Der half, wo er konnte, nicht selten auch als Ministrant, wenn mal wieder jemand von der Jugend keine Zeit hatte. Mit Lukas habe ich wieder ins Gemeindeleben zurückgefunden, und nicht nur ich. Er war offen, verständnisvoll, nahm jeden und jede ernst, egal wie wir dachten, glaubten oder lebten. Wenn ich da an unseren alten Pfarrer denke …", sie verdrehte die Augen und setzte sich wieder hin, „aber nichts, gar nichts, durfte nach oben dringen – zum Kardinal-Clan. Wie oft saß er hier hinten in unsere Sitzecke, und wir haben bis spät in die Nacht geredet. Wie verzweifelt er war, heucheln zu müssen, ein Doppelleben zu führen, seine Liebe nicht offen leben zu dürfen. Er fühlte sich berufen, Jesus nachzufolgen, seine Botschaft zu verkündigen. Aber er konnte nicht sehen, warum seine aufrichtige Liebe zu Robin widernatürlich und gotteslästerlich sein sollte. Und dann auch noch die Angst vor Denunziation. Immer diese Frage – ist dies ein Freund oder ein Verräter? Die Hölle, sage ich Ihnen. Wir von der Gemeinde haben ihn gestützt, aber wir konnten ihn nicht von seiner Seelenqual befreien."

Gisela Noethen presste beide Hände auf ihr Gesicht und weinte bitterlich.

„Also Robin war in der Gemeinde bekannt?", hakte Stoecker behutsam nach.

„Aber ja. Jeder von uns, der in der Gemeinde aktiv war, kannte ihn, denn er war aktiv im Gemeindevorstand", erwiderte sie fast erstaunt.

„Hatte Herr Leitner einen Beruf?", fragte er weiter.

„Er ist Psychotherapeut", gab sie nach kurzem Zögern zur Antwort, „ein kunstsinniger Psychotherapeut. Und mit seiner Expertise konnten wir manchen Konflikt in der Gemeinde gut befrieden."

Stoecker wusste, dass der Polizeipräsident Recht hatte. Er musste Leitner unbedingt sprechen. Noethen wirkte sehr erschöpft. Stoecker musste sich beeilen, seinen Fragekatalog abzuspulen.

„Gab es jemand, der nicht so positiv auf Lukas zu sprechen war?", fragte er leise.

Gisela Noethen richtete sich auf und stützte sich auf ihre Unterarme.

„Ich kenne niemanden", sagte sie mit tonloser Stimme und schaute an Stoecker vorbei.

Der Kommissar hatte das Gefühl, sie verheimlichte etwas.

„Und Robin Leitner, sein Partner? Gab es in dieser Beziehung Probleme?"

„Auf keinen Fall", reagierte sie heftig, „wenn es Konflikte gegeben hat, wurden sie sicher professionell ausgeräumt. Uns sind keine Beziehungsprobleme bekannt."

„Sind Sie sich ganz sicher, dass niemand Pfarrer Gönnefried auf dem Kieker hatte?", hakte er nach.

Die Seniorin hielt diesmal seinem Blick stand und sagte mit Nachdruck: „Ja, ganz sicher."

„Wissen Sie, wo wir Herrn Leitner finden können, um vielleicht mehr über Menschen zu erfahren, die mit Pfarrer Gönnefried ein Problem hatten?"

Gisela Noethen wurde es zu viel.

„Herr Kommissar", sagte sie und erhob sich demonstrativ, „die Meldeadresse von Herrn Leitner sollte Ihnen ja mittlerweile vorliegen. Und er hat noch eine psychotherapeutische Praxis – das sollte für Sie ja auch kein Problem sein herauszufinden, wo die sich befindet. Ich bin jetzt müde und bitte Sie, zu gehen."

Stoecker seufzte und stand mit etwas Mühe auf. Natürlich hatten sie schon bei der Privatadresse, via Handy und in der Praxis angerufen. Sie hatten Robin Leitner nicht erreicht.

Er bemühte sich um ein freundliches Lächeln und reichte Frau Noethen die Hand.

„Ich danke Ihnen vielmals, dass Sie sich Zeit genommen haben. Wenn Ihnen noch etwas einfällt, bitte melden Sie sich."

Er reichte ihr seine Visitenkarte und ließ sich zur Tür führen. Draußen sog er mit tiefen Atemzügen die Nachtluft ein. Es war höchste Zeit, eine Runde zu schlafen. Polizeipräsident hin oder her.

23

Lässig holte Carsten einen 50-Euro-Schein aus seinem Portemonnaie und ließ sich das Restgeld auf die 8,40 EUR Fahrgeld von der Taxifahrerin herausgeben. Auf den Pfennig und ohne Trinkgeld. Die resolute Taxifahrerin streifte ihn mit einem abschätzigen Blick, als er ausstieg. Sie kannte diese Möchtegern-Schnösel zur Genüge. Wenigstens war er nicht hackedicht, dachte sie und fuhr los. Der nächste Kunde wartete schon.

Carsten ging zielstrebig die wenig belebte Seitenstraße entlang zu einer Eckkneipe mit schwarzverklebten Fenstern. „Gigi's Schänke" war über der massiven Eingangstür in zackigen Leuchtbuchstaben zu lesen. Carsten stemmte die schwere Kneipentür auf, und ihm flutete heiße, zigarettengeschwängerte Luft entgegen. Im rotblauen Halbdunkel quetschten sich die Kneipengänger um den Tresen. Laut dröhnte die Musik aus knarzenden Lautsprechern. Die Stimmung war riesig. Kneipenwirt Kurt war wieder auf dem „Gigi und die Rattenfänger"-Trip und spielte den Song „Dönerkiller". Wer noch konnte, grölte mit. Bislang hatte ihn noch keiner verpfiffen wegen seiner illegalen Musikauswahl. 1,90 m groß und kampfsportgestählt war er eine Autorität ohne viele Worte. Keiner legte sich gerne mit ihm an. Die hitzig-schwüle Atmosphäre in dem völlig versifften Raum ließ Carsten kurz zögern. Er mochte es nicht, sich durch schwitzige Wabbelsäcke zwängen zu müssen.

Seinen Kumpel Gerold Nyssen fand er wie immer ganz hinten in einer durch eine kleine eingezogene Wand geschützten Ecke. Es war der Stammtisch von ihrer Kameradschaft „Schwarze Sonne-Koalition" – markiert von einem kleinen schwarzen Fähnchen, in dessen Mitte ein bösartig grinsender

Frosch ein hakenkreuzähnliches Gebilde bewachte. Die Meme „Pepe's Frosch" war ihr Maskottchen.

„Heil, Du Saftsocke", begrüßte ihn Gerold lallend und hob sein volles Bierglas. Er hatte schon einiges getankt, wie immer am Wochenende. Carsten zog sich einen Hocker vom Nachbartisch heran und zwängte sich neben Gerold an den Tisch. „Heil, Gerold", murmelte er und gab gleichzeitig ein Handzeichen in Richtung Theke. Kurt hatte ihn gesehen und war schon dabei, ein Bier zu zapfen.

„Alles klar, oder was", fragte Gerold und stierte ihn an.

„Ich hasse diesen Laden", brachte Carsten heraus und verstummte, als er den Wirt mit zwei Bier und zwei Korn sich durch die Menge bahnen sah. Wie ein Riesenfisch durch ein Sumpfgebiet. Kurt ließ die Humpen schäumendes Bier auf den Tisch krachen, klopfte Carsten mit seiner haarigen Pranke auf die Schulter und grinste ihn an.

„Ist der feine Pinkel auch mal wieder da?"

Carsten fuhr wütend von seinem Sitz hoch. Gerold zog ihn gleich wieder auf seinen Hocker herunter und machte auf Deeskalation.

„Ey Kurt, keine Ehrverletzungen gegen meinen Kumpel. Der Carsten hat's voll drauf. Sieht man ihm nich an, is aber so."

Kurt seufzte und wischte sich mit dem Handrücken den triefenden Schweiß von der Stirn.

„Musst Dich auch mal selber wehren, Carsten, wer auf unserer Seite ist, ist hier willkommen. Das Bier geht auf's Haus, ok?"

Carsten nickte nur. Er hätte alles kurz und klein schlagen können. Erst dieses Zickentheater mit den Weibern – und jetzt machten sogar noch die Kumpels Stress auf seine Kosten. Er griff zum Korn und kippte ihn runter.

„He, was hast du für Manieren", meckerte Gerold, „erst an-
stoßen, dann saufen. Mann bist du Scheiße drauf."

„Kannst Du laut sagen", erwiderte Carsten gereizt, hob sein
Bierglas, um mit Gerold anzustoßen. Eine Weile hockten sie
wortlos am Tisch und schauten auf ihr Kameradschaftsfähn-
chen.

Casten spürte, wie seine Wut in ihm immer höher kochte.
Sie erstickte ihn regelrecht, so dass er kaum einen klaren Gedanken fassen konnte. Er sah Kathie vor sich und hätte sie am
liebsten bewusstlos gefickt, diese arrogante Schlampe.

„Du, Gerold", sagte er schließlich und hielt Gerold seine ge-
ballte Faust unter die Nase, „heute muss ich noch jemanden
so richtig die Fresse polieren. Aber so richtig. So einer Türken-
memme, oder Asylantenschlampe. Haste ne Idee?"

Gerold hatte mittlerweile auch das frisch gezapfte Bier auf
Ex getrunken und schaute ihn mit glasigen Augen an.

„Willst noch n' Bier?", konnte er noch gerade stammeln,
dann legte er seinen Kopf auf den Tisch und war eingeschlafen.

Carsten rastete aus. Er stieß seinen Kumpel mit voller Kraft
nach hinten, so dass er krachend vom Stuhl kippte und mit
dem Kopf gegen die Wand schlug. Er zerrte ihn hoch und
schrie in dessen blutendes Gesicht:

„Nur saufen kannst du, du Memme von einem deutschen
Mann. Keine Eier in der Hose, was?"

Gerold kam zu sich, rappelte sich auf und brüllte Carsten an:
„Bist du bescheuert? Total am Arsch, was! Zieh Leine, aber so
was von sofort!"

Carsten hob schon die Faust, um wieder zuzuschlagen, als
er einen stahlharten Griff auf seiner Schulter spürte. Wütend
drehte er sich um und brülle: „Eh, was soll das!"

Und wurde still. Kurt sah ihn mit seinen stahlblauen Augen

durchdringend an: „Ganz ruhig, Carsten, ganz ruhig. Geh mal ein bisschen an die frische Luft und beruhige Dich, ok?"

Carsten wusste, dass das kein gut gemeinter Vorschlag war, sondern ein Befehl. Er blickte kurz zu Gerold, der ihn schwankend anstierte, während ihm das Blut von der Schläfe herunterlief. Heute lief alles nur schief.

„Aber so was von gerne", brüllte er, „auf Eure Kackbratzen kann ich gerne verzichten."

Er griff nach seinem Handy, steckte es in die Hosentasche und wühlte sich durch die Kneipenmenge, die ihn mit breitem Grinsen ziehen ließ.

Draußen auf der Straße holte Carsten tief Luft und brüllte seinen Frust in die laue Sommernacht. Ein Pärchen sah amüsiert zu ihm rüber und ging dann kopfschüttelnd weiter. Er fühlte sich wie der letzte Arsch. Es war ein Gefühl, das wie ein Brandbeschleuniger seine Wut ins Unermessliche steigerte. Das Schlimme war, dass er nicht wusste, wohin mit seiner Wut. Er hatte keine Ahnung, wohin er jetzt gehen sollte. Zurück in die Kneipe ging gar nicht.

Unschlüssig schaute er die Straße auf und ab und begann, langsam in Richtung Hauptstraße zu gehen, betont lässig mit den Händen in seiner leichten schwarzglänzenden Sommerjacke.

Er hatte gerade ein Kiosk ins Visier genommen, um noch ein Bier zu kaufen, da hörte er Schritte hinter sich, die sich ihm leicht verstolpert näherten. Bevor er sich umdrehen konnte, hörte er eine vertraute Stimme mit leichtem Zungenschlag.

„Mannomann, Carsten, wasn los mit Dir?"

Er drehte sich um und sah Gerold auf sich zukommen – mit einem Pflaster an der Schläfe. Er konnte es nicht fassen, Gerold auf Versöhnungstour? Sein Kumpel blieb zwei Schritte vor ihm stehen und sah ihn, um Haltung bemüht, prüfend an.

„Carsten, das war gerade echt Scheiße. Ich weiß, Du rastest gerne mal aus – aber das ging zu weit, klar?"

Carsten kämpfte mit seinem Stolz. Sollte er sich entschuldigen? Aber wen hatte er schon als Kumpel. Die meisten Studis waren nicht seine Wellenlänge. Sein einziger Freund war Gerold. Er studierte auch Jura, und sie sprachen eine Sprache, teilten eine Weltsicht. Sie waren die Leader in der Kameradschaft. Die anderen waren nur asoziale Prolls, die auf ihren Kampfeinsatz à la Schwarzenegger warteten. Carsten fühlte, wie er sich entspannte.

„Sorry", sagte er und hoffte, dass dieser ‚Kniefall' Gerold reichen würde.

„Lass uns mal eine Runde laufen", schlug Gerold nach kurzem Zögern vor. Carsten nickte, und beide gingen die Straße weiter und achteten darauf, sich nicht zu nahe zu kommen.

„Ich würde gerne wissen, was Dich so sauer macht", fragte Gerold schließlich.

„War heute einfach ein Scheißtag", erwiderte Carsten ausweichend.

Er dachte nicht daran, Gerold von den Schlampen zu erzählen, die ihn einfach hatten sitzen lassen. Schweigend liefen sie eine Weile weiter, während Gerold sich eine Zigarette anzündete. Er zelebrierte jeden Zug an der Zigarette auf eine Weise, die etwas Provokantes hatte.

Carsten dachte darüber nach, wie er die Biege machen konnte. Ihm fiel nur kein überzeugendes, unangreifbares Argument ein. Gerold konnte aus dem kleinsten Nebensatz Munition für seinen beißenden Spott machen.

Plötzlich stand Gerold vor ihm und packte ihn mit seinen Händen hart an beiden Oberarmen. Erschrocken sah Carsten ihm in die Augen, in denen eisige Strenge regierte. Sein Rausch schien wie weggeblasen.

„Carsten, ich muss mich auf Dich verlassen können! Das ist doch klar!?"

Unwillkürlich wollte Carsten einen Schritt zurücktreten, doch die Hände von Gerold umklammerten ihn wie ein Schraubstock.

„Klar, doch, klar", beeilte sich Carsten zu sagen. Er wusste, was er versprochen hatte.

24

Stefan fühlte sich auf einmal beschwingt. Vielleicht war es das zweite Bier, vielleicht Kathie mit ihrer besonderen Mischung von Lebensfreude und -ernst. Oder es war diese irre Mischung an Menschen in dieser kleinen Hinterhofkneipe, die eher eine Spelunke war. Die wenigen Holztische waren voll besetzt. Von der Decke hingen an offenen Kabeln Glühbirnen. Ein Anzugträger stand allein an der Wand und kippte ein großes Glas Gin. Eine Gruppe junger Leute in Rocky-Horror-Picture-Outfit stand eng zusammen und schien vor Lachen den Verstand zu verlieren. Neben ihnen tobte eine heftige Diskussion zwischen einem Handwerker in Montagekluft mit einer Frau, die aussah, als wäre sie gerade von einer Vorstandssitzung gekommen. Zwei Lesben klebten einander an den Lippen.

Niemand regte sich auf. Alle schienen total entspannt, tranken Unmengen an Alkohol und rauchten genussvoll Zigaretten, zum Teil mit betörendem Tabak. Leise Nebelschwaden waberten über ihren Köpfen. Die Theke war der einzige halbwegs beleuchtete Platz im Raum mit einer schier unerschöpflichen Menge an Flaschen in der beleuchteten Holzwand hinter dem Barkeeper, einem jungen Mann mit verwaschenem T-Shirt und löchrigen Jeans. Er füllte große und kleine Gläser mit den unterschiedlichsten Flüssigkeiten so elegant und geschmeidig, als würde er einer unsichtbaren Choreographie folgen. Neben ihm legte ein Typ undefinierbaren Alters Platten auf – von den 50er Jahren bis K-Pop. Gerade setzte er die Nadel auf eine alte Platte der Temptations. Das betörend rhythmische, flirrende Vorspiel von „Papa Was A Rolling Stone" erfüllte den Raum.

Schlagartig erinnerte sich Stefan an den Moment, als er diesen Song zum ersten Mal gehört hatte. Er war bei seinem älteren Schulfreund in der ausgebauten Dachgeschosswohnung mit steilen Dachschrägen gewesen, an denen er sich regelmäßig den Kopf angestoßen hatte. Dort hatte er sein erstes Pfeifchen geraucht und …

Kathie stupste ihn an.

„Hallo, wir verdursten", lächelte sie und zog ihn zur Theke, an der mehrere Leute auf ihre Bestellungen warteten. „Also, nur so zur Orientierung", sagte sie und schaute ihn amüsiert an, „du bist im ‚Durstig', das ist DIE Absackerkneipe. Dort triffst du alle – Reiche, Arme, Durchgedrehte, Spießer, Pornostars oder Intellektuelle. Es ist wie ein kleines Paradies. Da kommen Menschen friedlich zusammen, die sich woanders noch nicht einmal Guten Tag sagen würden."

Für Stefan war das eine völlig neue Definition von Paradies – die Kneipe für alle. Er spürte, wie er von dieser Atmosphäre des totalen Hier und Jetzt gefangen war. ‚Papa Was A Rolling Stone' energetisierte noch immer den Raum. Der DJ spielte also die lange 11-Minuten-Version. Stefan versuchte, die Bilder aus der Vergangenheit in seinem Kopf zu verscheuchen.

„Ah, die Kathie ist wieder da", freute sich der Barkeeper, als sie endlich dran waren, „wie immer zum Auftakt einen Ramazotti?"

Kathie schürzte die Lippen wie zu einem Kuss. „Mein Süßer, Du kennst mich sooo gut", säuselte sie mit einem übertrieben verführerischen Augenaufschlag und lachte.

Der junge Mann tat so, als würde er erschauern ob dieses erotischen Angriffs und holte die Ramazotti-Flasche aus dem Regal hinter ihm.

„Und wer ist das da hinter Dir? Dein Papi?", fragte er und sah Stefan interessiert an, während er großzügig das Glas füllte.

„Luka!", tadelte ihn Kathie, „das ist Stefan. Ich habe ihn von der Straße aufgegabelt, weil ich dachte, der braucht ein bisschen Aufmunterung. Und", Kathie drehte sich zu Stefan um, „schon entschieden?"

Stefan starrte verwirrt auf die Regalwand mit den unzähligen Flaschen mit Alkohol. Ramazotti war nicht seins. Er erinnerte sich an seine Militärzeit in Frankreich. Da hatten sie immer Pastis getrunken. Und natürlich gab es Pastis in der Kneipe „Durstig", sogar den guten aus Marseille. Wie lange hatte er den nicht mehr getrunken.

Sie zogen sich mit ihren Gläsern in eine freie Nische. Hinter ihnen in einem kleinen Nebenraum lieferten sich zwei Pärchen einen hitzigen Kampf beim Tischfußball. Kathie prostete Stefan wortlos zu und trank einen großen Schluck.

„So, jetzt geht es mir besser", sagte sie, „erzähl ein bisschen von dir."

Stefan nippte an seinem Glas und überlegte. Er hatte sich noch keine Gedanken über seine neue Identität gemacht.

„Ich bin neu in der Stadt", begann er zögernd und schaute dann angestrengt in sein Glas. Storytelling war nicht seine Stärke. Der milchige Pastis öffnete ihm eine Gedankentür.

„Ich war bis vor kurzem beim Militär", erzählte er, „in Frankreich, Berufssoldat bei einer EU-Einheit."

„Du ein Soldat?", wunderte sich Kathie, „du siehst mehr nach einem Sozialarbeiter aus."

Im Weinberg des Herrn, dachte Stefan und stellte fest: Er brauchte jetzt dringend Abstand zu seinem alten Leben.

„Ich war im psychologischen Stab", erklärte er schnell.

„Macht es auch nicht besser", erwiderte Kathie. In ihrem Gesicht spiegelten sich Ablehnung und Enttäuschung.

„Wie meinst Du das?", fragte Stefan verunsichert. Kathie schaute ihn angriffslustig an.

„Ich bin eine von den Grünen, gegen Militär und Waffengewalt, für Gewaltlosigkeit und Friedenspolitik. Und perfide Psychospielchen der Militärs sind mir zuwider. So einfach ist das."

Sie war eine Idealistin, die zu ihren Überzeugungen stand. Stefan fand das sehr sympathisch und gab ihr innerlich völlig recht. Und spürte, wie ihm schwindlig wurde.

„Ich bin Dir näher als du denkst", hörte er sich sagen, während in seinem Kopf Bilder explodierten. Seine Stimme versagte.

Ein rasender Kopfschmerz entzündete seine Schläfen. Wie durch einen Nebel hörte er kreischende Flugzeugmotoren und ein Ackerland auf sich zurasen. Er versuchte tief durchzuatmen und trank hastig einen Schluck Pastis. Kathie war besorgt.

„Alles klar?", fragte sie und fasste ihn vorsichtig am Arm. Stefan sammelte sich und nahm schnell eine Tablette, die er mit dem Pastis herunterspülte. Er hatte sie noch nie vergessen. Nur mit ihnen bekam er seine Panikattacken in Griff.

„Warum bist Du hier?", hakte Kathie nach, mit dem sicheren Instinkt von Menschen mit Helfersyndrom, die einen Einsatz vermuten.

Warum bin ich hier? Stefan fühlte, wie er an Boden verlor.

„Du musst nicht reden", sagte Kathie schnell, griff zu ihrem leeren Glas und nickte in Richtung Theke, „Ich hole mal ein bisschen Nachschub."

Und sie lächelte ihn aufmunternd an. Für Stefan war es, als würde sie ihn mit dem Lächeln vor dem Ertrinken retten.

25

Legemann hatte Hunger, gewaltigen Hunger. Sein Deal mit sich selbst, Intervallfasten wenigstens für zwei Wochen durchzuhalten, schmolz dahin, als er an seinem Lieblingsdönerladen vorbeischlenderte, und der Duft von frisch geschabten Döner Kebab die Geruchsnerven in seiner Nase und den Gaumen betörte. Adil hatte heute Thekendienst. Noch ein guter Grund, in das arabische Gaumenmekka einzutreten. Ein ehrlicher Typ, der gute Portionen auf den Teller zauberte.

Während er an dem Bistrotisch in der Ecke auf seinen Döner wartete, schaute Legemann auf die App seiner Zeitung. Sein Artikel war schon online und wurde bereits heftig kommentiert. Schwulenfeindliche wie kirchenkritische Posts kreuzten martialisch ihre Klingen. Das Verschwinden des Kardinals wurde als Wegducken vor der Verantwortung gedeutet.

Legemann war zufrieden über die Reichweiten. Auch auf der Kirchenwebseite ging es hoch her. Das bis zur Belanglosigkeit gekürzte Video des Kardinals fand unter den Kirchentreuen Unterstützung, mit homophoben Zwischenkommentaren versetzt. Ein schwuler Priester hatte ihrer Meinung nach nichts in der Kirche verloren. Viele User aber empörten sich über die Empathielosigkeit der Kirche angesichts der Tragödie, die zu dem Selbstmord geführt haben musste. Niemand machte sich Sorgen um den Kardinal, der nicht erreichbar war.

Legemann dachte an die Gespräche, die er in den letzten Monaten mit dem Kardinal geführt hatte. Der Mann schien zunehmend unkonzentriert, fast depressiv und ohne den zuversichtlichen Elan, den er in den ersten Jahren seiner Amtszeit ausgestrahlt hatte. Der Widerstand seiner Kirche gegen den Reformdruck, den die Basis aufbaute, machte ihm offensichtlich zu schaffen.

Das hatte er ihm sogar schon bei einem Interview gestanden, aber off the record. Er hatte ihm zugesichert, diese Sätze nie zu veröffentlichen und hatte sich darangehalten. Vertrauen war ein wertvolles Gut, wenn man gute Geschichten aus den Gemächern einer der letzten absoluten Monarchien dieser Welt generieren wollte. Und Riemstedt war ihm irgendwie auch sympathisch in seiner nachdenklichen, jugendlichen Art. Aber jetzt war Schluss mit Taktieren und Samthandschuhen. Dafür war er Journalist.

Legemann nahm noch einen letzten Schluck aus der Bierdose, zahlte und verließ den Dönerladen mit einem angenehm gesättigten Gefühl im Magen. Eine gute Grundlage für den Absacker im „Kätzchen".

Im „Kätzchen" war gute Stimmung. Lounge-Musik umgarnte das gestylte Kreativpublikum, das auf neonfarbenen knautschigen Sitzsäcken vor kleinen Tischchen herumlungerte und trendige Cocktails aus Glasröhrchen schlürfte.

Sein professioneller Rundumblick offenbarte Legemann keine bekannte Persönlichkeit. Legemann konnte also privat sein und sein Journalisten-Gen schlafen legen. An der auf Vintage getrimmten Bar bestellte er einen Frozen Daiquiri und suchte sich einen freien Platz an der hinteren Ecke der Theke, über der Lichteffekte pulsierten.

Neben ihm war ein junges Pärchen tief im Flirtuniversum versunken. Er musterte ungeniert die junge Frau in Designer-Jeans und weißen Bluse mit tiefem Ausschnitt. Er hätte sich gut vorstellen können, mit ihr in ein erotisches Wonderland einzutauchen. Aber ihr Auserwählter war einige Jahrzehnte jünger, gut gebaut und ihr offensichtlich völlig verfallen, was ihr sehr zu gefallen schien. Das war nichts für ihn. Er stand mehr auf Frauen, die seinem Charme bedingungslos erliegen, nicht umgekehrt. Leider gab ihm sein Mörderjob nicht viel Zeit, auf

Schürzenjagd zu gehen, gestand er sich ein, und nahm noch einen Schluck aus dem Glas. Wohlig rann ihm der eiskalte Daiquiri die Kehle hinunter.

Eine Bewegung an der Tür zu den Toiletten ließ ihn aufmerksam werden. Der junge Mann, der sich im Halbdunkel in Richtung einer der hinteren Sitzecken bewegte, kam ihm bekannt vor. Und nach dem Bruchteil einer Sekunde wusste er, wer dieser adrette Jüngling war. Nur wenige Meter entfernt von ihm setzte sich Robin Leitner an einen kleinen Tisch, der schwule Gefährte des jungen Priesters und Selbstmörders Lukas Gönnefried. Er schien alleine zu sein, denn die drei Leute um ihn herum nahmen keine Notiz von ihm, sondern unterhielten sich angeregt miteinander. ‚Er hat es also allein nicht ausgehalten', dachte Legemann und überlegte, wie er Kontakt aufnehmen könnte. Am besten direkt, wie immer.

Legemann nahm sein Glas und kurvte um die Sitzecken bis zu seinem Zielobjekt. Leitner starrte nur vor sich hin und bemerkte ihn nicht. Erst als Legemann neben ihm in die Hocke ging, nahm er ihn wahr, ohne ihn wiederzuerkennen.

„Guten Abend", sagt Legemann vorsichtig freundlich, „wir kennen uns."

Leitner schaute ihn verständnislos an. Er war offensichtlich in seiner tiefen Trauer gefangen.

„Ich habe Feierabend und wollte mich ein bisschen aus diesem scheußlichen Tag ausklinken", fuhr Legemann fort, „ich nehme an, Sie suchen auch ein bisschen Abstand."

Leitner starrte ihn an. Langsam kam ihm die Erinnerung, und er sagte müde: „Sie sind der Reporter. Lassen Sie mich doch bitte in Ruhe."

„Kann ich verstehen", sagte Legemann, „haben Sie schon meinen Online-Artikel gelesen?"

„Ja, habe ich."

„Ist er für Sie so in Ordnung?"

Leitner schaute auf sein Glas Rotwein, nahm einen Schluck und sagte. „Ja, er ist gut. Lukas darf nicht umsonst gestorben sein."

„Ich verstehe nicht, warum die Kirche so einen guten Mann einfach so im Stich lässt", begann Legemann seine bewährt manipulative Pirsch auf Informationen, „er hat doch niemandem etwas getan."

Leitner schaute ihn an und schien mit sich zu ringen.

„Also, wissen Sie. Ich weiß nicht, ob ich Ihnen das sagen sollte. Ich bin wie in einem Nebel. Lukas ist gerade erst seit sechs Stunden tot – zumindest für mich." Robin Leitners Stimme erstickte in den aufkommenden Tränen.

Legemann verharrte abwartend. Mit einem leisen, verständnisvollen Nicken deutete er dezent sein Mitgefühl an. Leitner fasste sich wieder. Mit einem entschlossenen Räuspern verbannte er seine Trauer in den Tiefen seiner Innerlichkeit.

„Lukas war nicht der einzige. Sie glauben nicht, wie viele Priester heimlich in Beziehungen leben – mit Männern oder Frauen."

Legemann lächelte in sich hinein. Das war doch ein offenes Geheimnis. Mindestens siebzig Prozent waren die Schätzungen aus internen Kirchenkreisen, und wahrscheinlich mehr.

Leitner bemerkte seine kleine Abschweifung nicht und redete weiter, als ob er zu sich selbst sprechen würde.

„Aber solange sie nicht auffallen und die bischöflichen Autoritäten offiziell unterwürfig bestätigen, schauen die hohen Herren der Kirche darüber hinweg. Sie stecken ja zum Teil selber mit drin. Keiner traut sich etwas zu sagen, denn dieses Imperium würde brutal zurückschlagen. Rauswurf aus dem priesterlichen

Dienst, Exkommunikation – die Höchststrafe. Priester können dann sehen, wo sie bleiben. So ein Rauswurf aus der Kirche ist vergleichbar mit einer extrem üblen Scheidung. Du stehst plötzlich allein da, die heuchlerische Meute deiner ehemaligen Kollegen wenden sich von dir ab, und nichts ist mehr, wie es war."

Legemann legte noch ein wenig Zunder ins Feuer: „Ja, das ist mir klar, ganz übles Intrigantenstadl. Das kann doch auf Dauer nicht gutgehen ..."

Leitner holte Luft, blickte Legemann an, als wollte er ihn röntgen. Er schien zu einem Entschluss zu kommen.

„Haben Sie schon von 'Revelatio' gehört?", fragte er.

Legemann schüttelte den Kopf und war auf einen Schlag hochkonzentriert. Sollte er da gerade etwas Großem auf der Spur sein?

Leitner nahm noch einen Schluck Rotwein und seine Augen leuchteten.

„Übermorgen wollte Lukas mit einer großen Gruppe von Priestern ihre intimen Beziehungen offenbaren. Am Johannistag, dem Tag der Liebe und der Ernte. Wir wollten am Tag nach den Feuern der Johannisnacht den Aufbruch wagen, denn wir glauben wie der heilige Johannes, dass eine neue Zeit anbricht, gegen alle Widerstände."

Legemann konnte es nicht fassen, was er da hörte. Er musste dranbleiben, die vertrauliche Situation unbedingt ausnutzen.

„Was bedeutet Revelatio?", fragte er scheinbar naiv.

„Revelatio heißt Offenbarung, Enthüllung und bezieht sich auf die Offenbarung des Johannes im Neuen Testament, die Apokalypse. Die Reinigung der Kirche. Ein Ende aller Heimlichkeiten. Nur der Glaube zählt. Wie 1971 die Stern-Aktion ‚Mein Bauch gehört mir' wollten wir ein kirchenpolitisches Zeichen setzen. Lukas hatte das alles bis ins Detail geplant. Hinter jedem Priester steht ein Laie, der ihn finanziell und moralisch unterstützen will. Keiner der Priester sollte vor einem Abgrund stehen. Lukas war die treibende Kraft, der Motor dieser Aktion."

Legemann verstand. Ohne Lukas war diese Revolte höchst gefährdet. Die eingeübte Angst vor den kirchlichen Hierarchien war schon immer groß gewesen.

„Und jetzt?", fragte er.

Leitner stützte mit beiden Händen seinen Kopf auf bebenden Schultern.

„Ich hätte es Ihnen nicht sagen sollen", flüsterte er, „wenn Sie das jetzt veröffentlichen, dann werden es alle Priester abstreiten. Und Lukas' Traum einer freien, ehrlichen Kirche ist ein Haufen Müll."

Legemann dachte nach. Was er da gehört hatte, war die absolute Sensation. Aber ohne das Bekenntnis eines der Priester von ‚Revelatio' war diese Information nichts wert. Er durfte nichts überstürzen. Er bestellte für sich einen Daiquiri und für Leitner einen Rotwein.

„Keine Sorge. Ich finde es großartig, dass da endlich mal einer aufsteht und der Kirche einen Spiegel vorhält. Aber wie wollen Sie Ihr Anliegen öffentlich machen, über das Internet?"

Leitner schaute ihn verzweifelt an.

„Das werde ich Ihnen nicht sagen. Sie dürfen nichts darüber veröffentlichen. Sonst war alles umsonst. Und ohne Lukas können wir diesen Termin sowieso nicht mehr durchführen. Also, wenn Sie eine Story haben wollen, dann halten Sie jetzt still. Ich informiere Sie, wenn es soweit ist. Können wir uns darauf verständigen?"

„Klar, doch. Wenn Sie mir exklusiv sagen, wann Sie in die Öffentlichkeit gehen, bleibt das alles, was wir heute gesprochen haben, bei mir. Versprochen!"

Leitner erhob sich schwankend vom Tisch. Legemann schnellte hoch und schoss eine letzte Frage ab.

„Herr Leitner, glauben Sie, dass der Kardinal etwas mit dem Tod von Pfarrer Lukas zu tun hat?"

Leitner sah ihn geschockt hat.

„Sie sind ja völlig irre! Lukas hat viel von Kardinal Riemstedt gehalten. Sie waren sich – ich würde sagen – freundschaftlich verbunden. Der Kardinal musste ihm doch ins Gewissen reden. Aber Lukas war tief enttäuscht, dass er in dem Gespräch so distanziert war und so gar kein Verständnis gezeigt hatte."

„Ist der Kardinal schwul?", hakte Legemann nach.

„Nein, ganz sicher nicht", sagte Leitner bestimmt, „gute Nacht, Herr Legemann. Jetzt ist wirklich genug."

Nachdenklich schaute ihm der Journalist nach. Kein Zweifel, auf ihn wartete noch viel Arbeit, bis er die Sensationsstory rund hatte. Aber vielleicht war es ja sinnvoll, ein wenig abzuwarten. Den unberührten Rotwein von Leitner würde er noch trinken. So einen guten Tropfen konnte er nicht stehen lassen.

26

Er hatte zu viel getrunken. Trotzdem nahm Carsten noch einen Schluck aus der Bierflasche vom Kiosk. In seinem Kopf wirbelte ein Gefühlschaos. Gerold hatte ihm seinen Plan verraten. Dem grünen Bezirksbürgermeister Genke wollten sie einen Denkzettel verpassen. Danach würde er sich nicht mehr auf die Straße trauen. Ohne ihn wäre die Kampagne „Solidarisch gegen Rechts" am Ende.

Carsten gefiel seine Rolle in diesem Spiel nicht. Er sollte den Typen in einen Hinterhalt locken mit der Info über den nächsten Kameradschaftstreff der militanten Neonazi-Gruppe „Morgenröte". ‚So einem harmlos aussehenden Typ wie dich wird er sofort glauben', hatte Gerold gesagt. Wütend kniff Carsten seine Lippen zusammen. ER WAR KEIN HARMLOSES HÜNDCHEN! Aber Gerold hatte ihm richtig Druck gemacht, da mitzumachen. Es wird Zeit, dass du mal aus der Reserve trittst und zeigst, dass du zu uns gehörst, hatte er ihm ins Gewissen geredet. Es klang wie eine Drohung. Vielleicht würden sie ihn fertig machen, wenn er versuchte, sich da rauszureden.

Carsten lief ziellos die Straße entlang. Vor ihm lief ein Pärchen dicht nebeneinander, das intensiv miteinander redete. Hin und wieder packten sie sich vertraulich am Arm. Sie schienen sich zu mögen. Der Typ schien älter zu sein und war hochgewachsen. Carsten schaute auf die junge Frau und wurde hellwach. Das war Kathie, ganz klar! Was wollte sie mit diesem alten Mann? Eifersucht flammte in ihm auf wie Feuer in einem Benzinkanister.

Carsten beschleunigte seinen Schritt. Sein Blut raste in den Ohren. Sie bemerkten ihn nicht, obwohl er dicht hinter ihnen war. Er hörte, wie Kathie zu dem Mann sagte: „Ich kann dich gut verstehen. Du bist sehr sensibel, finde ich. Das ist echt selten bei Männern."

Kathie schien diesen Typen wirklich zu mögen. Für ihn hatte sie nur abfällige Worte übrig, dieses geile Weib. Carsten packte die kalte Wut. Er stürzte sich nach vorne und schlang seine Arme von hinten um Kathies Brust und drehte sie zu sich um. Bevor sie ein Wort sagen konnte, presste er sie an sich und küsste sie wild auf den Mund. Sie drehte ihren Kopf weg und schrie panisch auf. Eine Zehntelsekunde später spürte er einen harten Schlag gegen seine Schläfe. Er schlug mit dem Kopf gegen die Häuserwand. Alles um ihn herum verlor sich in einem tiefschwarzen Tunnel. Ein tiefer Frieden erfüllte ihn. Mit einem Male schien er unendlich leicht zu sein. Er schwebte über der Straße und sah sich blutend auf der Straße liegen, während ein Mann nicht aufhörte, auf ihn einzuschlagen.

Der Sonntag

1

Laras Körper durchlief ein wohliger Schauer. Hand in Hand schlenderte sie mit Nicole die von blühenden Lindenbäumen gesäumte kleine Wohnstraße entlang. Nicole streichelte ihren Handrücken zärtlich mit ihrem Daumen. Loretta blieb stehen und küsste ihre große Liebe leidenschaftlich. Wie lange hatte sie darauf gewartet, den ersten Schritt zu wagen.

Ein harter Stoß ließ beide fast stolpern. Ein bärtiger, älterer Mann mit einer großen Tasche voller Leergut war in sie hineingerannt. Wirr hingen ihm die weißen Haare in die Stirn.

„Toter Mann, toter Mann", stammelte er und deutete hektisch hinter sich die Straße entlang. Bevor die beiden ein Wort sagen konnten, war der Mann im Dunkel einer Nebenstraße verschwunden.

Es dauerte einen Moment, bis sich die beiden gefasst hatten. Nicole zog Lara energisch am Arm.

„Wir müssen da nachsehen", rief sie und rannte die Straße hinunter.

Lara zögerte. Am liebsten hätte sie sich aus dem Staub gemacht. Doch der romantische Moment war sowieso in weite Ferne gerückt. Also folgte sie ihrer Freundin und versuchte, sie einzuholen.

Nicole war schneller als sie und kniete schon über einem Bündel Mensch auf dem Bürgersteig, als sie ankam. Lara schrie leise auf. Der offensichtlich junge Mann lag blutüberströmt und regungslos auf dem Boden. Nicole traute sich nicht, ihn in die stabile Seitenlage zu legen. Von ihrem Erste-Hilfe-Kurs hatte sie nicht einmal eine blasse Erinnerung.

„Ruf den Notarzt", herrschte sie ihre Freundin an.

Kurz musste Lara überlegen, welche Nummer sie wählen sollte.

Wenig später kam schon ein Polizeiwagen an. Der routinierte Griff des Beamten am Hals des jungen Mannes gab Hoffnung. Zitternd lehnten sich Lara und Nicole an die Hauswand. Kurz hob der Polizist den Kopf und fragte sie, ob sie Zeugen seien. Beide nickten und schüttelten gleichzeitig den Kopf. Irritiert forderte er sie auf, zu warten, und wandte sich wieder dem Unfallopfer zu, den er vorsichtig in die stabile Seitenlage manövrierte. Blut troff aus seinem Mund.

Wenige Minuten später kamen Notarzt und Rettungswagen mit großem Tatütata. Lara und Nicole blickten mit starren Augen auf die Unfallstelle, die durch den wild kreisenden Lichtkegel des Blaulichts in unwirkliches Licht getaucht wurde.

Routiniert untersuchte der Notarzt den jungen Mann und schlug Alarm. Er war nicht davon überzeugt, dass der junge Mann diesen brutalen Überfall überleben würde. Es war wieder einmal einer dieser Einsätze, die er wegstecken und darauf hoffen musste, dass sie ihn vital in der Notaufnahme des Krankenhauses einliefern würden. Danach die Sintflut. Mehr konnten sie nicht tun.

2

Es war wie verhext. Vergeblich hatten Stoecker und seine Kollegin Yasemin Abdullah an der Tür eines imposanten Altbaus geklingelt, wo Robin Leitner ganz in der Nähe des Tatorts wohnte. Noch immer war der Freund des jungen Priesters an sein Handy nicht rangegangen.

Stoecker entschied, dass jetzt für ihn und sein Team endgültig Feierabend sein musste. Yasemin war froh, denn sie hatte schon vergangene Nacht nicht viel Schlaf gehabt. Das Kind zahnte. Der Polizeipräsident konnte ihnen für die nächsten sechs Stunden gestohlen bleiben. Alles sah nach Selbstmord aus, und seiner Meinung nach hatte dieser Robin Leitner recht: die Kirche opfert Menschenleben, wenn es an ihr Eingemachtes geht.

Zu Hause in seinem unaufgeräumten kleinen Apartment absolvierte Stoecker noch eine schnelle Katzenwäsche und legte sich ins Bett. Doch der Schlaf brachte ihm keine Erholung. Albtraumhafte Bilder marterten seine Seele. Der Küster bäumte sich vor ihm auf als riesengroßer Schatten und saugte ihm die Luft aus der Lunge. Der tote Priester hing am Seil eines alten Schleppers und rief ihm zu, „warte, warte noch ein Weilchen". Warum ihn der schon längst verstorbene Serienmörder Haarmann umbringen wollte, erfasste er nicht. Da wurde er vom Polizeipräsidenten gepackt und saß im nächsten Moment auf der mittleren Bank einer Sauna. Sein Chef hielt ihm seinen Lümmel vor den Mund. Schweißgebadet wachte Stoecker auf.

Es war vier Uhr morgens. Seine Digitaluhr blickte ihn mit kalten Zahlenaugen an. Und klack – es war 4.01 Uhr. Die unerbittliche Zeitmaschinerie raubte ihm den Schlaf.

Sein Handy schrillte. „Schwerverletzter in der Moltkestraße 48", seufzte sein Assistent Tim Kolakowski ihm in die Ohrmuschel, „sieht nach Totschlag aus, könnte Mord werden."

Stoecker schluckte seine Magensäure herunter. „Alles klar."

Warum auch dieser Fall sein Fall sein sollte, erschloss sich ihm nicht. Aber angesichts der A-Karte vom Polizeipräsidenten wollte er keinen Aufstand machen. ‚Schlaf wird überbewertet', grinste er seinem unrasierten Gesicht im Badezimmerspiegel zu. Es war nicht überzeugend.

Als Stoecker zum Tatort kam, war das Opfer schon auf dem Weg zum Krankenhaus. Seine Überlebenschancen waren 50/50, wurde ihm berichtet. Das lesbische Liebespärchen stand unter Schock und konnte nur eine sehr vage Personenbeschreibung von dem Flaschensammler geben, der sie auf den Schwerverletzten aufmerksam gemacht hatte.

Also keine unmittelbaren Augenzeugen, notierte Stoecker mental. Das hieße aber auch – die ganze Nachbarschaft abklappern. Wach waren sie ja alle, wie die erleuchteten Wohnungen und offenen Fenster vermuten ließen.

Die Nachtstreife hatte vor dem Abtransport des Überfallopfers dessen Handy, Portemonnaie und Personalausweis gesichert. Geld hatten sie keins bei ihm gefunden. Die telefonische Überprüfung brachte schnell ein Ergebnis: es handelte sich um Carsten Döppner. Jurastudent. Einmal in der Uni aufgefallen wegen Hitlergruß. Hinter dem Überfall könnte also ein politisches Motiv stecken. Auch das noch.

Stoecker war angepisst. Jetzt mussten sie erst einmal abwarten, ob dieser Nazi-Carsten irgendwann einmal wieder vernehmungsfähig werden würde. Spuren am Tatort wurden gerade gesammelt. Er fragte nach, ob er überhaupt gebraucht würde oder jemand anderes den Fall übernehmen könnte. Immerhin hatten sie ja auch noch den Selbstmord des jungen Priesters an der Backe, den der Polizeipräsident in Frage stellte.

Stoecker wunderte sich, warum Kessler so darauf erpicht war, aus der Selbsttötung einen Mord zu stricken mit dem Freund als Täter. Seine intern allseits bekannte Schwulenfeindlichkeit, die einige Kollegen als einen der wenigen positiven Züge ihres Chefs bewerteten, konnte doch nicht der Grund sein. Stoecker war zu müde, um darüber weiter sich Gedanken zu machen.

Die Spurensicherung in Gestalt der voluminös geformten, superkorrekten Karen Luchterhand rief ihn an den Tatort.

„Stoecker", sagte sie, während sie sich mühsam erhob, „wer auch immer zugeschlagen hat, hat keine offensichtlichen Spuren hinterlassen. Da liegt nichts rum, was uns weiterhelfen könnte. Ich nehme ein paar Blutproben vom Boden mit. Wird wohl alles vom Opfer stammen. Vielleicht bringt ja auch die Kleidung was. Der Notarzt meinte, da war jemand mit gut trainierter Kampftechnik unterwegs."

Stoecker blickte in ihre glanzlosen Augen und nickte. Ihre Energiekurve war auch kurz vor dem Nullpunkt. Er schaute sich um und bemerkte, dass sein Assistent Tim Kolakowski hinter ihm stand. Mit einem Gesichtsausdruck, der keinen Widerspruch duldete, gab er ihm unmissverständlich eine Ansage.

„Lieber Kollege, heute geht Jugend vor Alter. Du kümmerst Dich um diesen Fall – inklusive Nachbarschaftsumfrage. Ich habe schon genug an der Hacke."

Tim wollte protestieren, doch Stoecker kehrte ihm schon den Rücken zu und stapfte zu seinem Auto, das auf einem Schwerbehindertenparkplatz parkte. Diese sogenannten Fälle gingen ihm sowas auf den Zeiger.

3

Benommen versuchte Kathie ihren Wohnungsschlüssel in das Schloss zu stecken. Erst beim zweiten Versuch konnte sie den Schlüssel umdrehen. In sich zusammengefallen stand hinter ihr der Mann, der sich Stefan nannte. Was hatte sie getan? Sie spürte noch die unsägliche Wut, die in ihr entflammt war, als Carsten sie an die Brust gefasst und ekelhaft geküsst hatte. Sie wollte danach nur noch weg von ihm.

„Du musst mit mir kommen", hatte Stefan gebrüllt und sie mit sich gezogen. Dann hatte er an der Straßenecke einen betrunkenen Obdachlosen mit einer Plastiktasche voller Leergut angehalten, ihn an der Schulter gepackt und ihm eindringlich gesagt, dass um die Ecke ein schwer verletzter Mann liegen würde. Dem völlig entgeisterten Mann hatte er den Weg gewiesen und war mit ihr weitergelaufen. Seine unbeherrschte Gewalttätigkeit hatte ihr Angst gemacht. Sie passte so gar nicht zu diesem sanften Mann, der vor ihr herlief und dem die Tränen wie eine Sintflut über das Gesicht strömten. An einer Straßenecke hatte er innegehalten und sie verzweifelt angeschaut. Sie war in diesem Moment völlig paralysiert gewesen. Sie hätte Carsten doch helfen müssen, oder? Auch wenn er ein Widerling war, er war auch ihr Bruder, ein Mensch. Was sie hier machte, war verkehrt, das wusste sie. Und doch konnte sie nicht anders. Sie wollte Stefan nicht verlieren. Nicht sofort, nicht an die Polizei. Sie musste erst einmal persönlich mit Stefan klären, was da passiert war. Und sie hatte den Entschluss gefasst, ihn erst einmal mit sich nach Hause zu nehmen, um die Situation zu klären. Für sich. Für ihn.

Während sie ihre Wohnungstür aufschloss, fühlte sie einen unerwarteten Frieden. Es war richtig, was sie da gerade tat. Schweigend ließ sie Stefan in ihr Apartment eintreten.

In Stefans Kopf lag eine bleierne Schwere, durchbrochen von quälenden Erinnerungsfetzen. Er sah sich auf den jungen Mann mit unbändiger Wut einschlagen. Hörte die Schreie von Menschen in einem Flammenmeer. Übermächtig blickte vor seinem inneren Auge ein gekreuzigter Jesus von einem schwarzen Metallkreuz mit Stacheldraht auf ihn herab. Eine Wohnungstür öffnete sich vor ihm. Er hörte das leise Klicken eines Lichtschalters und trat in einen schmalen Flur mit einer bunten Lichterkette. Eine junge Frau drehte sich mit bleichem Gesicht zu ihm um und sagte etwas. Er brauchte Zeit, wieder im Hier und Jetzt zu sein. Vor ihm stand Kathie.

„Wir müssen reden", sagte sie tonlos, dreht sich wieder um und öffnete eine weitere Tür, die in eine Wohnküche führte. Das warme Licht einer mit hellem Stoff überzogenen Deckenleuchte wirkte unwirklich.

Kathie deutete auf einen kleinen, runden Tisch mit zwei Stühlen vor einer improvisierten Küchenzeile. „Setz Dich", sagte sie, warf ihren kleinen Rucksack auf ein vergammeltes Sofa und füllte Wasser und Kaffeepulver in eine kleine Espressokanne, die sie auf einem Herd mit Kochplatten erhitzte.

Stefan setzte sich, legte beide Hände auf den Tisch und starrte auf seine blutigen Knöchel. Was hatte er getan! Er kannte sich selbst nicht mehr. In seinem Kopf herrschte gespenstige Leere. Er fühlte eine tiefe Erschöpfung, als wäre sie im Körper eines anderen.

Kathie setzte sich zu ihm und stellte zwei Tassen mit doppeltem Espresso auf den Tisch. Sie stand noch einmal auf, um ein Glas mit braunem Zucker zu holen. Beide rührten viel Zucker in ihre Tassen, ohne sich anzusehen.

Schließlich erhob Kathie den Blick. Stefan sah in müde Augen, die mit Tränen gefüllt waren. „Was war da los?", fragte sie leise.

Stefan versuchte, seine Stimme zu aktivieren. „Ich weiß es selber nicht", erwiderte er und senkte den Blick.

„Du musst dich stellen", brach es aus Kathie raus, fast flehentlich.

Stefan holte tief Luft. Er wusste, dass es jetzt an der Zeit war, ihr die Wahrheit zu sagen. Über sich. Über seine Vergangenheit, an die er sich nie mehr erinnern wollte.

Er trank noch einen kurzen Schluck Espresso und presste seine Lippen zusammen. Dann begann er mit brüchiger Stimme zu erzählen:

„Ich war als Jugendlicher ein schüchterner Mensch. Aber dann kam der Moment, wo ich nicht mehr am Rand stehen wollte. Ich habe viel Sport gemacht, auch Kampfsport, und mir in der Schule damit Anerkennung verschafft. Gewalttätig war ich aber nicht. Dann wusste ich nicht, was ich nach dem Abitur machen sollte und habe mich bei der Bundeswehr als Zeitsoldat gemeldet. Ich hatte gute Augen, war reaktionsschnell. Und ich wollte himmelwärts, wollte Pilot sein. Und sie haben mir meinen Traumjob gegeben - ich wurde Starfighterpilot."

Stefan hielt inne, nippte noch einmal an seinem Espresso. Abwesend.

Kathie schaute ihn mit wachen Augen an.

„Das war doch gefährlich, die sind doch reihenweise abgestürzt."

„Du bist gut informiert", erwiderte Stefan und hob wie in Trance die Augen.

„Ich bin Friedensaktivistin", erwiderte Kathie ruhig.

Stefan schwieg und kämpfte gegen die überwältigende Flut an Bildern aus der Vergangenheit.

„Und dann?", fragte Kathie behutsam.

Stefan gab sich einen Ruck.

„Man nannte sie ‚fliegender Sarg' oder auch ‚Witwenmacher'. Ich habe mir aber als junger Mann von 25 Jahren darüber keine Gedanken gemacht. Obwohl immer wieder Kameraden von den Flügen nicht zurückkamen. Wir waren doch die Supermänner, die besten. Glaube mir, es war ein berauschendes Gefühl, senkrecht in den Himmel zu schießen, um Gewitterwolken herumzurasen, mit 850 Kilometer pro Stunde im Tiefflug über Städte, Strände und Dörfer zu jagen. Die Kraft der Maschine zu spüren, die Leute da unten, die nach oben schauten. Wir waren wer."

„Männer wie wir", kommentierte Kathie.

„Dumme, kleine, gefährliche Egoshooter waren wir", brüllte Stefan plötzlich und hämmerte mit seinen beiden Fäusten auf die Tischplatte, auf denen die Espressotassen anfingen wie irre gewordene Kreisel zu tanzen, „wir glaubten, wir seien unsterblich, die Helden … Aber … wir haben den Tod gebracht."

Erschrocken starrte Kathie auf die zitternde, wieder in sich zusammengesunkene Gestalt vor ihr am Tisch. Sie fand keine Worte.

„Es war morgens, wir saßen am Frühstückstisch in unserer Baracke. Ich fühlte mich ziemlich erkältet, hatte brennende Kopfschmerzen und fühlte mich schlapp. Da kam unser Staffelführer rein und teilte zwei Kollegen und mich für einen Übungsflug ein. Ich hätte nein sagen sollen, aber ich brauchte ja meine Flugstunden. Und ich wollte nicht wie ein schwacher Hund dastehen, der wegen ein bisschen Erkältung den Schwanz einzieht. Also bin ich aufgestanden, habe mich fertig gemacht und bin ins Cockpit gegangen. Alles lief super. Der Start, der simulierte Angriff auf einen Bahnhof in Bayern, doch als ich die Maschine hochziehen wollte, hatte ich keinen Schub mehr. Bei diesen Geschwindigkeiten hast Du auch nicht mehr viel Zeit zum Nachdenken. Und mein Kopf war wie benebelt. Ich habe den Schleudersitz bedient, mehr fiel mir nicht ein. Und die Maschine schoss ohne mich davon, in das Wohnhaus eines Bauernhofes … Eine ganze Familie ausgelöscht. Tot."

Stefan zitterte am ganzen Leibe, Tränen flossen durch seine Hände in seine Ärmel. Er wimmerte in tiefster Verzweiflung.

Kathie konnte nicht anders, als ihre Hand auf seine zu legen.

„Ist gut, ist gut", flüsterte sie beruhigend. Beide schwiegen.

Kathie sah die Militärmaschine in den Bauernhof stürzen, hörte die Schreie der Familie und konnte kaum mehr atmen. Sie sah den jungen Piloten neben seinem Schleudersitz auf dem Feld stehen. In der Ferne stieg Rauch aus dem brennenden Bauernhof auf. Ein traumatisches Erlebnis. Eine erdrückende Schuld. Selbsthass, der in Aggressivität gegen andere umgeschlagen war. Aber dies alles berechtigte Stefan nicht, einen Menschen so brutal zusammenzuschlagen. Sie wusste, dass sie ihn jetzt hätte auffordern müssen, zur Polizei zu gehen. Aber sie brachte es nicht übers Herz. Auf eine merkwürdige Weise fühlte sie sich diesem Mann sehr nahe. Und es war mehr als Mitleid, spürte sie. War es Liebe? Sie zwang sich, sachlich zu sein und mit Verstand die Situation zu analysieren. Was Stefan getan hatte war zunächst einmal so etwas wie Notwehr: Er wollte sie vor einem aggressiven Menschen zu schützen. Aber unverhältnismäßig. Letztendlich hatte er aber seine in ihm tief verkapselte Wut ungehemmt ausgelebt. Tatsache war: Er hatte eine Grenze überschritten, die nicht tolerierbar war. Und doch fühlte sie seine Not …

„Stefan", sagte sie schließlich, „ich schlage vor, du schläfst jetzt bis morgen früh auf meiner Coach. Und dann gehen wir zur Polizei. Ich kenne den Mann, der mich angegriffen hat. Er ist mein Halbbruder und ein rechtsnationaler Idiot, der sauer auf mich war, weil ich ihn habe spüren lassen, dass ich ihn zum Kotzen finde. Ich werde bei der Polizei ausssagen, dass er mich angegriffen und sexuell bedrängt hat, und du mich gerettet hast. Wir hatten Angst, dass er mit seinen Kameraden unterwegs war und die uns zusammenschlagen würden. Deshalb sind wir davongelaufen. Und wir waren unter Schock."

Stefan schaute sie wie betäubt an und sagte kein Wort. Entschlossen holte Kathie eine Decke und warf sie auf das Sofa.

„Hier, versuche zu schlafen. Wir sollten nichts überstürzen. Vielleicht ist der Typ ja gar nicht so schlimm verletzt und aktiviert gerade seine braunen Aggro-Kameraden. Es ist besser, wir schlafen erst einmal über das Ganze. Morgen sehen wir klarer."

Stefan nickte und dankte ihr mit einem unendlich müden Lächeln.

„Ja, es ist wohl besser so", sagte er leise.

Beide wussten, dass sie trotz ihrer lähmenden Müdigkeit noch lange kein Auge zu machen würden.

4

Monsignore Renzo erhob seine rotgeränderten, trockenen Augen zum Kreuz. Dem dreifaltigen Gott streckte er die Hostie entgegen, damit sie in den Leib Christi gewandelt werde. Mechanisch sprach er die vorgeschriebenen Gebete zur Wandlung. Er war mit seinen Gedanken weit entfernt vom heiligen Geschehen. Nicht schlimm, wischte er ein kurzes Schuldgefühl in Gedanken weg, wir sind Menschen und keine Maschinen.

Er wandte sich wieder der kleinen Gemeinde vor ihm zu, die ergriffen und mit gesenktem Haupt in den dunklen Kirchenbänken knieten. Wie immer waren in diesen sonntäglichen Frühgottesdienst nur wenige ältere Frauen gekommen, für die das Wichtigste war, dass alles so lief wie immer. Sie nahmen in jeder Frühmesse die Heilige Kommunion in Empfang, um gereinigt durch den Leib Christi mit reinem Gewissen in den Tag gehen zu können.

Renzo beeilte sich mit dem Gottesdienst. „Gehet hin in Frieden", verabschiedete er seine getreue Gottesdienstbesucherinnen. Um seine Mundwinkel schlich sich kurz ein bitteres Lächeln, als er sich fragte, wer von diesen Frauen wieder Unfrieden in ihre am mittäglichen Sonntagstisch versammelten Familien bringen würde. In seiner Kindheit hatte er genug Bösartigkeit von kirchentreuen, frommen Frauen und Männern erlitten. Damals.

Er schüttelte die kurze Erinnerung ab und stürzte in die Sakristei. Er musste dringend telefonieren. Erwartungsvoll blickten ihn der Dom-Küster an. Renzo holte tief Luft, bedankte sich für den Dienst und schlüpfte schnell aus seinem Messgewand, den der Küster pflichtschuldigst entgegennahm und sorgfältig auf einen Kleiderbügel aufhing, um ihn im Schrank zu versorgen. Gequält setzte Renzo ein Lächeln auf und hastete über einen Nebenausgang ins Freie. Er wollte nicht von den Gottesdienstbesucherinnen aufgehalten werden.

Er holte sein Auto aus der Garage der Bistumsverwaltung und begann durch die menschenleere Stadt zu fahren, um ungestört telefonieren zu können. Er war froh, dass sein Fahrer dieses Wochenende frei hatte.

Nach kurzem Suchen wählte er eine Nummer, die er ganz oben in seinem Autotelefon gespeichert hatte. Verschlafen meldete sich Polizeipräsident Kessler.

„Wer da?"

Barsch bellte Renzo zurück: „Siehst du doch, Volker, ich bin's - Martin. Wisst ihr schon was Neues rund um den armen jungen Priester, der sich erhängt hat?"

Renzo hörte, wie sich Kessler auf dem Bett aufrichtete.

„Nein, du bist der erste, der mich heute aus dem Bett wirft. Und außerdem, es ist noch nicht sicher, ob das ein Suizid war. Martin, ich rufe Dich an, wenn ich mehr weiß."

„Stopp, da ist noch was", fiel ihm Renzo ins Wort, „aber es ist absolut vertraulich, was ich Dir sage."

„Ich höre", grantelte nun auch Kessler ungehalten, während er aufstand und in ein Nebenzimmer ging, um seine Frau nicht vollends zu wecken. Renzo schwieg und Kessler war klar, dass es hier um eine brisante Geschichte ging, die der Kirchenmann mit ihm früh am Morgen verhandeln wollte.

„Martin, du weißt doch, dass deine speziellen Anliegen von mir absolut vertraulich behandelt werden, vorausgesetzt, Du hast niemanden umgebracht."

Lächerlich, dachte Renzo, selbst dann würdest du mich nicht verraten.

„Also?", drängte Kessler.

Renzo bemühte einen geschäftsmäßigen Ton, der diametral seiner Gemütsverfassung entgegenstand.

„Gleich um 10 Uhr ist Pontifikalamt und der Kardinal ist nicht auffindbar. Zum letzten Mal wurde er gesehen, als er gestern Abend seine Videobotschaft zum Tod des jungen Priesters veröffentlicht hat. Unsere Suche ist bislang erfolglos. Telefonisch ist er auch nicht erreichbar."

Kessler stieß überrascht die Luft aus und dachte kurz nach. Er war nicht der Meinung, dass Panik angebracht war.

„Martin, warum regst Du Dich so auf? Er mischt sich doch gerne hin und wieder unter die Leute. Es ist sehr wahrscheinlich, dass er kurz vor Gottesdienstbeginn in der Sakristei auftaucht, mit einer schönen menschelnden Predigt aus dem Leben."

Renzo gab keinen Ton von sich. Ein deutliches Zeichen, dass er seinen Club-Freund nicht mit Beschwichtigungsversuchen abwiegeln konnte.

„Ich nehme an, Du willst nicht, dass ich eine Polizeimeldung herausgebe."

„Natürlich nicht! Aber schau doch mal durch die Polizeimeldungen, ob es da irgendeinen Hinweis gibt. Etwas Ungewöhnliches, Banales. Wenn er einen Unfall hätte, würden wir das ja wissen."

„Nicht unbedingt, Martin, vielleicht hatte er keine Papiere dabei?"

Renzo starrte kurz auf das kleine gotische Kruzifix am holzgetäfelten Armaturenbrett. Er konnte Kessler nicht sagen, was wirklich passiert war. Dass Stefan, der Kardinal, sich mit einem explosiven Sprengsatz in Form einer Videobotschaft verabschiedet hatte und höchstwahrscheinlich untergetaucht war. Er hatte schon seit einiger Zeit das Gefühl, dass irgendwas etwas mit dem Kardinal nicht stimmte. Er war in letzter Zeit merkwürdig still, wenn es darum ging, die heilige Kirche in dieser gottlosen Welt hochzuhalten. Aber das musste Kessler nicht wissen.

„Volker, halte einfach Ohren und Augen offen. Es muss ihm was passiert sein, sonst wäre er spätestens heute Morgen wieder erreichbar."

„Und wie geht ihr mit Anfragen um, wo der Kardinal bleibt?", fragte Kessler.

„Wir melden ihn krank."

Ohne langes Verabschiedungszeremoniell legte Renzo auf. Es wurde Zeit, einen Ersatz-Zelebranten für das Pontifikalamt um 10 Uhr zu finden. Weihbischof Sauter würde sicher spontan einspringen, der war ihm ergeben. Aber was hatte der Kardinal vor? Es war unerträglich, nicht zu wissen, was zu tun war. Nachfragen bei Vertrauten des Kardinals würden unnötig Staub aufwirbeln. Niemand durfte wissen, dass er sich einfach vom Acker gemacht hatte. Und dann auch noch das Problem mit den aufrührerischen Priestern, die ihren Unmut bei der letzten Versammlung des Priesterrats erschreckend deutlich zum Ausdruck gebracht hatten. Gab es da einen Zusammenhang?

Renzo steuerte sein Auto in eine Parklücke, um nachzudenken. Er zuckte zusammen, als ein tiefer Glockenton ertönte. Er nahm das Handy aus dem Halter. Es war Legemann. Kurz überlegte Renzo, ob er drangehen sollte, und entschloss sich, den Anruf anzunehmen. Wenn Legemann so ungewöhnlich früh anrief, war etwas im Busch.

„Gott zum Gruße, Monsignore Renzo", meldete sich der Boulevardjournalist subversiv freundlich, „ich versuche die ganze Zeit, den Kardinal zu erreichen. Wissen Sie mehr?"

Renzo verfluchte sich, ans Telefon gegangen zu sein. Aber es war zu spät. Im Ton eines vielbeschäftigten Topmanagers, der Besseres zu tun hat, als seine wertvolle Zeit mit dem Abschaum von Schmierfinken zu vergeuden, gab er Legemann zu verstehen, dass der Kardinal sich eine heftige Erkältung zugezogen habe und diese erst einmal auskurieren würde. Und er ließ es sich nicht nehmen, dem Journalisten mit auf den Weg zu geben, dass auch die Hirten der Kirche ein Recht auf Ruhe hätten und nicht rund um die Uhr für den Nachrichtenhunger ihrer Mitmenschen zur Verfügung stünden.

Er beendete das Gespräch, bevor der Journalist noch nachhaken konnte. Renzo war auf 180. Er musste jetzt schleunigst Burkhardt und Marczinek informieren, dass die offizielle Linie ab sofort war: der Kardinal hat eine heftige Erkältung. Und Sauter musste er anrufen. Sofort.

5

Nur wenige Kilometer entfernt blickte Legemann auf sein Handy. Interessant, wie schnell Renzo sich aus dem Gespräch verabschiedet hatte. Könnte man verstehen als Fluchtreaktion vor unangenehmen Wahrheiten.

Er legte sein Handy neben sich auf den Nachttisch und griff sich eine Zigarette aus der fast leeren Schachtel. Ein Vogel, der am Fenster gesessen hatte, ergriff die Flucht. Wie passend, grinste Legemann in sich hinein und zündete sich seine erste Morgenzigarette an.

Er war trotz der langen, alkoholgeschwängerten Nacht, die hinter ihm lag, hellwach. Eine schwarze afrikanische Holzfigur mit einem formschönen langgezogenen Kopf, geschürzten Lippen und einem erigierten Penis starrte ihn von einer gläsernen Stele an der Wand aus großen Glubschaugen an. Er liebte diese Figur. Seit er sie in einem Urlaub in Namibia entdeckt hatte, fühlte er ihre magische Anziehungskraft. Sie fokussierte ihn.

Er wurde ruhig, überlegt und kraftvoll. Während er an seiner Zigarette zog, ließ er seinen Gedanken freien Lauf. Wusste Renzo von dem bevorstehenden Aufstand der Priester? Es wäre ein Wunder, wenn nicht. Dieses intrigante Biotop Kirchenleitung war ein hochkonzentrierter Nährboden für Gerüchte, Verrat und Vertrauensbruch. Wie oft hatte er höchstvertrauliche Informationen bekommen von Menschen, die absolutes Stillschweigen geschworen hatten. Doch die tief in diesen Kirchenleuten vergrabene Wut durch erfahrene Demütigung, Bevormundung und gebrochene Versprechen führte ein unkontrollierbares Eigenleben, das sie regelrecht zu böswilligen Intrigen gegen Mitglieder ihrer doch so heiligen, unantastbaren Kirche zwang. Die kleinen Siege der Feiglinge gegen die Mächtigen.

Legemann hatte sich schon oft diese Achillesverse im Kirchenleben zu Nutze gemacht. Doch wie stark war „Revelatio" noch ohne ihren Inspirator? Es war keine Frage, dass Leitner und seine Gruppe ihre Aktion nicht aufgegeben hatten. Doch leider hatte er nicht erfahren können, was ursprünglich geplant war, wer da mitmachte und wann diese Aktion vom Stapel laufen würde.

Legemann stand auf und trabte nachdenklich in seine spärlich eingerichtete Küche. Nur sein Kaffeevollautomat hatte Luxusstandard. Während er sich einen doppelten Ristretto machte, liefen seine Gedanken auf Hochtouren.

Ihm ging die Frage nicht aus dem Kopf, ob der Kardinal nicht doch im Bunde mit „Revelatio" war.

Legemann schaute auf sein Handy, während er die Zigarette auf einem kleinen Aschenbecher mit Totenkopf in der Küche ausdrückte. Noch einmal versuchte er, den Kardinal zu erreichen. Wie erwartet umsonst. Der doppelte Ristretto tat ihm gut. Er beschloss, zur Sicherheit als nächstes zum Dom zu fahren. Vielleicht würde der Kardinal das Pontifikalamt um zehn Uhr zelebrieren. Er glaubte es nicht.

6

Robin Leitner saß kraftlos am Küchentisch und hielt sich an seiner großen französischen Tasse mit Sonnenblumen fest. Ein Geschenk von Lukas während ihrer gemeinsamen Frankreichreise durch die Provence. Wie glücklich sie waren, durch die Lavendelfelder zu streifen, auf den bunten Provenzalischen Märkten frisches Gemüse, Obst, Baguette und Käse zu kaufen, um auf der Terrasse ihres Ferienhauses mit einer guten Flasche Merlot den Abend bei einem lukullischen Mahl zu genießen. Seine Augen füllten sich mit Tränen.

Er holte tief Luft, um wieder im Hier und Jetzt zurückzukehren. Der heiße starke Kaffee wärmte seine kalten Hände. Nach der durchwachten Nacht brauchte er Koffein bis zum Anschlag. Er war regelrecht sauer auf sich, dass er, der Psychotherapeut, so schwach gewesen war und diesem schleimigen Reporter fast alles erzählt hatte. Typisch, wenn es um einen selbst ging, waren Psychotherapeuten und Ärzte komplette Versager.

Jetzt graute ihm davor, gleich in der Aktionsgruppe seine Schwäche zu beichten. Es war klar, dass sie schnell handeln mussten, bevor dieser – jetzt fiel ihm der Name wieder ein – dieser Legemann noch mehr erfahren würde. Gut, dass Tobi gekommen war.

Tobi Winterer schaute ihn über seinen karamellfarbenen Brillenrand aufmerksam an. Am frühen Morgen hatte Robin ihn angerufen und gebeten, zu ihm zu kommen. Gottseidank hatte er wegen Revelatio seit langem seinen Urlaub eingereicht und musste nicht den sonntäglichen Gottesdienstmarathon absolvieren.

Er kannte Robin schon lange. Mehrere Jahre lang hatte er ihn als Psychotherapeut in seiner größten Lebenskrise begleitet und ihm geholfen, als er mit seinem Priestersein und der Liebe zu einem Mann nicht mehr klargekommen und in eine tiefe Depression gefallen war. Leicht war es für ihn nicht gewesen, sich psychotherapeutischen Rat zu holen – mit Ende 50 und nach fast 30 Jahren im Priesteramt. Aber es war das Beste, was ihm passieren konnte.

Robin war es auch gewesen, der ihn zum Ende der Therapie in Kontakt mit Lukas gebracht hatte. Er hatte sich sofort zu dem jungen Priester stark hingezogen gefühlt. Wahrscheinlich wäre da mehr draus geworden, wenn Lukas nicht schon in Beziehung mit Robin gewesen wäre. Die beiden waren wie füreinander geschaffen, das hatte er gleich bei der ersten Begegnung empfunden.

Danach hatten sie sich immer öfter getroffen, um zu feiern und zu diskutieren. Und es war ihnen klar geworden, dass sie nicht alleine mit dem Zölibatsproblem und der noch immer existierenden Homophobie in der Kirche dastanden.

An einem langen Winterabend mit vielen geleerten Flaschen guten Rotweins hatten sie die Idee entwickelt, einen Aufstand zu initiieren – Revelatio. Es sollte endlich Schluss sein mit diesem geheimen Doppelleben, diesem Versteckspielen, dieser Angst, entdeckt zu werden, diesem Druck, jederzeit erpressbar zu sein. Denunzianten gab es in der Kirche wie Sand am Meer – es fühlte sich zumindest so an. Immer diese Frage, wem kannst Du vertrauen? Und dann noch dieses unerbittlich hämmernde schlechte Gewissen, das Weihegelübde zu verraten. Durch Leitners behutsame psychologische Begleitung hatte er es geschafft zu lernen, sich selbst wertzuschätzen und Gottes Liebe über alle Kirchengesetze hinweg wieder zu fühlen. Seitdem war er wieder gerne Priester.

Als Robin ihm am späten Abend mitgeteilt hatte, dass Lukas nicht mehr lebte, war für ihn eine Welt zusammengebrochen.

Keine Sekunde konnte er daran glauben, dass Lukas sich das Leben genommen hatte. Er war voller Elan und Zuversicht gewesen, mit Revelatio ein neues Leben beginnen zu können. Seiner Energie und seinem Charisma war es zu verdanken, dass sich viele finanzkräftige Laien mit ihrem Anliegen solidarisiert haben. Sie gaben allen Kirchenmitarbeitern, die bereit waren, in einen unbefristeten Streik zu treten, die Sicherheit, dass sie keine finanzielle Not erleiden würden. Und der gute Nebeneffekt war: es würde auch sichtbar werden, dass Kirche und Gottesdienst auch ohne Priester, nur von spirituell ausgebildeten Laien getragen, gut funktioniert.

Leitner hob den Kopf und legte beide Hände auf den Tisch.

„Tobi", sagte er mit ungewohnter Entschlossenheit, „wir schaffen das auch ohne Lukas. Er würde es so wollen."

Winterer nickte bedächtig. Er war auch überzeugt, dass keiner abspringen würde. Die Planungen waren abgeschlossen und überzeugend. Morgen würde die Kirche das Gedenken an Johannes den Täufer feiern, von dem die Bibel erzählt, dass er die Menschen zur Umkehr und Buße aufgerufen und Jesus getauft hat. Johannes, der vorausschauende Mann. Der Tag, an dem sie aufstehen und in eine neue Welt eintreten würden. Morgen war Revelatio.

„Es gibt noch ein Problem, und das habe ich uns eingebrockt", sagte Robin und seufzte tief.

Winterer schaute ihn alarmiert an. Noch ein Problem?

„Ich habe es gestern nach Mitternacht nicht mehr zu Hause ausgehalten und bin noch ins „Kätzchen" gegangen. Da sind Lukas und ich oft noch bis tief in der Nacht abgehangen. Ich hatte schon zu Hause Rotwein getrunken, und dann noch in dieser Edel-Kneipe zwei Gläser. Und plötzlich setzte sich dieser Journalist Legemann an meinen Tisch. Das ist der, der mir schon gestern Abend aufgelauert hatte. Und - ich habe ihm in meinem Suffkopf von Revelatio erzählt."

„Bist du wahnsinnig?!" Winterer sprang vom Tisch auf.

„Ja, kann man so sagen", sagte Leitner, und seine Gesichtszüge sprachen von tiefem Schuldbewusstsein, „ich habe ihm aber keine Details genannt. Nur erzählt, dass es so eine Aktion gibt, die aber wegen des Todes von Lukas erst einmal nicht stattfinden könnte. Ich habe ihn verpflichtet, darüber nichts zu erzählen."

„Verpflichtet!?", erregte sich Winterer und hielt sich an der Tischkante fest, „dieser Journalist wird wie ein Bluthund alle Spuren zu uns und Revelatio verfolgen. Und wenn er irgendjemanden findet, der etwas verrät, dann wird er das alles gnadenlos enthüllen. Dann können wir unsere Aktion abblasen. Also ehrlich, Robin, wie konntest du nur so leichtsinnig sein!"

Winterer setzte sich wieder und versuchte sich zu beruhigen. Er hätte sich etwas beherrschen sollen, denn Robin war ja auch ohne seine Vorwürfe klar, dass er Mist gebaut hatte. Die Frage war nur: Wie könnten sie Legemann in Ketten legen und verhindern, dass er etwas über Revelatio veröffentlicht.

„Entschuldige, Robin", sagte Winterer besänftigend, „was wir jetzt brauchen, ist einen kühlen Kopf. Wir brauchen eine Strategie, um diesen Legemann ruhigzustellen."

Leitner blickte ihn an wie ein verwundetes Tier und sagte nichts. Alle Souveränität war aus ihm, dem kämpferischen und erfahrenen Psychotherapeuten, gewichen.

„Wir müssen diesen Legemann mit etwas füttern, das er noch heute als Sensation verkaufen kann. Und wir müssen ihn davon überzeugen, dass wir wegen seiner Recherchen rund um den Tod von Lukas die Aktion Revelatio vorerst nicht durchführen, weil die meisten unserer Mitstreiter kalte Füße bekommen haben", dachte Winterer laut nach.

Leitner streckte seinen Rücken durch und trank einen großen Schluck aus seiner Kaffeetasse.

„Das könnte gehen", erwiderte er, „ich nehme mit Legemann Kontakt auf und biete ihm an, über mein Liebesleben mit Stefan zu sprechen. Und dann kann ich ihm gleich mitteilen, dass wir unsere Aktion abgebrochen haben. Gleichzeitig verspreche ich ihm, dass er als erster informiert wird, wenn wir den Relaunch starten. Vorausgesetzt, er macht vorher nichts öffentlich. Wir würden vehement bestreiten, dass wir dergleichen geplant hätten. Was meinst Du?"

Winterer überlegt lange – medienstrategische Schachspiele waren für ihn keine Routine. Ein bedächtiges Nicken zeigte Leitner an, dass er zu einem Entschluss gekommen war.

„Das könnte funktionieren. So werden wir es unserem Aktionskomitee gleich vorschlagen."

Noch eine ganze Weile saßen sie vor ihren Kaffeetassen und besprachen ihre nächsten Schritte, um Revelatio zum geplanten Termin morgen Mittag durchgeführt werden könnte – ohne Lukas und seinem Menschen mitreißenden Charisma. Es würde nicht leicht werden.

7

Das regelmäßige Piepen irritierte ihn. Und irgendetwas steckte ihm in der Nase. Doch er konnte seine Hände nicht hochheben. Sein Kopf schien wie aus Watte geformt. Vorsichtig versuchte er die Augen zu öffnen, was nicht leicht war. Was er sah, war eine milchige Suppe ohne Konturen. Das Atmen fiel ihm schwer. Je länger er in dieses neblige Weiß starrte, desto mehr konnte er erkennen. Er sah eine weiße Wand, vor dem ein ebenso weißer Tisch mit einem Stuhl stand.

Langsam dämmerte es ihm. Er lag in einem Krankenhaus. „Fuck", dachte Carsten und versuchte sich zu erinnern. Das Piepen wurde schneller. Wirre Bilder flackerten durch seinen Kopf, die für ihn keinen Sinn ergaben. Ein weißes Licht am Ende eines Tunnels. Das Gefühl von Panik. Stimmengewirr. Hände, die seinen Brustkorb bearbeiteten. Ein großer Schatten hechtete auf ihn. Schmerzen, furchtbare Schmerzen. Dann wurde wieder alles Schwarz.

Als Carsten wieder aufwachte, stand eine junge Ärztin vor ihm, die er gut erkennen konnte.

„Geile Puppe", murmelte er und musterte sie unverschämt.

Dr. Stefanie Drallert blickte auf ihn herunter und stellte kühl fest:

„Ich sehe, Sie haben sich schon erstaunlich gut erholt. Jetzt braucht ihr Hirn nur noch einen Relaunch, um ein gewisses Niveau zu erreichen. Da bin ich aber skeptisch …"

„Mit dem Niveau würde ich Sie sicher überfordern", konterte Carsten mit noch etwas schwerer Zunge und fühlte sich großartig.

„Alles klar", erwiderte die Ärztin und blickte auf ihr Tablet mit den Krankendaten.

„Sie haben wirklich Schwein gehabt", meinte sie dann, „und da sie ja geistig schon recht fit sind, bekommen Sie jetzt Besuch – von Kriminalkommissar Tim Kolakowski."

Sie drehte sich um, öffnete die Tür und bog mit Tempo um die Ecke. Herein kamen Tim Kolakowski und seine Kollegin Yasemin Dogan, auf die Carsten sofort reagierte.

„Türkische Schlampen kommen mir nicht in mein Zimmer", pöbelte er, nicht ganz so laut, wie er es sich gewünscht hätte.

Yasemin Dogan war ein wandelndes Muskelpaket mit blitzenden wachen Augen.

„Ich sehe keine türkische Schlampe hier im Raum, Herr Döppner. Aber zwei Leute von der Kripo hätte da ein paar Fragen an Sie. Ich bin Yasmin Dogan …", sie dreht sich zu ihrem Kollegen um und lächelte ihn an, „und das ist Tim Kolakowski. Wir sind die Guten. Und wer sind Sie?"

Carsten blieb die Luft weg. So hatte noch nie eine Türkin mit ihm gesprochen. Allerdings kannte er Türkinnen nur aus der Disco oder dem Dönerladen. Tim Kolakowski nutzte die Pause, zog einen Stuhl ans Krankenbett.

„Können Sie sich erinnern, was mit Ihnen passiert ist, Herr Döppner?"

„Da fragen Sie mich was, Herr Kommissar. Ich sehe nur Nebel."

„Sie wurden mit brutaler Gewalt niedergeschlagen, Herr Döppner, und schwer verletzt. Sie hätten sterben können. Auf der Moltkestraße, vielleicht 800 Meter von dem Überweg in die Altstadt entfernt. Irgendeine Ahnung, wer Ihnen da begegnet sein könnte?"

Carsten schloss die Augen. Für einen Moment sah er zwei geisterhafte Gestalten, die wenige Meter vor ihm auf der Straße liefen. Ihm war, als ob sie ihm bekannt waren. Dann war das Bild weg, als hätte jemand darübergewischt und es ausge-löscht. Er schüttelte den Kopf, was ihm einen leichten Schwindelanfall einbrachte.

„Herr Döppner, erinnern Sie sich vielleicht, warum Sie gestern Abend unterwegs waren? Eine Verabredung mit Freunden in einer Kneipe vielleicht? Auf jeden Fall hatten Sie nicht wenig Alkohol im Blut."

Carsten durchforschte sein Gehirn und hatte wie durch eine Milchglasscheibe eine rammelvolle Kneipe vor Augen. Und dann sah er schwammig einen Typen in Bundeswehr-Tarnkleidung neben einem Kneipentisch liegen. Er grübelte, wer das wohl sein könnte – und schlagartig kam die Erinnerung: das war Kamerad Gerold. Wie im Film spürte er den Wutrausch, der ihn dazu gebracht hatte, Gerold niederzuschlagen. Warum, konnte er sich nicht erklären. Aber was war danach geschehen? Hatte Gerold ihn doch noch zusammengeschlagen, um ihm klarzumachen, wer der Boss im Ring ist? Carsten konzentrierte sich mit aller Macht. Jetzt bloß keinen Fehler machen. Auf keinen Fall durfte er einen Kameraden verpetzen. Carsten entschied sich, den Dementen zu geben.

„Sorry, Herr Kommissar, alles nur Nebel."

„Ok, dann erholen Sie sich mal, vielleicht kommt die Erinnerung wieder. Wir würden gerne Ihre Anziehsachen mitnehmen und auf Spuren untersuchen. Vielleicht gibt uns ja die Datenbank einen Hinweis, wer der Täter ist. Einverstanden?"

Carsten dachte mit Schrecken daran, dass sie Spuren von Gerold finden könnten. Der war kein Unbekannter in den Polizeiakten. Ja, und er selbst hatte ja auch ein Lebenszeichen bei der Bullerei hinterlassen.

„Das will ich nicht, Herr Kommissar. Ich will meine Anziehsachen schön hierbehalten. Ist ja alles gut gegangen."

„Sie wollen keine Anzeige erstatten?"

„Nö, führt ja doch zu nichts."

„Aber es gibt Zeuginnen!!"

„Wie schön, aber ich habe keine Lust auf den ganzen Verfolgungskram. War sicher so ein Drogenabhängiger. Aber am Ende liegt er ja doch wieder auf der Straße und wird aggressiv. Wissen Sie, ich studiere Jura und kenne mich aus. Jetzt will ich nur noch wieder gesund werden."

„Wie Sie meinen. Aber bei einer offensichtlichen Straftat müssen wir ermitteln. Vielleicht müssen Sie ja auch erst wieder ein wenig zu sich kommen, Herr Döppner. Wir reden später noch einmal."

Carsten schaute irritiert den beiden Kommissaren nach. So eine Scheiße! Das war so gar nicht sein Plan. Er musste sich dringend erinnern, was gestern Abend wirklich passiert war. Das Piepen wurde wieder lauter. Ich brauche mein Handy, dachte Carsten, unbedingt. Aber noch war er unfähig aufzustehen.

8

Stefan schlug die Augen auf und blinzelte ins Dämmerlicht. Er fühlte sich unendlich müde. Das Sofa, auf dem er lag, war viel zu klein für ihn. Das muffige Kissen unter seinem Kopf passte zu dem kleinen, unaufgeräumten Zimmer, in dem er lag. Die Pflanzen auf dem schmalen Fensterbrett über ihm ließen die Köpfe hängen. Er richtete sich auf und sah vor sich einen einfachen runden Tisch mit zwei Espressotassen und Kandiszucker stehen, vor dem zwei Stühle kreuz und quer standen. Mit einem Schlag wusste er, wo er sich befand.

Wie im Schnelldurchlauf rasten die Bilder der vergangenen Nacht durch seinen Kopf. Er hatte einen Menschen niedergeschlagen, und er spürte mit Entsetzen die hemmungslose Brutalität, die ihn besinnungslos hatte zuschlagen lassen. Mein Gott, dachte er, was habe ich getan. Gnadenlos führte ihm seine Erinnerung vor Augen, wie er Kathie am Arm gepackt hatte und mit ihr vom Ort des Schreckens davongelaufen war. Sie hatte sich nicht gewehrt, im Gegenteil. Sie hatte ihn den langen Weg zu ihrer Wohnung geführt und ihm dann geduldig zugehört. Es war ihr anzusehen, dass sie mit sich gerungen hatte, ihn, den Gewalttäter, an die Polizei auszuliefern. Und trotzdem war sie ihm empathisch zugewandt geblieben. Fast zärtlich erinnerte er sich, wie sie ganz still geworden war. Und dann hatte sie ihm eröffnet, dass sie den Mann kannte, den er niedergeschlagen hatte. Er hörte sie voller Verachtung sagen, dass er ihr Halbbruder wäre, ein Nazi, ein frauenverachtender Besserwisser mit übergroßem Ego. Sie waren übereingekommen, dass sie eine Nacht darüber schlafen wollten, wie sie mit dieser verfahrenen Situation umgehen wollten. Vielleicht würden sie aus den Medien erfahren, wie schwer verletzt er war und ob er Anzeige erstatten würde. Sie glaubte, er hätte gute Gründe, es nicht zu tun. Stefan seufzte. Er hatte es nicht geschafft, ihr die ganze Wahrheit über sich zu erzählen.

Leise klopfte ein feiner, beständiger Nieselregen an das Fenster. Ein grauer Morgen hatte den warmen Sommerabend in eine schreckliche Erinnerung verwandelt. Stefan fand sein Jackett auf einem verschlissenen Sessel in einer Ecke liegen. Leise zog er die Wohnungstür hinter sich zu, huschte das Treppenhaus hinunter und trat auf die regennasse Straße. Sie war menschenleer. Es tat ihm gut, einfach loszulaufen ohne ein Ziel. Er steckte die Hände in die tiefen Jackentaschen und zog sie sofort wieder heraus. Sein nächtlicher Blutrausch hatte schmerzhafte Spuren auf seinen Knöcheln und seinem Handgelenk hinterlassen.

Er beschleunigte seine Schritte, obwohl er wusste, dass eine Flucht nichts ändern würde. Eine Weile überließ er sich dem Rhythmus seiner Schritte und dem Regen.

Langsam begannen seine Gedanken Gestalt anzunehmen. Er war ein Kardinal auf der Flucht – vor der Kirche und jetzt auch noch vor der Polizei. Merkwürdigerweise fühlte er sich gleichzeitig wie befreit, er hatte sein altes Leben hinter sich gelassen. Er war frei. Vogelfrei. Im Mittelalter wäre er jetzt ein Geächteter ohne Rechte. Aber im Mittelalter hätte er leichter untertauchen können, da gab es kein Internet, kein dichtes Polizeinetz, kein Mobilfunk, der es Passanten leicht machte, einen Übeltäter zu fotografieren und die Polizei zu informieren. Das plötzlich aufgekommene Gefühl der Freiheit erstarb in ihm. Er spürte mit Macht die Ausweglosigkeit seiner Situation.

Noch lag die Stille des frühen Morgens über der Stadt. Das würde sich bald ändern. Er fragte sich, ob es nicht doch klüger gewesen wäre, bei Kathie zu bleiben und mit ihr gemeinsam eine Lösung zu finden. Aber dann wäre sie Teil seines Problems geworden, und das wollte er nicht. Ein leises Lächeln glitt für einen Moment über sein Gesicht. Kathie! Er mochte diese empathische, kämpferische und reflektierte junge Frau sehr, die niemanden vorschnell verurteilen wollte und offensichtlich für ihn Sympathie empfand. Er war nicht verliebt in sie, stellte er fest, aber er fühlte eine tiefe Verbundenheit mit ihr. Schon lange war ihm ein Mensch innerlich nicht so nahegekommen. Und schon gar nicht eine Frau.

Eine mit einem Hoodie mehr schlecht als recht gegen den Regen geschützte junge Frau mit Hund kam ihm entgegen. Der Regen tropfte von der Baskenmütze auf ihre Nase. Sie schaute kurz mit einem müden Lächeln zu ihm auf, dann trabte sie schicksalsergeben weiter und hoffte, dass ihr kleiner Mischling gleich sein Geschäft machen würde. Ob sie wohl eine Plastiktüte dabeihatte, um das Geschäft vom Gehweg zu räumen? Wie banal an so etwas zu denken. Tiefe deutsche Prägung aus dem Kleinbürgermilieu, konstatierte er und ging weiter – verloren in seinen Gedanken.

Warum bin ich aus meinem hohen Amt geflohen, habe die Bischofsweihe, die heilige Kirche und ihre sakramentale Ordnung aus einem Affekt heraus ohne Rücksicht auf alle, die an sie glauben, verlassen und mir selbst alle Sicherheiten geraubt?

Der Regen war stärker geworden, doch er spürte ihn nicht. Er war an einem tiefgreifenden Wendepunkt angekommen – dem Moment der ultimativen Entscheidung. Noch konnte er umkehren, vorgeben, er bräuchte eine spirituelle Erneuerung. Er könnte sich bei einer ihm vertrauten Klostergemeinschaft weit entfernt von seinem Bistum in Exerzitien begeben, um dann wieder gestärkt im Glauben an die von Gott gegebene heilige Ordnung der Kirche zurückkehren, in sein Bischofsamt. Sein Innerstes bäumte sich auf, als wollte es ihn davon abhalten, sich von einer Klippe zu stürzen. Sein ganzes Sein schrie Nein!!!. Und er merkte im gleichen Moment, dass er tatsächlich laut dieses Nein in das nasse Grau des anbrechenden Tages geschrien hatte.

Er blieb erschrocken stehen und schaute sich um. Ein Zeitungszusteller auf der gegenüberliegenden Straße starrte zu ihm rüber.

„Kann ich Ihnen helfen?", rief er, während der Regen in Strömen seinen hellgelben Regenmantel herunterfloss.

„Nein, danke", rief Stefan zu ihm herüber und wurde sich bewusst, dass er ohne Regenschutz völlig durchnässt war.

„Ich habe nur was vergessen", schob er noch schnell die nächstbeste Erklärung nach.

„Ok, dann noch einen guten Tag", hörte er den Zeitungsboten noch sagen, der schon mit seinem Einkaufstrolley den nächsten Briefkasten ansteuerte.

Zutiefst seelisch erschöpft stand Stefan mitten auf dem Gehweg und wusste, dass es für ihn kein Zurück gab. Sollte der Papst ihn exkommunizieren, die Abscheu getreuer Kirchenleute ihn treffen – er konnte sich nicht vorstellen, weiterhin den Grüßaugust und Vorzeigeseelsorger dieser intriganten, von Machtinteressen gesteuerten Kirchenvertreter zu geben. Bin ich schon wieder zu emotional? Handele ich jetzt wie ein kleines Kind, das trotzig mit den Füßen aufstampft und dann sein Kopf gegen die Wand schlägt, weil es unbedingt seinen Willen durchsetzen will, gegen alle Vernunft? Stefan zitterte am ganzen Körper. Er brauchte jemanden, mit dem er reden konnte. Auf den er sich verlassen konnte. Der ganz sicher ihn nicht verraten würde. Der ihm mit Rat zur Seite stünde, bis er endgültig seinen Weg vor Augen hatte und wusste, was er tun würde. Da gab es nur einen – Robin Leitner! Er wusste, dass Leitner Psychotherapeut und mit dem unglücklichen jungen Priester liiert war. Psychotherapeuten unterliegen der Schweigepflicht. Jetzt musste er nur schauen, wie er zu seiner Praxis kommen konnte. Die Adresse hatte er im Kopf. Lukas hatte ihm viel von ihm erzählt, weil er in letzter Zeit mit dem Gedanken gespielt hatte, sich professionelle Hilfe zu suchen. Er musste es versuchen, auch wenn es nur eine geringe Chance gab, Leitner an einem Sonntagvormittag in seiner Praxis anzutreffen.

9

Legemann griff sich seinen Autoschlüssel und zog die Haustür hinter sich zu. Es nieselte abscheulich in seinen Mantelkragen. Doch sein Entschluss stand fest – er würde zur Pontifikalmesse in den Dom fahren. Vielleicht tauchte der Kardinal doch auf. Und wenn nicht – die Reaktion der Gläubigen wäre auch interessant. Er brauchte dringend Nachrichtenmaterial – zumindest für Social Media.

Die ersten Orgelklänge der Messe schallten ihm entgegen, als er den großen Kirchenraum der Kathedrale betrat. Er war nur zu gut der Hälfte besetzt. Selbst bei einer Pontifikalmesse am heiligen Sonntag gibt es den viel zitierten Gläubigenschwund, stellte er fest.

Triefend blieb er an einer Säule im Seitenschiff mit direktem Blick auf den Altar stehen. Gerade zog der Zelebrant mit seinen Konzelebranten und vier Messdienern ein und bog in Richtung Altar ab – von dem Kardinal keine Spur. Er ließ seinen Blick über die ersten Reihen der Gläubigen schweifen. Da war niemand, den er kannte. Der ältlich wirkende wohlbeleibte Zelebrant stellte sich als Weihbischof Sauter vor und entschuldigte den Kardinal mit einer heftigen Erkältung. Niemand schien Anstoß daran zu nehmen. Den Tod des jungen Priesters erwähnte der Weihbischof mit keinem Wort.

Legemann nahm sich vor, bis zur Predigt zu bleiben. Aber auch in der Predigt gab es nicht andeutungsweise einen Bezug zu der Tragödie in der Nachbarkirche. Gerade als Legemann gehen wollte, schrillte sein Handy – mitten ins Gebet. Vom Altarraum bis zur letzten Kirchenbank wurden ihm bitterböse Blicke zugeworfen, als hätte er die Hosen heruntergelassen. Schnell drückte er das Handy aus und hastete zum Ausgang der Kirche.

Draußen regnete es noch immer. Im Schutz des Eingangsportals rief er die ihm unbekannte Nummer zurück. Ob es der Kardinal war? Kurz und knapp meldete sich Robin Leitner.

„Hallo Herr Legemann, ich melde mich nochmal. Also, wir haben beschlossen, dass unser Revelatio vorerst nicht stattfinden kann. Ohne Lukas müssen wir uns erst einmal sortieren."

Leitners Stimme zitterte. Im Hintergrund hörte Legemann, wie jemand sich räusperte.

„Sind Sie allein?", fragte er sofort.

„Nein", erwiderte Leitner nach einem kurzen Zögern, „ein Freund ist da. Ich bin froh, nicht allein zu sein."

„Aber Sie wollten doch gerade wegen Lukas unbedingt die Aktion durchführen? Woher der Sinneswandel", hakte Legemann nach.

„Wir wollen die Aktion durchführen, aber wir müssen das alles neu organisieren. Jetzt haben wir erst mal alles abgesagt. Aber bitte schreiben Sie noch nichts darüber, sonst ist der Überraschungseffekt weg und unsere Bewegung am Ende", sagte Leitner fast beschwörend.

Legemann schwieg, eine bewährte Taktik, Informanten zum Reden zu bringen.

Leitner holte tief Luft: „Ich verstehe ja, dass Sie etwas schreiben müssen. Also – ich biete Ihnen ein Gespräch an, in dem ich über unser Versteckspiel als schwules Paar erzählen könnte."

Legemann dachte nach. Das war tatsächlich ein Angebot. Aber sein Gefühl sagte ihm, dass an diesem Angebot irgendetwas faul war.

„Schöne Idee", erwiderte er scheinbar erfreut, „dann aber am besten heute."

„Auf keinen Fall!", kam die Antwort wie aus der Pistole geschossen, „ich bin heute nicht dazu in der Lage."

„Aber irgendetwas muss ich doch heute schreiben", verstärkte Legemann den Druck.

„Auf keinen Fall heute!"

„Und worüber soll ich dann heute schreiben, wenn nicht über Revelatio?"

„Sie sind der Journalist! Kümmern Sie sich um die Aufklärung des sogenannten Selbstmords! Lukas ist kein Selbstmörder. Das können Sie gerne schreiben."

Legemann spürte, dass er da nicht weiterkam. Aber er hatte jetzt die Mobilnummer von Leitner. Die war Gold wert. Und dieser Tag hatte noch viele Stunden, um zurückzurufen.

„Gut, Herr Leitner. Dann treffen wir uns am besten morgen. So um 10 Uhr?"

Leitner hielt mit abgedecktem Lautsprecher Rücksprache mit seinem Freund.

„Ok, Herr Legemann, morgen um 10 Uhr im Café „Polonius". Kennen Sie das Café? Es ist in der Nähe vom Südbahnhof."

„OK, finde ich. Dann bis morgen um 10 Uhr."

Legemann legte auf. Bewusst hatte er auf jedes weitere Wort verzichtet. Das erhöhte den Druck, wie er wusste. Der Südbahnhof war recht weit vom Zentrum entfernt. Aber er war sich nicht sicher, ob dieses Treffen überhaupt stattfinden würde. Irgendetwas war faul an diesem Angebot. Er hatte gelernt, seiner Intuition zu folgen.

10

Bleich und übernächtigt, aber entschlossen trat Robin Leitner an den weißen Bistrotisch. Ein kurzer Blick zum Techniker – der gesicherte Online-Stream war scharfgeschaltet. Er nahm noch einen Schluck aus dem bereitgestellten Glas Wasser und hob das Mikrofon ein Handbreit vor seinen Mund. Das kleine rote Lämpchen zeigte ihm, dass er sprechen konnte.

Erwartungsvoll blickten ihn seine Gäste an. Viele waren von weit her angereist, um persönlich in seiner Praxis an der letzten Versammlung vor dem großen Event teilzunehmen. Er hatte seinen großen Therapieraum für Gruppensitzungen leergeräumt, um Platz für die vielen Aktivisten und Aktivistinnen von Revelatio zu schaffen. An den Wänden und vor den drei lichtgefluteten Fenstern standen diejenigen, die auf den bereitgestellten Stühlen keinen Platz mehr gefunden hatten. Der morgendliche Regen war abgezogen. Er hoffte, dass dies ein gutes Zeichen war.

Leitner holte tief Luft und atmete wieder aus, bevor er mit der ihm eigenen ruhigen und konzentrierten Stimme des geschulten Therapeuten zu sprechen begann.

„Seid alle herzlich willkommen – freuen wir uns auf Revelatio!"

Ein Sturm der Begeisterung brandete über ihn hinweg. Spontan standen alle auf, klatschten und pfiffen voller Enthusiasmus. Es war spürbar, wie gut es ihnen tat, etwas von der im Raum liegenden Spannung zu lösen. Und sich und den vielen, die im Online-Stream zugeschaltet waren, auch etwas Mut zu machen.

Leitner bat sie mit einer Handbewegung, sich wieder zu setzen. Es war bewegend zu wissen, dass sie hier im Raum nicht alleine waren. Sie alle warteten auf das Startsignal, nach monatelangen Diskussionen und Abstimmungen endlich den großen Aufstand zu wagen, dessen Ausgang niemand sicher vorhersehen konnte. Er wusste, dass er jetzt den schwierigsten Teil seiner Rede beginnen musste, an der der Erfolg von Revelatio abhängen würde.

„Manche kennen mich, aber nicht alle. Mein Name ist Robin Leitner. Sicher habt ihr an dieser Stelle meinen geliebten Partner Lukas Gönnefried erwartet."

Kurz versagte ihm die Stimme. Nach dem Begeisterungssturm lag eine bleierne, atemlose Stille im Raum.

„Aber manche von euch wissen es schon - Lukas ist gestern Abend gestorben. Er wurde in der Sakristei seiner Kirche gefunden, erhängt. Wir glauben nicht an einen Selbstmord. Wer ihm sein Leben mit brutaler Gewalt genommen hat, wissen wir nicht. Aber eines wissen wir – er war als offen lebender schwuler Priester mit Partner ein Dorn im Auge vieler romtreuer Katholiken.

Für Lukas als Mensch und Priester war Revelatio ein Herzensanliegen. Noch vor wenigen Tagen sagte er zu mir: ,Ich würde Schuld auf mich laden, wenn ich nicht für eine Kirche der Erneuerung alles geben würde.' Und auch wenn ich voller Trauer bin, weil ich meinen geliebten Partner verloren habe, sehe ich es als sein Vermächtnis an, dass wir wie geplant morgen auf die Straße gehen. Offen zu unseren Partnerschaften und unserer gelebten Sexualität stehen und für eine Kirche auf Augenhöhe unsere Stimmen erheben, in der alle Menschen gleich sind. Revelatio ist unsere Mission! Kommt alle morgen um 13 Uhr. Feiert unsere Auferstehung in eine bessere Welt!"

Leitner riss die Arme hoch und rief laut: „Revelatio!" Und alle im Raum erhoben sich von den Stühlen und begannen zu skandieren: „Revelatio, Revelatio, Revelatio". Über den

Livestream gab es einen nicht endenden Strom an Herzchen und Daumen hoch.

Leitner war erstaunt, wie hochemotional sein Publikum reagierte. In den vergangenen Monaten waren nicht wenige von ihnen sehr skeptisch oder zurückhaltend gewesen. Öffentlich zu demonstrieren war ihnen suspekt. Und das war ja auch kein Wunder angesichts ihrer katholischen Prägung, sich Autoritäten unterzuordnen und im Zweifelsfall unauffällig ihre Interessen in konspirativen Zweckbündnissen durchzusetzen.

Aber bei allen, die an den vielen Treffen teilgenommen hatten, setzte sich die Erkenntnis durch, dass sie das Versteckspielen, die Lügerei und die scheinheiligen Lippenbekenntnisse leid waren. Lukas hatte es mit seiner charismatischen Persönlichkeit und Überzeugungskraft geschafft, ihnen vor Augen zu führen, wie sie tagtäglich unter ihrer Scheinsolidarität gelitten und ihren eigenen Selbstwert untergraben hatten.

Viele von ihnen hatten aus Sicht der Kirchenoberen verbotene Partnerschaften, mit Männern oder Frauen, zweifelten an ihrer Berufung und an Gott. Auch Laien hatten sich der Bewegung angeschlossen, weil sie keine Probleme mit Priestern oder Seelsorgenden hatten, die in einer Beziehung lebten. Und es machte sie als Laien wütend, dass sie ihre Spiritualität im kirchlichen Umfeld nur eingeschränkt leben konnten – Messen durften sie nicht anstelle von Priestern feiern, keine Sakramente spenden und als wiederverheiratete Geschiedene offiziell nicht mehr zur Kommunion gehen. Und für Frauen war das Kirchenleben ein einziger Diskriminierungsfrust, wenn sie mehr wollten als Kommunionsunterricht geben oder die Lesungen im Gottesdienst artig vortragen.

Sie waren sich einig geworden, dass Revelatio ein Aktionsbündnis gegen das Zölibat und die Diskriminierung von Laien, vor allem der Frauen, in der Kirche war. Für sie gab es weder eine kirchenrechtliche noch historisch vertretbare Argumentation, die das Verhalten der Kirche rechtfertigen könnte.

Es war wieder ruhig im Raum geworden. Leitner nickte seinen Zuhörerinnen und Zuhörer zu. „Habt ihr noch Fragen?"

Ein älterer Mann stand auf: „Ja, ist die Demo morgen angemeldet?"

Leitner holte tief Luft. Die Anmeldung dieser Demonstration, bei der sie keine Ahnung hatten, wie viele Menschen kommen würden, und die auf keinen Fall vorher publik werden durfte, war ein Drahtseilakt gewesen. Sie hatten sich entschieden, einen Verein zur „Stärkung der Demokratie" zu gründen. Unter diesem Tarnverein hatten sie die Demonstration angemeldet.

Er beantwortete diese Frage mit einem schlichten „Ja".

Und prompt kam die Gegenfrage eines Mannes im schlichten Alltagsdress, einem Priester, wie er wusste, der sich erst vor zwei Wochen gemeldet hatte.

„Aber dann weiß doch die Kirche Bescheid?"

„Nein, sie weiß nicht Bescheid. Wir haben uns als Verein angemeldet, dessen Namen keinen Bezug zur Kirche hat."

„Und die Presse?", hakte jemand aus der hinteren Reihe nach.

In diesem Moment ertönte der melodische Klingelton von der Praxistür. Leitner zuckte zusammen. Winterer, der die ganze Zeit hinter ihm stand, tippte ihm auf die Schulter und raunte ihm zu, dass er nachschauen würde, wer da klingelte. Beide hofften, dass es nicht Legemann war.

Winterer schloss behutsam die Tür zum Versammlungsraum und eilte durch die Praxis zur Eingangstür. Er zögerte kurz, dann drückte er den Türsummer. Er hörte, wie jemand schnell die Treppe hochlief und öffnete die Tür. Vor ihm stand

Kardinal und Erzbischof Stefan Riemstedt. Beide schauten sich erschrocken an.

Sie hatten zusammen an der Theologischen Fakultät an der Universität Freiburg studiert. Winterer hatte zunächst den Weg als Diplomtheologe begonnen, liiert mit einer Bildhauerin. Ihre gemeinsamen Ausflüge in die Welt der Kunstschaffenden hatten seinen Horizont enorm erweitert. Doch sie hatte es mit der Treue nicht so ernst genommen und ihn in eine tiefe Krise gestürzt, die dazu führte, dass er sich für den Priesterberuf entschieden hatte.

Riemstedt hatte er schon während des Studiums als disziplinierten, folgsamen und ehrgeizigen Kirchenmann erlebt, der Karriere machen wollte. Sie hatten daher nicht viel gemeinsam und kein Interesse gehabt, weiter in Kontakt zu bleiben. Bis der Zufall es wollte, dass Riemstedt der Erzbischof in dem Bistum geworden war, in dem er eine Gemeinde leitete. Seitdem war Riemstedt sein oberster Chef. Aber es war kein Geheimnis, dass er in seinen Gemeinden schon immer seine eigenen seelsorgerischen wie privaten Wege gegangen war, abseits der offiziellen Lehre. Deswegen hatten sie beide schon einige Auseinandersetzungen hinter sich. Aber warum war der Kardinal alleine hier? Winterer musterte ihn irritiert, wie er so klatschnass und offenbar völlig übermüdet vor ihm stand.

Riemstedt räusperte sich und hatte offensichtlich Mühe, Worte zu finden.

„Guten Tag, Bernd. Ich wollte mit Robin Leitner sprechen."

Winterer war perplex. Suchte der Kardinal etwa psychotherapeutische Hilfe? Er versuchte Zeit zu gewinnen.

„An einem Sonntag?"

„Ja, ich dachte, ich versuche es mal." Der Kardinal rang sich ein Lächeln ab.

„Also, es ist gerade schlecht. Wir haben gerade Gruppentherapie."

„Es ist sehr dringend für mich. Ich brauche sehr dringend ein Gespräch mit Robin Leitner."

So kraftlos und erschöpft hatte er seinen Bistumschef noch nie erlebt. Winterers Gedanken torpedierten sich in Millisekunden. Stand vor ihm ein Mensch in Not oder ein Kirchenmann, der ihre Aktion zunichtemachen wollte. Wenn er ihn gehen ließe, war das Risiko hoch, dass er ihnen schaden könnte. Aber ihn hereinbitten hieße, dass er ihr Geheimnis entdeckte. Er entschloss sich, ihn nicht gehen zu lassen.

„Das hier ist eine sehr sensible Gruppe. Du kannst dich in die Küche am Ende des Flurs setzen. Aber vorher musst du mir dein Handy geben. Wir brauchen äußerste Diskretion."

„Ich habe kein Handy bei mir." Aus Riemstedts Augen blickte die pure Verzweiflung.

„Du hast kein Handy bei Dir?" Winterer musterte den ungebetenen Gast ungläubig.

Riemstedts Augen irrten kurz umher. Dann gab er sich einen Ruck.

„Ich bin untergetaucht. Niemand weiß, wo ich bin."

Winterer war fassungslos. Erst jetzt wurde ihm bewusst, dass Riemstedt nicht wie immer in schwarzem Anzug mit Priesterkragen vor ihm stand, sondern ein helles Sommerjackett, modische Jeans und Sneakers trug. Von Kopf bis Fuß tropfte Regenwasser auf die Fußmatte. Kein Zweifel, er wurde gerade Zeuge eines ungeheuerlichen Ereignisses.

Unwillkürlich klopfte er Riemstedt beruhigend am Arm und trat beiseite.

„Danke". Die tiefe Erleichterung war dem desertierten Kardinal ins Gesicht geschrieben.

Winterer führte ihn in die kleine Küche, stellte ihm eine Flasche stilles Wasser und ein Glas auf den schmalen Küchentisch am Fenster und zeigte ihm die Kaffeemaschine.

„Bitte bleibe dort, bis die Gäste gegangen sind, und lasse dich nicht blicken. Die Tür bleibt zu. Versprochen?"

„Versprochen bei Gott, unserem Herrn". Riemstedt sagte es wie eine Formel, die er nicht mehr versteht und zog seinen regennassen Mantel aus. „Und danke noch einmal, vielen Dank!"

Winterer nickte und machte die Küchentür hinter sich zu. Gerade finalisierten sie einen Aufstand gegen Mutter Kirche, und ein hochrangiger Kirchenfürst saß wie ein Häufchen Elend wenige Meter entfernt in einem Hinterzimmer. Er war noch immer fassungslos, als er in den Versammlungsraum eintrat.

11

Ein Blick aus dem Fenster des Kommissariats vertiefte seinen Gemütszustand, einer Mischung aus Kein-Bock-Mehr und Trübsinn. Er fragte sich, ob er auch schon Opfer eines schleichenden Burnouts geworden war. Die endlos vom Himmel fallenden Regentropfen, getrieben von immer wieder auflebenden Windböen, beschrieben ganz gut seinen Arbeitsalltag. Fälle, Fälle, Fälle – ständig unter Druck. Von dem kurzen Weg vom Parkplatz ins Polizeipräsidium war er völlig durchnässt. Er war durch, musste er sich eingestehen.

In diesem Zustand zwischen quälender Müdigkeit und überreizten Nerven blätterte er durch seine Notizen, die er von dem Gespräch mit Frau Noethen gestern Abend gemacht hatte. Das führte ihn dazu, es noch einmal mit einem Anruf bei Robin Leitner zu versuchen. Dieser ging immer noch nicht ans Telefon. In der Praxis war er sicher nicht. Es war ja Sonntag.

Stoecker seufzte und holte sich einen doppelten Espresso aus seiner Luxusmaschine, die er mit seinen Kollegen unkompliziert teilte. Als Nächstes stand zweifellos ein zweiter Versuch an, diesem Psychologen noch einmal einen Besuch in seiner Privatwohnung abzustatten. Er wartete darauf, dass der Kaffee seine Wirkung tat, und spielte auf seinem Handy eine Runde Solitaire. Für ihn eine bewährte Maßnahme, sein Gehirn zu aktivieren und sich gleichzeitig auszubalancieren.

Das Telefon alarmierte ihn aus dem Halbschlaf. Es war die Gerichtsmedizinerin Verena Minden.

„Wir haben Glück im Fall von Lukas Gönnefried", vermeldete sie, „am Körper des Opfers habe ich eindeutige Spuren von Gewaltanwendung gefunden. Es wurde mit einem sehr schweren Gegenstand auf seinen Rücken eingeschlagen und dadurch die

Wirbelsäule verletzt. Sehr gut möglich, dass er deswegen ohnmächtig geworden ist. War ja ein zartes Kerlchen. Also in dem Zustand hat er sich keinen Strick um den Hals gelegt, um dieser Welt und dem lieben Gott Lebewohl zu sagen."

„Also war es Mord."

„Ja, sehr wahrscheinlich. Mann oder Frau. War aber ein Kraftakt ihn aufzuknüpfen, falls der junge Mann noch ohnmächtig war. Unter den Fingernägeln gibt es Spuren von fremder Haut. Vielleicht hat er versucht, sich zu wehren. Auf jeden Fall musste er bei Bewusstsein wahnsinnige Schmerzen gehabt haben."

„Hm. Und woher kommt das Seil?"

„Baumarkt. Wurde aber schon öfter benutzt. Oder lag länger herum."

„Noch etwas?"

„Ja, der junge Gottesmann hatte knapp ein Promille im Blut. Vom Magen her würde ich sagen, Rotwein. Na ja, Messwein haben die Brüder ja immer zur Hand."

„Also verminderte Reaktionsfähigkeit."

„Ja, und viel gegessen hatte er auch nicht."

„Danke. Wir klären das."

Stoecker legte auf. Es war also sehr wahrscheinlich Mord. Noch gab es keine Auswertung von der KTU zu den Spuren am Strick. Und auch das waren keine sicheren Beweise. Jeder konnte in einer Sakristei ein dort herumliegendes Seil angefasst haben. Er wusste, dass die Kriminaltechniker mit Hochdruck dran waren – mit dem Polizeipräsidenten im Nacken. Ihm wurde klar, dass er seinen obersten Chef jetzt informieren müsste – über den vorläufigen Sachstand der Ermittlungen. Es kotzte ihn an.

„Kessler! Was gibt es Neues, Stoecker!", tönte es wie ein Peitschenhieb aus dem Handymikrofon.

Stoecker war für einen kurzen Moment im Freeze. Er hatte nicht damit gerechnet, dass sein Chef an einem Sonntagmorgen so schnell am Telefon war und offensichtlich seine Nummer abgespeichert hatte.

„Ja, Stoecker hier." Der Ermittler zwang sich, die Ruhe selbst zu sein. „Im Fall Gönnefried hat die Gerichtsmedizin deutliche Hinweise, dass es sich hochwahrscheinlich um Mord handelt."

„Mord also", schnarrte es aus dem Telefon, „das ist ja schon mal etwas. Schon ein Hinweis, wer der Täter sein könnte?"

„Wir sind dabei, die Spuren auszuwerten", erwiderte Stoecker ungehalten.

„Ich muss Ihnen ja nicht sagen, dass ich von Ihnen und Ihrem Team eine schnelle Aufklärung erwarte ...", kam es schneidend aus der Leitung.

„Das ist unser Job", knurrte Stoecker ihm in die Parade.

„So ist es, Stoecker", blaffte ihn Kessler an, „wir stehen unter hohem öffentlichen Druck. Morgen müssen wir eine Pressekonferenz geben. Die Presse wird sich auf diesen Fall wie Geier auf Aas stürzen. Wir brauchen bis dahin Ergebnisse. Das ist Ihnen wohl klar."

Stoecker hätte aus der Haut springen können. So schnelle Ermittlungsergebnisse waren nicht zu erwarten.

„Wir tun, was wir können. Die Spurenlage ist unübersichtlich. Und potenzielle Täter gibt es zu Hauf bei einem schwulen Priester, der offensichtlich seine eigenen Wege gegangen ist."

„Und was ist mit seinem Partner?"

„Wir sind an ihm dran."

„Sie wissen, das reicht nicht. Ich erwarte vollen Einsatz, Herr Hauptkommissar. Sie halten mich minutiös auf dem Laufenden, ist das klar?"

„Ja, Herr Kessler. Das ist sehr klar", erwiderte Stoecker und ballte seine Faust. Immerhin hat er seinen Chef mit seinem Familiennamen ohne Titel und Rang angesprochen. Diese kleine Spitze musste sein. Kessler hatte bereits aufgelegt.

Stoecker rief bei der KTU an. Die gestresste Stimme erkannte er sofort. Der leitende Kriminaltechniker Amid Merizadi war ein unermüdlicher Perfektionist, der sich permanent selbst an die Grenze seiner Belastbarkeit brachte. Aber er war gut, und ehrgeizig.

„Du störst", kam es aus der Leitung.

„Ich weiß, Amid, ich weiß. Aber der Polizeipräsident sitzt uns im Nacken. Verena hat herausgefunden, dass es sich im Fall von Lukas Gönnefried um Mord handelt."

„Wir haben viele DNA-Spuren am Mordopfer und mehrere frische am Seil gefunden. Keine davon polizeibekannt."

„Habt ihr von der Telefongesellschaft schon Kontaktdaten und eine Liste der Gespräche erhalten?"

„Nein, der hatte wie viele einen Flatrate-Vertrag. Und da sind die einzelnen Anrufe nicht gespeichert. Ist am Wochenende schwierig, da mehr rauszubekommen."

„Und sein Computer?"

„Da habe ich nichts Auffälliges gefunden. Vor allem war da nichts Privates drauf."

„Danke, Amid. Wenn euch irgendetwas unter die Finger kommt, bitte sagt mir gleich Bescheid."

„Eye, eye, Sir. Bis denne." Amid legte direkt auf.

Stoecker trommelte entnervt mit seinen Fingern auf seinem Schreibtisch. Dieser Geistliche hatte offenbar alles getan, keine Spuren im Netz von seinem Privatleben preiszugeben. Er musste dringend den Leitner aufspüren und ihn ins Gebet nehmen. Kopfschüttelnd nahm Stoecker zur Kenntnis, dass er jetzt auch schon in den Kirchenjargon verfallen war.

12

Kessler legte sein iPhone auf den dunkelbraunen Schreibtisch aus massivem Eichenholz, einem Erbstück seines Vaters aus der Gründerzeit. Wie oft hatte er als junger Mann davorgestanden und war von seinem alten Herrn abgekanzelt worden. Nie hatte er es ihm recht machen können. Jetzt war er Polizeipräsident, doch eine Anerkennung seines Vaters hatte er nie bekommen. Vor zehn Jahren war sein Erzeuger durch einen Sturz von der geschwungenen Treppe seiner herrschaftlichen Villa gestorben. Zu viel Alkohol im Blut. Die Beerdigung war ein gesellschaftliches Ereignis gewesen. Denn als Mitglied von Opus Dei und hochanerkanntem Chefarzt einer Privatklinik hatte er so etwas wie einen Promistatus. Ein Netzwerk, von dem auch Kessler profitiert hatte, wenn auch anfangs mit großen inneren Widerständen.

Ein leises Klopfen unterbrach ihn in seinen düsteren Gedankenfluchten. Topgestylt wie immer stand seine Frau im Türrahmen. Sie wusste, dass er nicht gestört werden wollte, wenn er sich zu Hause in sein Büro zurückgezogen hatte.

„Volker, entschuldige bitte, wenn ich Dich störe. Aber wollten wir nicht in die Sonntagsmesse um 12 Uhr?"

Kessler zuckte kurz zurück. Er hatte völlig vergessen, dass Sonntag war. Er schloss kurz die Augen und bat Gott routiniert um Vergebung.

„Marita, es tut mir sehr leid, aber du musst heute alleine gehen. Der Tod des jungen Priesters beschäftigt mich sehr. Und du weißt ja, ohne Druck läuft das nicht rund beim Ermittlungsteam. Also, ich kann heute nicht in den Gottesdienst. Vielleicht schaffe ich es heute Abend."

Marita schaute ihn mit einem kleinen Anflug von Vorwurf an, seufzte und schloss die Tür wortlos. Sie war eine sehr fromme Frau und wusste, wie sie ihn mit kleinen Gesten zurechtweisen konnte.

Kessler schaute kurz auf seine Uhr. Es war höchste Zeit, Renzo zu informieren. Der Monsignore ging sofort ans Telefon.

„Volker, sicher gibt es was Neues."

„Ja, Martin. Sehr wahrscheinlich war es Mord. Wir arbeiten auf Hochtouren."

Es war auf der anderen Seite der Leitung ungewöhnlich lange still.

„Das ist gut und schlecht", die Stimme des Kirchenmanns klang wie aus einem Gefrierschrank, „der Kardinal ist noch immer wie vom Erdboden verschluckt. Ich frage mich, ob er der Täter sein könnte. Wir können nicht ausschließen, dass er ein Verhältnis mit dem Toten hatte. Zumindest waren sie freundschaftlich verbunden. In seiner Videobotschaft, die wir stark verkürzt veröffentlicht haben, ist er mit dem Umgang der Kirche mit Homosexualität ins Gericht gegangen, hat den verstorbenen Priester in den Himmel gelobt und war offensichtlich tief betroffen."

Kessler hielt die Luft an. Das war eine völlig neue Wendung in dem Fall. Ein Kardinal, der eine Liaison mit einem schwulen Priester hatte und aus Eifersucht oder aus Angst geoutet zu werden gemordet hatte? Das durfte nicht an die Öffentlichkeit. Das wäre der Gau für die Kirche.

Bevor er reagieren konnte, kam Renzo ihm zuvor.

„Volker, wir brauchen einen DNA-Vergleich, um diesen Verdacht zu klären. Aber unter schärfster Geheimhaltung. Das darf nicht publik werden. Du weißt, wir müssen die Reinheit der heiligen Kirche um jeden Preis schützen. Ich bringe dir persönlich in der nächsten Stunde eine DNA-Probe des Kardinals, und du sorgst dafür, dass jemand den DNA-Vergleich durchführt, ohne dass er weiß, wessen Probe das ist."

„Martin, das ist nicht so einfach. Es wurden in der Sakristei Unmengen an Spuren gesichert. Ein Vergleich dauert, und wie soll das ohne Aufsehen unter der Hand gehen?"

„Das ist dein Problem", kam die Antwort prompt und kompromisslos. „Wo bist du in einer Stunde, damit ich dir die Probe vorbeibringen kann?"

Kessler überlegte kurz. Am besten, die Übergabe wäre an einem neutralen Ort.

„Wir treffen uns in einer Stunde am Haupteingang des Südfriedhofs."

„Einverstanden. Gelobt sei Jesus Christus."

„In Ewigkeit Amen", konnte Kessler noch sagen. Da war Renzo schon aus der Leitung.

Kessler merkte, wie sein Blutdruck unter die Decke schoss. Er stand auf, ging ans hohe Fenster seiner Jugendstilvilla und öffnete es. Die vom Dauerregen gereinigte Luft tat ihm gut. Er sog sie mit tiefen Atemzügen auf, während er darüber nachdachte, wen er für diesen brisanten DNA-Vergleich unter der Hand beauftragen könnte – mit einer möglichst unverfänglichen Begründung.

13

Mit einem Ruck schreckte Kathie aus ihrem Albtraum auf. Sie war mit Panik durch dunkle Wälder gerannt, verfolgt von einem blutüberströmten Toten. Über ihnen schwirrten im Zickzackkurs rotierende blaue Leuchtkugeln, die den tiefschwarzen Nachthimmel wie irrlichternde Diskokugeln erleuchteten. Das stöhnende Pfeifen ihres unheimlichen Verfolgers im Nacken trieb sie an einen Felsabgrund. Es gab keinen anderen Fluchtweg, als sich hinabzustürzen. Sie zögerte kurz, da war er schon unmittelbar hinter ihr und berührte sie – zärtlich. In diesem Moment wachte sie auf – schweißgebadet und schwer atmend.

Ihr erster Gedanke war – was macht Stefan? Schnell zog sie sich ein langes T-Shirt über den Kopf und ging ins Wohnzimmer. Sorgfältig zusammengefaltet lag die Decke auf dem Sofa, mit der er sich zugedeckt hatte. Von Stefan keine Spur. Sie schaute sich um. Eine Nachricht an sie hatte er auch nicht hinterlassen. Tiefe Enttäuschung machte sich in ihr breit. Er hatte ihr nicht vertraut. Und vielleicht hatte sie sich in ihm geirrt. Vielleicht war er ein traumatisierter Soldat, der wegen unkontrollierten Gewaltschüben unehrenhaft vom Militärdienst entlassen worden ist. Ich bin immer so naiv und vertrauensselig, schalt sie sich.

Doch dann tauchten in ihrem Kopf wieder die Bilder der vergangenen Nacht in ihr auf. Stefan hatte sie als einen einfühlsamen, uneitlen Mann erlebt, der Tiefe hatte und ehrlich verzweifelt war.

Ihr Blick fiel auf das in einem regenbogenbunten Bilderrahmen gefasste Foto von ihr und ihrer Mutter, das sie neben ihren Laptop auf dem kleinen Schreibtisch am Fenster aufgestellt hatte.

Es war während ihres gemeinsamen Urlaubs am Bodensee aufgenommen worden, als sie acht Jahre alt gewesen war. In diesem Urlaub hatte ihre Mutter zum ersten Mal über ihren Vater erzählt. Vielleicht mochte sie Stefan so sehr, weil er für sie der Vater war, den sie sich immer gewünscht hatte.

Kathie holte ihr Handy aus dem Schlafzimmer und begann die Mobilnummer ihrer Mutter zu wählen. Nach einer Weile hörte sie die vertraute Stimme am Telefon.

„Ach Kathie, wie schön, dass du dich meldest. Guten Morgen!"

„Guten Morgen, Mama. Ich hoffe, ich habe dich nicht geweckt?"

„Nein, nein, ich bin schon wach und sitze gerade bei einer schönen Tasse Milchkaffee. Und ob du es glaubst oder nicht, ich habe gerade an dich gedacht." Ihr vorwurfsvoller Ton war nicht zu überhören. „Wir haben ja eine Weile nichts mehr voneinander gehört."

Kathie zwang sich, auf diese Spitze nicht einzugehen. Wer sich nicht meldete, war ihre Mutter.

„Mama, ich habe gerade auf das Foto von unserem Urlaub am Bodensee geschaut, als du mir von meinem Vater erzählt hattest. Ich möchte mehr über ihn erfahren, wie es für dich war als junge Frau, so verliebt zu sein."

„Das kommt aber ein bisschen plötzlich, meine liebe Kathie, findest du nicht?"

„Ja, aber ich habe gerade schrecklich geträumt. Und es täte mir gut, ein bisschen mehr von dieser Zeit zu wissen."

Ihre Mutter trank hörbar noch einen Schluck Kaffee und ließ sich Zeit mit der Antwort.

„Also, Kathie, ehrlich gesagt, ist es keine schöne Geschichte. Und ein bisschen anders, als ich es dir damals erzählt habe.

„Ich war sehr jung und stand kurz vor meiner Ausbildung als Krankengymnastin. Es war Sommer, endlich keine Schule mehr. Und da habe ich deinen ... Vater auf einer öffentlichen Flugschau im nahegelegenen Militärgelände kennengelernt. Er war eher still, fast schüchtern, sah gut aus, ohne so ein Balzgehabe wie die Macho-Muskelmänner aus dem Dorf oder seine Kollegen beim Militär. Wir kamen am Erfrischungsstand ins Gespräch, und er sagte mir, er wäre Flugzeugmechaniker."

„Flugzeugmechaniker?", fragte Kathie. Ihre Gedanken überschlugen sich.

„Ja", erwiderte ihre Mutter nach einem weiteren herzhaften Schluck aus ihrer Kaffeetasse, „und nach der Flugschau haben wir auf den Bierbänken vor dem Festzelt bis zum Abend gesessen und erzählt. Dann musste er wieder zurück in seine Unterkunft. Wir haben uns für das kommende Wochenende zu einem Picknick an einem kleinen Waldsee in der Nähe meines Heimatdorfes verabredet."

Ihre Mutter seufzte. Kathie hörte, wie sie sich eine Zigarette anzündete.

„Ich konnte kaum die Tage abwarten, bis er mich endlich von zu Hause mit seinem Auto abgeholt hat. Meine Eltern waren unterwegs auf Einkaufstour in der Stadt. Ich war damals ziemlich stolz darauf gewesen, in seinem zitronengelben Citroen mit offenem Verdeck durch die warme, sonnengeflutete Sommerluft zu fahren. So ist das eben, wenn man sich verliebt ..."

Sie machte eine Pause und zog an ihrer Zigarette. Kathie hörte ihr gebannt zu.

„Auf meinen Wunsch sind wir viele Kilometer durch die Landschaft getingelt. Ich konnte nicht genug von diesem berauschenden Gefühl bekommen, mit diesem gutaussehenden, starken Mann unterwegs zu sein. Er hatte den Arm um mich gelegt und schien genauso glücklich zu sein wie ich."

Kathies Mutter wurde von ihren Erinnerungen überwältigt. Sie vergaß, dass ihre Tochter ihr zuhörte.

„Als wir endlich am Waldsee angekommen sind, fanden wir eine abgelegene kleine Lichtung und haben Eiersalat, belegte Brötchen mit Gürkchen gegessen. Die habe ich wirklich mit Liebe gemacht. Er hatte noch zwei Flaschen Bier mitgebracht. Es war sehr warm. Und irgendwann haben wir uns in den Waldsee gestürzt. Wir hatten nur unsere Unterwäsche an, und alles hat sich schön abgebildet." Sie lachte. „Was hatten wir Spaß. Und dann kamen wir zurück an Land, und es gab kein Halten mehr. Wir küssten uns, als gäbe es kein Morgen. Und ich spürte, wie erregt er war. Und ich erst. Ich erlebte die schönsten erotischen Momente meines Lebens."

Sie hielt inne. Als sie weitererzählte, wurde ihre Stimme härter.

„Aber dann, als er mich nach Hause brachte, teilte er mir mit, dass er in Süddeutschland stationiert war. Er versprach mir unter vielen Küssen, dass er, sobald er frei bekommen würde, mich sofort wieder besuchen würde. Ich ging auf Wolken. Aber nicht mehr lange."

„Warum nicht, Mama", fragte Kathie.

„Weil ich eine verliebte Traumtänzerin war", erwiderte ihre Mutter, und ihre Stimme war voller Bitterkeit.

„Was ist passiert? Bitte, Mama, ich muss das wissen", drängte Kathie.

„Ok", fuhr ihre Mutter fort, in ihrer Stimme war alle Wärme verschwunden, "ich stellte fest, dass ich von ihm schwanger geworden bin. Ich versuchte ihn telefonisch zu erreichen, aber es hieß jedes Mal ‚Kein Anschluss unter dieser Nummer'. Ich hoffte, dass er mir aus Versehen eine falsche Nummer gegeben hat. Doch alle meine Nachforschungen führten ins Leere. Es gab keinen Flugzeugmechaniker namens Christian Rügenwald. Auch nicht in Süddeutschland. Und er hat sich auch nicht mehr bei mir gemeldet, dieses Arschloch! So, jetzt kennst du die Wahrheit!"

Aus Kathies Mutter bracht die ganze Wut, Verzweiflung und Enttäuschung heraus, die sie seit vielen Jahren verdrängt hatte.

Kathie versuchte, ihre widerstreitenden Gefühle in den Griff zu bekommen. Hatte Stefan sie angelogen? War er ihr Vater oder alles nur ein Hirngespinst? Und warum hatte sie ihre Mutter angelogen? Sie musste alles von ihrer Mutter wissen.

„Warum hast du mir gesagt, ihr hättet euch vor meiner Geburt getrennt und er sei wenig später gestorben?", fragte sie.

„Ich wollte nicht, dass du erfährst, dass deine Mutter so blöd war und einfach sitzengelassen worden ist, abgelegt wie ein gebrauchtes Handtuch." Und schnell fügte sie hinzu. „Und mit Reinhard hast du einen guten Vater."

Kathie wurde still. Reinhard war für sie nie ein guter Vater gewesen. Für ihn zählte nur sein Sohn Carsten. Und ihre Mutter tat alles so, wie es Reinhard gefiel.

„Liebst du Reinhard?", fragte sie.

Kathies Mutter schwieg eine Weile.

„Er war der Beste, den ich als alleinerziehende Mutter kriegen konnte." Die Bitterkeit in ihrer Stimme ließ Kathie erschauern. „Er weiß, was er will, hat einen guten Job und er liebt mich."

Beide schwiegen. Kathie dachte an Stefan. Er war anders als Reinhard. Und sie mochte ihn sehr.

„Kathie, ich denke, das reicht jetzt für heute. Ich habe noch zu tun", hörte sie ihre Mutter sagen. Empathie war nicht ihre Stärke.

„Alles klar, tschüss Mama", erwiderte Kathie völlig paralysiert. Sie hörte, wie ihre Mutter die Verbindung abbrach. Kathie blieb bewegungslos am Fenster stehen und schaute in die Leere. Sie sehnte sich nach Stefan.

14

Gemurmel und lautes Klatschen, Bravo-Rufe und die ruhige Stimme von Robin Leitner waren der Soundtrack, den Stefan in der Küche des Psychotherapeuten versuchte zu entschlüsseln. Es schienen viel mehr Leute da zu sein als bei einer klassischen Gruppentherapie. Es klang mehr nach einem engagierten Vereinstreffen. Aber warum diese Geheimnistuerei? Er wurde das Gefühl nicht los, dass da etwas Konspiratives verhandelt wurde.

Stühle wurden gerückt. Das Stimmgewirr wurde lauter und vielstimmig. Er hörte, wie sich die vielen Gäste verabschiedeten und nach und nach die Praxis verließen. Dann war es eine Weile still. Wahrscheinlich informierte Winterer gerade den Psychotherapeuten, dass der Kardinal in der Küche saß. Er hörte Schritte im Gang.

Winterer öffnete die Küchentür. Sein Blick war ernst mit einem Anflug von Misstrauen.

„Herr Kardinal", sagte er förmlich, „wir können jetzt reden. Kommen Sie mit mir."

Stefan folgte Winterer in den Versammlungsraum. Die sauerstoffarme, stickige Luft verschlug ihm fast den Atem. Viele der aufgereihten Stühle waren chaotisch verschoben. Robin Leitner war gerade dabei, Fenster aufzureißen, und drehte sich abrupt um, als Stefan beinahe schüchtern in den Raum trat. Er blickte dem Überraschungsgast lange ins Gesicht. Dann stellte er wortlos drei Stühle zusammen.

„Setzen Sie sich, Herr Kardinal", sagte er mit belegter Stimme und deutete auf das Stuhlensemble.

Stefan blieb stehen. „Ich bin nicht hier als Kardinal", erwiderte er, „sondern als Mensch, der nicht mehr weiterweiß. Ich bin Stefan."

Leitner und Winterer blickten sich kurz in die Augen und nickten gleichzeitig.

„Ok, Stefan, suchen Sie sich einen Stuhl aus."

Stefan setzte sich auf den Stuhl, der ihm am nächsten war. Leitner und Stefan nahmen die beiden anderen, so dass sie in einem Kreis saßen. Stefan stellte mit Erleichterung fest, dass die beiden offensichtlich vermeiden wollten, dass das Gespräch in eine Konfrontation zwei gegen einen ausarten könnte. Im Kreis waren sie gleichberechtigte Partner auf Augenhöhe.

„Warum sind Sie hier, Stefan", fragte Leitner, dem es offensichtlich schwer fiel zu glauben, dass er es nicht mit einem kirchlichen Amtsträger zu tun hatte. Winterer rieb sich die Hände, als ob ihm kalt wäre.

Stefan wusste, dass er hier nur mit Ehrlichkeit Vertrauen schaffen konnte. Gerne wäre er mit Leitner alleine gewesen, aber das war wohl nicht möglich. Er musste sich diesen beiden Menschen anvertrauen – ohne Wenn und Aber.

„Um es auf den Punkt zu bringen – ich glaube, ich werde mein Amt als Kardinal und Erzbischof niederlegen. Man könnte auch sagen, ich bin gestern Abend desertiert." Stefan schaute in ungläubige Gesichter und entschloss sich, in Details zu gehen: „Und zwar, nachdem ich gestern hörte, dass Lukas sich das Leben genommen hat. Das hat mir einfach den Rest gegeben. Ich kannte Lukas, seine unerschrockene Menschenliebe. Ich weiß, er liebte das Leben. Und dann die Nachricht, er habe sich umgebracht. Ich fühlte mich zutiefst schuldig, weil er noch vor wenigen Tagen bei mir war. In diesem Gespräch habe ich ihm noch ins Gewissen geredet, er solle das Zölibat ernst nehmen, er müsse der Beziehung mit Ihnen, Robin, ein Ende setzen."

Stefan schaute Robin gequält an, der ihn wie versteinert mit seinen Augen sezierte. Er holte tief Luft und redete weiter.

„Ich habe Lukas in schwerste innere Not gebracht, das konnte ich sehen, und habe ihn dennoch völlig alleingelassen. Mein Amt und die Lehre der Kirche, an der ich selber größte Zweifel hatte, habe ich über den Menschen gestellt. Ich hatte einfach nicht den Mut, mich gegen die erzkonservativen Kirchenmänner in meinem Umfeld und Rom zu stellen."

Stefan suchte nach Verständnis in den Augen der beiden Männer.

„Aber Fakt ist, Sie haben ihn alleingelassen!", sagte Leitner in eisigem Ton.

„Ja, das habe ich", bekannte Stefan, „sein Tod hat mir vor Augen geführt, dass ich mich in meinem Amt vor Gott und den Menschen versündige. Ich wollte dann einfach nur noch weg, alles hinter mir lassen. Abstand gewinnen. Doch ich wollte nicht gehen, ohne ein Statement, eine Erklärung. Deswegen habe ich noch eine Videobotschaft veröffentlichen lassen …"

„Was für eine Videobotschaft?", fragten Leitner und Winterer gleichzeitig.

„Ist sie nicht veröffentlicht worden?" Stefan war entsetzt.

„Also, ich habe davon nichts mitbekommen", erwiderte Leitner, „aber ich habe auch keinen Blick in die Medien geworfen. Wegen Lukas."

Winterer zog sein Handy aus der Jackentasche. Schnell hatte er die Videobotschaft des Bistums aufgerufen und stellte sie auf laut. Nach kurzer Zeit endete das Video.

„Das ist nicht meine Videobotschaft!", rief Stefan entrüstet und sprang von seinem Stuhl auf, „das waren sicher Renzo und Co. Sie haben meine Botschaft gekürzt und manipuliert!"

Er sank zurück auf seinen Stuhl. Wütend ballte er seine Hände zu Fäusten und kämpfte um Fassung.

Winterer surfte auf seinem Handy nach weiteren Nachrichten.

„Wow, im RealAnzeiger online geht die Post ab. Die haben herausgefunden, dass das Video des Kardinals stümperhaft gekürzt worden ist. Und der Legemann fragt nach, was mit dem Kardinal los sei. Niemand könne ihn erreichen. Und spekuliert, ob das mit dem Video und dem Tod des Priesters zu tun habe."

„Na, da haben Sie ja ganz schön Staub aufgewirbelt, Stefan", kommentierte Leitner den Artikel.

Stefan kämpfte noch immer gegen seine ohnmächtige Wut. Es war unfassbar, wie Renzo und seine Clique einfach über seinen Kopf hinweg aus rein kirchenpolitischen Interessen gehandelt hatten.

„Wie willst du jetzt weitermachen, Stefan?", fragte Winterer.

„Ehrlich, ich weiß es nicht. Auf Dauer kann ich mich nicht verstecken. Aber – ich will auf keinen Fall zurück."

Leitners Widerstand gegen den Kardinal wurde schwächer.

„Bernd, glaubst du ihm?"

Winterer blickte nachdenklich auf den Kardinal.

„Ich glaube ihm. So etwas denkt sich niemand aus. Und Stefan gehört nicht zu den Menschen, die gut lügen können."

„Und was machen wir mit ihm?", fragte Leitner.

„Hm", meinte Winterer, „das ist jetzt aktuell nicht so einfach. Er könnte für uns wichtig sein, vorausgesetzt, er meint es mit seinem Sinneswandel ernst."

Stefan Riemstedt war verwirrt. Es lag etwas im Raum, das er nicht einordnen konnte. Er fühlte sich wie in einem Tribunal.

„Wir sollten ihn einweihen", schlug Winterer vor.

Leitner zuckte zusammen: „Ist das nicht zu riskant?"

„Ja, aber er könnte für uns ein Glücksfall sein."

Leitner und Winterer waren sich bewusst, dass sie vor einem entscheidenden Moment standen, der hohe Risiken bergen konnte. Schließlich nickte Leitner zustimmend, und Winterer ergriff das Wort.

„Stefan, du musst jetzt eine grundsätzliche Entscheidung treffen: Wir haben uns mit einer großen Gruppe von Priestern und Kirchenangestellten entschlossen, gegen die Kirche auf die Straße zu gehen und unseren Dienst niederzulegen, bis wir unsere Bedingungen für die Aufhebung des Zölibats in der Kirche erfüllt sehen. Unsere Aktion nennen wir Revelatio, denn wir offenbaren unsere Überzeugung, dass die gegenwärtige Kirchenlehre nicht im Sinne des Evangeliums ist."

Stefans Augen weiteten sich. Was diese Menschen da vorhatten, war eine Revolution.

„Das ist mutig", stammelte er.

Winterer beugte sich vor und fixierte ihn mit den Augen.

„Stefan! Wir müssen sicher gehen, egal, wie du zu uns jetzt stehst, dass du keinem Menschen etwas über unsere Aktion sagst."

Stefan reagierte sofort: „Selbstverständlich, auf keinen Fall will ich euch verraten."

Winterer stand auf und legte feierlich eine Hand auf Stefans Schulter.

„Schwörst du bei Gott hoch und heilig, dass du auf unserer Seite stehst, uns nicht verrätst und keine gemeinsame Sache mit deinen Kirchenleuten an der Spitze des Bistums machst?"

Stefans Herz klopfte wie wild. Die Hand des Priesters lag wie Blei auf seinen Schultern, und er war sich völlig bewusst, dass sein Leben vor einem tiefgreifenden Wendepunkt stand. Egal, wie er sich entscheiden würde, es gab danach keinen Weg zurück. Und ihm wurde klar, dass er die Entscheidung schon längst gefällt hatte. Feierlich erhob seine Hand zum Schwur.

„Ja, ich schwöre bei Gott, meinem Herrn, dass ich auf eurer

Seite stehe, und nicht nur das, ich werde meine Ämter in der Kirche aufgeben und euch unterstützen."

Eine Welle der Erleichterung durchflutete ihn. Aber auch er brauchte von Leitner und Winterer eine Sicherheitsgarantie.

„Es gibt eine Bedingung, denn auch ich muss mich absichern. Ich bitte euch, mir Asyl zu geben. Ich muss geschützt werden vor den Anfeindungen der Kirche und der Presse."

„Stefan, das ist nachvollziehbar. Selbstverständlich werden wir dich unterstützen", erwiderte Winterer ohne zu zögern, trat zurück und setzte sich wieder auf seinen Stuhl, deutlich entspannter.

„Und wie wollt ihr das Ganze finanzieren?", fragte Stefan ruhig. Wenn er eines als Erzbischof gelernt hatte, dann war es, dass nichts ohne Geld lief. Winterer nickte zustimmend.

„Gute Frage. Wir haben in den letzten Monaten sehr viel Geld in einer Stiftung gesammelt, denn es wird uns allen finanziell an den Kragen gehen. Sie glauben nicht, wie viele Privatpersonen große Geldbeträge einbezahlt haben, weil sie die aktuelle Kirchensituation und die Ablehnung von Reformen in Rom unerträglich finden. Unter ihnen sind viele, die längst aus der Kirche ausgetreten, aber im Herzen noch katholisch sind, weil sie sehen, wie viele von uns an der Basis gute Arbeit leisten – trotz aller Widerstände."

Stefan dachte an die vielen Gespräche, die er in letzter Zeit mit wohlhabenden Katholiken am Rande von Gottesdiensten und Festakten geführt hatte. Sie waren auf ihn mit selbstbewusster Entschlossenheit zugekommen, um ihm zu sagen, dass sie aus der Kirche austreten würden und ihre Kirchensteuer für einen guten Zweck investieren wollten, aber nicht mehr für die Kirche. Bei manchen hatte er gespürt, dass ihnen diese Entscheidung nicht leichtfiel. Da gab es keinen Raum mehr für gute Gegenargumente. Er konnte sich gut vorstellen, dass diese Stiftung genau das Richtige für diese Menschen als Alternative zu Kirchensteuern war.

„Und ihr habt eine offizielle Demonstration angemeldet?", fragte er in die kurze Pause hinein.

„Ja, morgen, am Johannistag, haben wir um 13 Uhr eine reguläre Demonstration angemeldet. Das Ganze ist aber ein bisschen undercover, denn wir laufen als „Verein zur Stärkung der Demokratie". Wir wollten nicht, dass wegen irgendwelchen Kungeleien in der Stadt die Kirchenverantwortlichen Wind von der Sache bekommen könnten und die Priester und Kirchenangestellten unter Druck setzen würden. Es ist für alle keine leichte Entscheidung."

„Und wer macht mit bei Revelatio?"

„Einhundert Menschen haben zugesagt mitzulaufen. Aber es könnten weit mehr werden. Dabei sein werden Priester und Ordensleute, von der Kirche bezahlte Mitarbeitende der pastoralen Dienste und weitere Beschäftigte bei der Kirche. Sie kommen aus mehreren Bistümern. Sie sind uns alle persönlich bekannt, und wir vertrauen auf ihre Verschwiegenheit. Wir rechnen auch damit, dass spontan noch einige Menschen dazukommen, die unser Anliegen unterstützen wollen."

„Was mich wirklich wundert", warf Stefan ein, „wie konntet ihr so eine Aktion geheim halten?"

„Wir haben kleine Zellen in den Gemeinden mit einem oder einer Verantwortlichen gebildet, die für größtmögliche Diskretion verantwortlich waren und die Seelsorger vor Ort gut kannten. Sie haben nur Menschen angesprochen, denen sie vertrauen konnten. Und die teilnehmenden Personen mussten sich namentlich schriftlich verpflichten, diese Aktion vertraulich zu behandeln. Ein Restrisiko bleibt natürlich. Aber du glaubst nicht, Stefan, wie tief das Bedürfnis bei vielen ist, nicht mehr gegen ihre innere Überzeugung zu leben. Und wie viele es einfach satthaben, von ihren Ortsbischöfen und deren Lakaien bevormundet zu werden."

„Ja", sagte Stefan grimmig, „ich kenne das Gefühl, auch als Bischof."

Sie schauten einander mit einem wissenden Lächeln in den Augen an und begannen herzhaft zu lachen. Winterer stand auf und umarmte seinen ehemaligen Vorgesetzen. Leitner schüttelte ihm die Hand.

„Willkommen bei Revelatio."

Stefan schaute sie mit Entschlossenheit an: „Ich werde morgen mit euch auf die Straße gehen."

„Sind Sie sich da sicher?", fragte Leitner ihn mit forschendem Blick. Er wusste aus seiner therapeutischen Praxis, dass Menschen in hochemotionalen Situationen sich leicht überschätzten.

„Ja", erwiderte Stefan ruhig. Und es war ein Leuchten in seinen Augen.

15

Es war nicht leicht, an einem Sonntagnachmittag in dieser beliebten Wohngegend einen Parkplatz zu finden. Doch als er zum zweiten Mal um die Ecke bog, fand Legemann nur wenige Meter von der Psychotherapeutischen Praxis entfernt auf der gegenüberliegenden Seite zwischen zwei Bäumen einen guten Abstellplatz für sein Auto.

Er lief mit schnellen Schritten zum Hauseingang. Ein kleines Vordach aus Glas schützte die Besucher vor zu viel Sonne oder Regen. Die Klingel ließ vermuten, dass sich die Praxis von Leitner im zweiten Stock des individuell verspielten 80er-Jahre Baus befand. Im Erdgeschoss war eine Praxis für Osteopathie nur für Privatkunden untergebracht. Im dritten Stock ein Facharzt für Neurologie und Psychiatrie. An kranken Menschen kann man reich werden, dachte Legemann, und drückte auf die Klingel, auf der nur der Name Dr. Robin Leitner stand. Er hörte ganz entfernt die melodische Klingel, doch niemand öffnete ihm. Es wunderte ihn nicht wirklich.

Er drehte sich um und wäre beinahe mit Kriminalhauptkommissar Stoecker zusammengestoßen.

„Was wollen Sie denn hier", herrschte ihn Stoecker barsch an.

„Das Gleiche wie Sie auch, nehme ich an", pöbelte Legemann zurück.

„Ich mache Sie darauf aufmerksam, dass es sich hier um eine polizeiliche Ermittlung geht, bei der Sie nichts zu suchen haben."

„Und ich erinnere Sie daran, dass es so etwas wie Pressefreiheit in unserem Lande gibt."

„Ja, aber das gibt Ihnen nicht das Recht, meine Arbeit zu behindern."

„Zu dumm, aber ich war als Erster da."

„Spielt keine Rolle. Sie setzen sich jetzt brav ins Auto und halten die Füße still, klar?!"

Legemann wusste, dass er so nicht weiterkommen würde. Aber vielleicht wusste Stoecker ja etwas, das für ihn interessant sein könnte. Er entschied sich, ein bisschen Dampf aus dem Kessel zu nehmen.

„Herr Hauptkommissar, es sieht so aus, als hätte ich schon einen Ermittlungsschritt für Sie getan. Ich habe geklingelt, aber niemand hat reagiert. Verdächtigen Sie etwa Robin Leitner?"

Stoecker versuchte, seine Abneigung gegen den Journalisten etwas herunterzufahren. Es war ihm aber nur bedingt möglich.

„Herr Legemann, schön, dass Sie schon mal geklingelt haben. Ich werde mich aber lieber selbst davon überzeugen, dass niemand zu Hause ist. Und Sie verlassen jetzt erst einmal das Grundstück."

„Sie haben kein Recht, mich von einem Privatgrundstück zu verweisen, dass Ihnen nicht gehört. Aber gerne warte ich auf Sie in einem für Sie verträglichen Abstand."

Ohne zu antworten drängte sich Stoecker an ihm vorbei und ging zum Türeingang. Nachdem er mehrmals ohne Erfolg den Klingelknopf gedrückt hatte, wollte er an Legemann vorbei und zu seinem Auto gehen, das er vor einer Garageneinfahrt geparkt hatte. Legemann stellte sich ihm in den Weg.

„Wussten Sie schon, dass der Kardinal verschwunden ist?"

Stoecker blieb stehen, wie vom Donner gerührt.

„Wie bitte? Was reden Sie da!"

„Interessant. Hat Ihnen niemand gesagt, dass seit gestern Abend keiner weiß, wo der Kardinal zu finden ist? Noch nicht einmal die hohen Herren seines Bistums? Als ob ihn der Teufel geholt hätte. Und das am selben Abend, an dem sich ein junger

Priester erhängt hat. Da fragt man sich doch, ob da ein Zusammenhang besteht, finden Sie nicht? Und welche Rolle Robin Leitner, der Bettgenosse des jungen Priesters, spielt…"

Legemann genoss sichtlich, dass er gerade gegenüber dem Kommissar einen Punkt gemacht hatte.

Stoecker starrte ihn ausdruckslos an und sortierte, was er da gehört hatte. Vom Verschwinden des Kardinals hatte ihm niemand erzählt. Er war sich nicht sicher, ob dieser Legemann ihm überhaupt die Wahrheit sagte. Dass sich Kardinäle oder Bischöfe einfach so aus dem Staub machten, wäre höchst ungewöhnlich. Das hatten sie ja noch nicht mal gemacht, als es eng für sie wegen der Missbrauchsfälle geworden war.

„Warum sind Sie sich da so sicher?"

„Das sagt mir mein Instinkt – und es gibt einige Indizien, die meinen Instinkt füttern. Das bischöfliche Presseamt erzählt mir, der Kardinal sei erkältet, als wäre dies ein Staatsgeheimnis. Ich habe einen guten Draht zum Bischof, aber er reagiert auf keine meiner Anrufe, obwohl er doch nur erkältet ist. Normalerweise hätte ich von ihm zumindest eine SMS erhalten, allein schon, damit ich nicht auf dumme Gedanken komme. Das alles ist sehr ungewöhnlich."

„Aber es bleibt eine Vermutung, Herr Legemann." Stoecker wollte gehen.

„Vermutungen sind doch ihr täglich' Brot, Herr Stoecker. Sie sollten diese Spur nicht unter den Tisch fallen lassen. Und was ist, wenn der arme junge Priester kein Selbstmord begangen hat, sondern ermordet wurde?"

„Woher wissen Sie …!" Stoecker hielt inne, er war wie ein kleiner dummer Polizeianwärter dem gewieften Journalisten in die Falle getappt.

„Oha! Der Gönnefried wurde also ermordet!" Legemann triumphierte. Er hatte seine Geschichte.

„Legemann", polterte Stoecker alarmiert, „auch das ist nur eine Vermutung. Und auf mich können Sie sich auch nicht berufen. Morgen gibt es eine Pressekonferenz. Bis dahin sollten wir mehr wissen. Also machen Sie jetzt keine heiße Story aus etwas, was nur heiße Luft ist. Und meinen Namen lassen Sie schön raus klar?"

Stoecker war sich bewusst, dass er keine Chance hatte. Natürlich würde Legemann daraus eine Story stricken. Hauptsache, sein Name würde nicht erwähnt werden.

„Die Firma dankt", frohlockte Legemann, tippte an einen imaginären Hut auf seinem Kopf und sprintete zu seinem Auto. Stoecker hätte ihm am liebsten die Mülltonne vor der Grundstückshecke vor die Beine geworfen. Aber das Kind war in den Brunnen gefallen.

Beide rauschten in ihren Autos in entgegengesetzter Richtung davon. Sie bemerkten nicht, dass oben am Fenster der Kardinal die Szene beobachtet hatte. Legemann war ihm auf den Fersen.

DER MONTAG

1

Technobeats wummerten durch den dunklen Raum. Nur wenige Glühbirnen verbreiteten diffuses Licht. Mehr als verschwommene Umrisse sich ekstatisch bewegender Menschen sah Matthias nicht. Schon lange hatte er sich vorgenommen, einen Darkroom zu betreten. Hier kamen schwule Männer zusammen, um hemmungslos Sex zu haben – anonymen Sex. Heute Abend war er bereit für die Mutprobe – es war Johannisnacht, die längste Nacht des Jahres, die Nacht der Liebe. Und er brannte darauf, seine Lust endlich real auszuleben und nicht allein, animiert durch Pornoclips.

Es war kurz nach Mitternacht, als er die von rotem Plüsch dominierten Schwulenkneipe betreten hatte. Sie war völlig überfüllt mit Männern, die sich offensichtlich sauwohl fühlten, miteinander redeten und flirteten. Ihm wurde heiß und kalt von den anzüglichen Bemerkungen, die durch den in dunklen Rot- und Orangetönen beleuchteten Raum zogen. Immer wieder wurde er mit Blicken taxiert. Offensichtlich gefiel den Männern, was sie da sahen. Er bestellte einen Gin Fizz, und dann noch einen, denn nüchtern würde er nie den Mut finden, sich auf eine intime Begegnung einzulassen. Angenehm durchflutete seinen Körper eine wärmende Schwerelosigkeit. Er ließ sein halbvolles Cocktailglas stehen und bewegte sich durch die erhitzten Leiber in Richtung Darkroom. Erleichtert sah er, dass niemand sich ausziehen musste, um in die schummrigen Räumlichkeiten der Lust einzutreten. Sein dunkles T-Shirt und die schwarz schimmernde Stoffhose gaben ihm so etwas wie einen Schutz.

Kaum hatte er den Darkroom betreten, fühlte er Hände, die ihm in den Schritt fassten oder seinen Arsch betatschten. Es machte ihm Angst, aber gleichzeitig erregte es ihn. Langsam ging er an den Pärchen vorbei, manche waren zu dritt oder zu viert zugange.

Er war unsicher, wie er sich verhalten sollte. Wie lange war er ohne Sex gewesen. Als Priester musste er sehr vorsichtig sein. Seine Gemeinde war sehr konservativ. Er selbst war ein Anhänger der alten Kirchenordnung mit ihren strengen Geboten. Was hatte er nicht alles versucht, die Liebe zu Männern aus seinem Leib zu verbannen, doch das Begehren war so übermächtig, geradezu teuflisch. Doch weder Fasten noch Exerzitien und Selbstbestrafung hatten geholfen. Im Gegenteil. Und wenn er ehrlich war, er sehnte sich nach einem Partner.

Er ließ sich treiben, Erregung und Schuldgefühle wirkten wie Brandbeschleuniger seiner Leidenschaft. Plötzlich stand er einem Mann gegenüber mit Baseballcap auf dem Kopf. Er schien etwas älter zu sein, aber das war ihm egal. Und sie begannen ihr erotisches Spiel.

Taumelnd verließ Matthias den Darkroom. Erschöpft, aber mit dem Glücksgefühl eines zufriedenen Körpers setzte er sich wieder an die Bar und bestellte sich einen erfrischenden Mai Thai. Seine Augen mussten sich an die gedimmte Helligkeit gewöhnen. Um ihn herum standen und saßen Männer jeden Alters in Feierlaune.

Ein junger Typ stellte sich neben ihn an den Tresen und machte ihm schöne Augen. Nein, er wollte jetzt allein sein und das Erlebte genießen. Er drehte mit einem entschuldigenden Lächeln dem Mann den Rücken zu. Aus den Augenwinkeln sah er, wie der Typ schon den nächsten anbaggerte. ,Abscheulich', dachte er und fühlte gleichzeitig Abscheu gegen sich selbst. War er nicht genauso geil gewesen wie dieser Mann am Tresen? Das Hochgefühl in seinen Lenden verebbte.

Nach dem letzten Schluck Mai Thai schlängelte er sich zwischen den eng gestellten Tischen mit vollbesetzten Stühlen hinaus in Richtung Ausgang. Er fröstelte. Vor der Kneipe hatten sich ein paar Raucher versammelt. Gerne hätte er eine Zigarette geschnorrt, doch er wollte nicht schon wieder angebaggert werden.

Es war Zeit zu gehen, doch gleichzeitig wollte er nicht zurück in seine Wohnung mit Heiligenbildern und Kreuzen. In diesem Moment sah er im Licht der Bogenlampe des Eingangsbereichs, wie ein Mann mit Baseballcap leicht torkelnd die Kneipe verließ – sein Darkroom-Lover. Mit Entsetzen erkannte er in ihm den alten Weihbischof Sauter. Für einen Moment schüttelte es ihn durch, mit einem alten Mann Sex gehabt zu haben. Und dann erfasste ihn ein heiliger Zorn. Ein Weihbischof verkehrte im Darkroom! Er war ja nur ein kleiner Priester, aber ein Mann, der die Bischofsweihe empfangen hatte, durfte sich nicht seinen Dämonen hingeben.

Ohne weiter nachzudenken verfolgte er Sauter, der mit schwankenden Schritten zu seinem Auto mäanderte. Es war weit von der Kneipe entfernt in einer dunklen Ecke einer Nebenstraße geparkt. Als er mit einem Klick seinen teuren BMW öffnete, fand Matthias den Mut, ihn anzusprechen.

„Eure Exzellenz", rief er übertrieben laut.

Sauter drehte sich erschrocken um.

„Wer sind Sie?", fragte er, und seine Stimme zitterte.

„Herr Weihbischof, ich bin der Mann, den sie im Darkroom berührt haben", erwiderte Matthias und fühlte die süße Macht der moralischen Überlegenheit.

Sauter versuchte, sein Gleichgewicht zu finden, und zwang sich, den Mann, der ihn aus seiner himmlischen Glückseligkeit gerissen hatte, mit seinen Augen scharfzustellen. Vor sich sah er einen schmächtigen Racheengel, der vor seiner eigenen Courage verängstigt war. Schlagartig wurde er nüchtern.

„Hören Sie, wir brauchen alle eine kleine Auszeit. Nicht wahr?"

„Aber wir dürfen es doch nicht …", flüsterte Matthias leise.

„Wir dürfen Menschen nicht bedrängen, aber Liebe geben ganz sicher", sagte der Weihbischof mit verstörend sanfter Stimme.

„Aber Sie als Bischof, Sie haben die höheren Weihen, Sie sind ein Vorbild. Sie müssen stärker sein als Ihre innersten Wünsche."

„Ja, Du hast Recht mein Sohn. Aber wir sind Menschen, auch wenn wir in der Nachfolge Christi stehen. Wir sind schwach und tuen Buße. Und Jesus hebt uns aus unserer Schuld, damit wir wieder stark werden für seine Kirche."

Wie gerne hätte Matthias sich diesen Mantel der Vergebung um die Schultern gelegt, aber seine Zweifel waren groß.

„Aber es ist Sünde. Unser Mitbruder Lukas Gönnefried, ein frommer Mann, hat sich wegen seines sündigen Begehrens sogar das Leben genommen…"

Dies war der Moment, wo Sauter die Wut packte.

„Hören Sie, wer auch immer Sie sind, Gönnefried habe ich schon x-Mal darauf angesprochen, seinen Lebenswandel zu ändern. Doch er hat nur gelacht. Das war ein Satanspriester. Er hat gegen die Kirche aufbegehrt – und er ist nicht der einzige. Gott hat einen Weg gefunden, dass er seinen blasphemischen Plan nicht umsetzen konnte."

Matthias konnte nicht glauben, was er hörte.

„Woher wissen Sie das?"

„Weil er es mir gesagt hat. Und weil er mir gedroht hat, mich wegen meinen kleinen Auszeiten auffliegen zu lassen."

Sauter merkte, dass er zu weit gegangen war. Er hatte einfach zu viel getrunken. Jetzt musste er dringend dafür sorgen, dass dieser junge Mann nicht auf die Idee kam, irgendetwas zu erzählen. Da half nur autoritäres Auftreten.

„Wer sind Sie überhaupt?", fragte er mit der Stimme eines Großinquisitors.

„Ich bin Matthias Grünecker, Pfarrer im Gemeindeverbund West", stotterte der junge Priester. Sauter zuckte zusammen. Ein Priester. Er fasste sich schnell, denn ein Geistesblitz verschuf ihm die Lösung dieser unangenehmen Situation.

„Pfarrer Grünecker, du hast schwer gesündigt. Wie willst du da noch vor deiner rechtgläubigen Gemeinde stehen, Gottesdienste abhalten, Kinder taufen? Der barmherzige Gott gibt uns die Möglichkeit, durch die Beichte die Sünden zu vergeben. Zur Buße wirst du die ganze Nacht den Rosenkranz beten und dabei auf dem kalten Boden deiner Pfarrkirche ohne Kissen knien. Und den gesamten morgigen Tag trage ich dir auf, zu fasten und das Magnifikat zu beten. Und jetzt beuge deine Knie, mein Sohn."

Matthias fiel auf die Knie und senkte sein Haupt. Sauter segnete ihn so huldvoll, wie es sein Alkoholspiegel zuließ, und sprach die Absolutionsworte. Wie in einem Traum hörte Matthias zum Schluss das „Ego te absolvo". Er lag noch auf den Knien, als der Weihbischof sich in sein Auto setzte und losfuhr in die aufbrechende Dämmerung. Dann begann er bitterlich zu weinen.

2

Monsignore Renzo hatte die Nacht schlecht geschlafen. Immer wieder war er aufgewacht und hatte an den Kardinal gedacht. Er war höchstalarmiert. Die Videobotschaft konnte nur einen Schluss zulassen – Stefan hatte mit seiner Kirche gebrochen. Offen war für ihn, ob das ein Kurzschluss war, oder eine grundsätzliche Entscheidung.

Noch immer war es für ihn unbegreiflich, dass dieser ihm doch so treu ergebene, fromme, auf Ausgleich und Verständigung bedachte Mann sich so einfach seinen Pflichten gegenüber der Kirche entziehen konnte. Er hatte ihn doch großgemacht und ihm alle unangenehmen behördlichen und personellen Maßnahmen abgenommen. Nur so konnte er einen reibungslosen Ablauf innerhalb der Kirchenhierarchie sicherstellen und die Kirche vor zerstörerischen Modernismen bewahren. Dafür hätte Stefan die harte Hand, der Sinn für Machterhalt gefehlt.

Das war schon immer die Achillesferse von Stefan – nichts für sich, alles für die Menschen. Deshalb hatte er auch dafür gesorgt, dass Stefan von seinen kirchenpolitischen ‚Interventionen' so gut wie nichts mitbekommen hatte. Und wenn ihm doch was zu Ohren gekommen war und er kritisch nachgefragt hatte, dann hatte er ihm versichert, die Missstände umgehend zu beseitigen. Wie zum Beispiel, als er erfahren hatte, dass Weihbischof Sauter auf Porno-Seiten und in der Schwulenszene unterwegs war. Eine kleine inoffizielle Abmahnung hatte genügt. Jetzt war er wohl etwas vorsichtiger geworden. Wer nicht, seufzte Renzo.

Die alte Wanduhr in seinem im modernen grauen Betondesign gestalteten Schlafzimmer schlug sieben Uhr. Es war Zeit aufzustehen. Die gute alte Henriette war sicher schon im

Büro und ordnete seinen Terminplan und die Unterlagen für den heutigen Tag. Da klingelte sein Handy. Es war Polizeipräsident Kessler.

„Gott zum Gruße", Renzo setzte sich erwartungsvoll auf die Bettkante.

„Ja, Ja, Martin, es gibt Neuigkeiten. Also – den Kardinal als Mörder können wir ausschließen. Von ihm gibt es weder Spuren am Tatort noch beim Opfer. Aber durch die gute Nase unseres Informanten bei der Spurensicherung haben wir eine Spur vom Kardinal, die allerdings höchstverstörend ist."

„Ihr habt eine Spur des Kardinals?!" Renzo hatte den Zusatz ‚höchstverstörend' vor Freude völlig überhört.

„Ja, aber freue dich jetzt nicht zu früh", erwiderte Kessler eisig, „Es gibt DNA-Spuren des Kardinals am Tatort einer Schlägerei von gestern Abend. Jemand hat in der Innenstadt einen jungen Studenten brutal krankenhausreif geschlagen. Und es spricht einiges dafür, dass der Kardinal den Mann halbtot geprügelt hat. Wir suchen noch nach dem Obdachlosen, der die Schlägerei beobachtet hat. Der Mann hat zwei Frauen informiert und ist abgehauen."

„Wie bitte?!", Renzos Stimme überschlug sich fast.

„Genau so, Martin. Auf jeden Fall war der Kardinal heute Nacht im Studentenviertel unterwegs, und wir müssen zurzeit davon ausgehen, dass er in der Schlägerei verwickelt war."

„Ich kann das nicht glauben. Stefan und eine Schlägerei? Nein, das kann nicht sein", Renzo fehlten die Worte.

„Volker, alles ist möglich. Glaube mir. Aber ich versichere dir, wir halten das alles unter der Decke. Ich habe meinen Informanten gebeten, die DNA-Proben und die Analysen zu vernichten. Aber wir können festhalten – der Kardinal war heute Nacht noch in der Stadt unterwegs."

„Ist dein Informant bei der Spurensicherung absolut zuverlässig?"

„Ganz sicher. Er ist frommer Katholik, und er will sicher nicht, dass ich alles öffentlich mache, was ich über ihn weiß. Würde ihn übrigens auch den Job kosten."

Renzo verstand. Das übliche Spiel.

„Aber ich verstehe einfach nicht, warum Stefan sich prügelt, das passt einfach nicht zu ihm."

„Vielleicht hat ihm die Gesinnung des jungen Mannes nicht gepasst."

„Wieso?"

„Der junge Mann ist Sympathisant der rechtsnationalen Szene. Dagegen hat sich der Kardinal doch etwas sehr dezidiert Stellung bezogen, wenn ich mir seine Äußerungen der letzten Jahre anschaue."

Es war offensichtlich, dass Kessler die Haltung des Kardinals missbilligte.

„Du magst Recht haben", beschwichtigte Renzo, „Stefan muss in einem Ausnahmezustand sein, um so gewalttätig zu werden. Und wir müssen ihn unbedingt finden, bevor er uns noch richtig Probleme macht. Bitte halte Augen und Ohren offen, ja?"

„Das mache ich, gelobt sei Jesus Christus", erwiderte Kessler und legte auf.

Renzo schenkte sich das „In Ewigkeit Amen", sprang auf und brüllte. „Verdammt, verdammt, verdammt!" Schnell balancierte er seine Kontaktlinsen in die Augen und stieg in seine Priesterausgehmontur. Gerade wollte er aus der Wohnungstür stürzen, als schon wieder sein Handy bimmelte. Es war Henriette Winkel, seine kompetente wie selbstbewusste Büroleiterin.

„Entschuldigung, Herr Monsignore", tönte ihm eine ungewöhnlich aufgeregte Stimme entgegen, „gerade hat eine unbekannte Person angerufen. Er schien völlig durcheinander zu sein und leicht alkoholisiert …"

„Jetzt kommen Sie bitte auf den Punkt, Henriette", fuhr Renzo sie ungeduldig an.

„Monsignore, diese Details sind wichtig, um diesen Anruf richtig einzuschätzen", wehrte sie sich empört, „also, dieser Mann hat gesagt, es würde ein Aufstand gegen die Kirche geplant, angezettelt von dem … von dem verstorbenen Pfarrer Gönnefried. Dann hat er sofort aufgelegt. Ich finde, dass sollten Sie wissen."

Also doch ein Aufstand. Der Teufel hatte viele Gehilfen, Gottes Kirche zu vernichten. Aber wann und wo könnte so ein Aufstand stattfinden? Virtuell oder auf der Straße? Bestimmt würden die Feinde der Kirche die Öffentlichkeit auf der Straße suchen, denn diese gottlosen Massen da draußen warteten nur darauf, sich geifernd gegen die Kirche zu empören.

„Danke, Henriette", sagte er betont freundlich, „bitte rufen Sie doch mal beim Ordnungsamt oder der Polizei an und fragen Sie nach, welche Demonstrationen in den nächsten Wochen angemeldet sind. Keine Großdemos, aber versuchen Sie doch herauszufinden, wer sie angemeldet hat und warum demonstriert wird. Bitte sofort, wenn es geht."

„Das mache ich sofort", kam prompt die Antwort, „das hilft uns sicher weiter."

Henriette Winkel machte gerne klar, dass sie vorzugsweise auf Augenhöhe mit den Kirchenherren agierte. Für Renzo eine Unverschämtheit, die er aber wohl oder übel ertragen musste. Gutes Personal für die Kirche war in diesen Zeiten sehr schwer zu finden.

3

Müde trank Stefan einen doppelten Espresso aus einer viel zu großen Kaffeetasse mit Sonnenblumenmuster. Der nussig-herbe Geschmack des Fairtrade-Kaffees aus der Luxusmaschine in der Küche von Leitners Praxis war ein Genuss. Langsam kam er wieder zu sich. Es war ein langer Abend geworden. Die Nacht auf der recht bequemen Patientenliege in der Praxis hatte ihn gefühlt wiederbelebt.

Seine Gedanken wanderten durch die aufreibenden Ereignisse der letzten zwei Tagen bis zum gestrigen Abend, der ihn tief bewegt hatte.

Leitner und Winterer waren am späten Nachmittag noch einmal den Ablauf der Demonstration bis ins kleinste Detail durchgegangen und hatten unzählige Telefongespräche geführt. Er war beeindruckt von ihrem unbedingten Willen, mit präziser Planung ihrer Vision eines besseren Lebens in der Kirche ohne Zölibat und Homophobie öffentlichkeitswirksam Gestalt zu verleihen. Sie waren sich einig gewesen, dass sie dem Besuch von Legemann und Stoecker keine zu große Bedeutung bemessen wollten. Leitner war sich noch nicht sicher gewesen, ob er sich mit Legemann so kurz vor der Demo wie verabredet treffen sollte. Aber was auch immer geschehen würde - niemand würde ihre Demonstration morgen stoppen können. Spontan hatten sie sich wie Pennäler abgeklatscht und gelacht. Ein bewährtes Mutmach-Ritual aus Kindertagen.

Wie froh war er gewesen, als Leitner und Winterer sich entschlossen hatten, ihn an diesem Abend nicht allein in der Praxis zu lassen. Ein Lieferservice versorgte sie mit Pasta und Pizza, dann waren sie in den gemütlichen Einzeltherapieraum umgezogen – mit drei Flaschen gutem Merlot als Wegzehrung für ihren gemeinsamen Abend. Leitner hatte immer einen kleinen Weinvorrat in seiner Praxis, den er und seine große Liebe bei ihren geheimen Treffen gemeinsam genossen hatten.

An diesem Abend war es auch dem Rotwein zu verdanken, dass die drei Männer zueinander Vertrauen fassten und keine Scheu mehr hatten, über ihr Leben und ihre Gefühle zu erzählen.

Tief erschüttert war Stefan, als Leitner unter Tränen über seine Liebe zu Lukas erzählte, wie schwierig es war, sich zu treffen, die großen Schuldgefühle, die Lukas überwinden musste, bis er zu seiner Homosexualität stehen konnte. Und die Enttäuschung, vom Kardinal, den Lukas sehr geschätzt hatte, letztendlich mit warmen Worten abgewiesen worden zu sein. Stefan, abgrundtief erschöpft, war in Tränen ausgebrochen – überwältigt von seinen Schuldgefühlen.

An einen Selbstmord konnte Leitner dennoch nicht glauben. Stefan und Winterer sahen es genauso. Sie zermarterten ihr Gehirn, wer Interesse daran gehabt haben könnte, den beliebten Priester mit hohem kriminellem Aufwand zu ermorden? Ihm waren leider viele potenzielle Verdächtige in den Sinn gekommen.

Winterer wollte im Laufe des Abends von ihm wissen, wie er in den Priester- und später in den Kardinalsstand gekommen sei. Stefan hatte an diesem Abend offen bekannt, dass er als Priesteramtskandidat begeistert von der Kirche war, ihm – der zuvor bei der Bundeswehr gedient hatte – hatte die straffe Organisation in einer klar definierten Hierarchie Halt gegeben. Er war überzeugt gewesen, dass diese Kirche mit dem Evangelium der Liebe der richtige Weg für ihn sei. Sein steiler Aufstieg bis hin zum Amt des Kardinals hatte er rückblickend interessierten Kirchenkreisen zu verdanken. Natürlich hatte es sein

Ego geschmeichelt, zu den Mächtigen zu gehören und vielleicht einmal eine Rolle bei der nächsten Papstwahl zu spielen. Doch er hatte auch unter der Einsamkeit gelitten, die der Preis für diese hohe Stellung war. Viele umschmeichelten ihn, weil sie etwas von ihm wollten. Aber er wusste nie, wer wirklich auf seiner Seite stand. Und er hatte erkannt, dass Renzo und die anderen um ihn herum an der Bistumsspitze völlig empathielos waren, ihn instrumentalisierten für ihre Interessen und ihren reformfeindlichen Kurs. Zerrieben zwischen dem innerkirchlichen Machtgefüge und seinem Glauben hatte er sogar begonnen, an Jesus und seinem Evangelium zu zweifeln.

Winterer war sehr betroffen von seinen Bekenntnissen. Glaubenszweifel kannte er, aber er hatte immer wieder zur christlichen Botschaft zurückgefunden – wahrscheinlich, weil er sich hatte Freiräume schaffen können und in einem Gemeindeverbund am äußersten Rand des Bistums lebte, wo er sich dem unmittelbaren Zugriff der Amtskirche leicht entziehen konnte.

Winterer hatte sich als erster verabschiedet, weil er am frühen Morgen die Beerdigung eines Angehörigen einer gut befreundeten Familie zelebrieren wollte, auch wenn er offiziell Urlaub hatte. Als auch Leitner nach Hause gegangen war, fühlte Stefan eine innere Zufriedenheit und Ruhe, die er lange nicht mehr gekannt hatte. Er hatte zwei Freunde gefunden, die ihn so nahmen und mochten, wie er war. Er machte sich aber nichts vor. Er war ein Deserteur, der in nächster Zukunft vollkommen abhängig war von Menschen, die ihn freiwillig unterstützen wollten. Und über ihn braute sich ein gewaltiges mediales und kirchliches Unwetter zusammen. Am liebsten wäre er in einer kleinen Kate mitten im schottischen Hochland untergetaucht, wo ihn keiner kannte. Aber das ging jetzt nicht mehr.

4

Kathie schulterte ihren Rucksack mit einem großen Packen Flyer und Aufklebern. Sie holte ihr Fahrrad aus dem völlig von Unkraut überwucherten und von rostigen Fahrrädern vermüllten Hinterhof und trat wie wild in die Pedale. Sie war spät dran. Um 9 Uhr wollten sie sich alle treffen. Ihre Vorlesung heute Vormittag würde sie schwänzen, wie schon so oft. Aber der Stand ihrer Aktionsgruppe „Graswurzel gegen Rechts" auf dem Wochenmarkt vor dem Dom war wichtiger. Und besonders heute brauchte sie dringend eine Ablenkung.

Die halbe Nacht war sie wach gelegen. Sie hatte versucht, ihre Mutter zu verstehen, die ihr plötzlich fremd geworden war. Und noch immer spürte sie die Wut, dass sie ihr nicht die Wahrheit über ihren Vater gesagt hatte. Es war wahnsinnig egoistisch von ihrer Mutter gewesen, sie so im Unklaren zu lassen, auch wenn die Wahrheit mit viel Schmerz verbunden war. Sie hätte ein Recht darauf gehabt. Später in der Nacht hatte sie ihr Gehirn zermartert, wie sie Stefan, dem sie sich so nahe fühlte, kontaktieren könnte. Doch sie hatte nichts außer seinem Namen und seiner Horrorgeschichte. Und sie war davon überzeugt, dass er ihr noch nicht die ganze Wahrheit über sich gesagt hatte. Wie ein Aschenebel umhüllte ihn irgendein dunkles Geheimnis. Wahrscheinlich würde sie ihn nie wieder sehen. Und das machte sie traurig, stellte sie fest.

Gerade noch rechtzeitig drückte sie den Bremshebel an ihrer Fahrradstange. Beinahe hätte sie ein altes Mütterchen, das bei Rot über die Straße tippelte, angefahren. Die blieb auch noch stehen und keifte sie an von wegen ‚rücksichtslose Raserin' und besser aufpassen. Kathie brüllte irgendetwas wie ‚kauf dir einen Blindenhund' zurück und trat in die Pedale, bevor die Verkehrsampel wieder auf Rot schaltete.

Die Suche nach einem sicheren Abstellplatz für ihr Fahrrad kostete sie wertvolle Minuten. Es herrschte bereits ein reger Betrieb auf dem Wochenmarkt vor dem Dom. Sie wühlte sich durch die Trauben von Menschen, die sich über die die Obststände beugten, mitten im Weg ein Schwätzchen hielten oder ihr Fahrrad durch die Menge schoben. Leicht genervt fand sie am äußeren Rand des Marktes den Stand ihrer Aktionsgruppe – eingequetscht zwischen einem Fischstand mit einer langen Schlange wartender Kunden und dem Gewürzewagen. Es war gar nicht so einfach gewesen, kurzfristig vom Ordnungsamt eine Genehmigung für einen politischen Stand auf dem Markt zu bekommen. Niemand war telefonisch erreichbar. Aber es war ihnen gelungen, nicht zuletzt durch Unterstützung eines Grünen in der Bezirksregierung, mit denen sie manche Aktion schon gemeinsam unternommen hatten.

„Hallo, Kathie", rief ihr Elena fröhlich zu. Sie war die Lichtgestalt ihrer Gruppe, immer gut gelaunt und voll engagiert. Der Stand war schon mustergültig aufgebaut. Ein bunter Blumenstrauß in einem blauen Steinguttopf auf dem Tapeziertisch kontrastierte mit den Stellwänden, auf denen großformatige Bilder von Opfern rechter Gewalt ins Auge sprangen. Tim und Gereon waren auch schon da. Beide hoben grüßend die Hand. Gereon machte keinerlei Anstalten, ihr einen Kuss zu geben. Sie fragte sich, warum sie nicht schon längst endgültig Schluss gemacht hatte. Grimmig packte sie Flyer und Aufkleber aus ihrem Rucksack aus und verteilte alles fächerförmig auf dem Tisch. Den Rest legte sie in kleinen Stapeln an den Rand.

„Im Rucksack sind noch genug, nehmt sie euch einfach heraus zum Verteilen", informierte sie die Gruppe.

„Danke Kathie", sagte Elena besonders wertschätzend, denn sie wusste von der Beziehung zwischen Gereon und ihr. Und sie fand es zum Kotzen, dass Gereon ein so, wie sie fand, verletzendes Verhalten an den Tag legte. Dann wedelte sie mit ihrem Flyer und klopfte auf den Tisch.

„So, und jetzt machen wir Action. Schnappt euch die Flyer und happy survival."

Elena liebte den Spruch ‚happy survival'. Und er war alltagskompatibel, fand Kathie. Es war nicht leicht, Passanten in ein Gespräch über Rassismus und Diskriminierung im Alltag zu verwickeln. In ihrem Flyer hatten sie Beispiele zusammengestellt, wie jeder und jede auf alltäglichen Rassismus reagieren könnte. Ein kleiner Leitfaden für mehr Zivilcourage. Aber auch heute mussten sie erfahren, wie viele Menschen, nicht nur die älteren, ausländerfeindlich waren – mit den immer wiederkehrenden Sätzen „Die nehmen uns die Wohnungen weg" oder „Die sind arbeitsfaul und lassen es sich auf Kosten unserer Steuergelder gutgehen" oder „Vor denen muss man ja als Frau Angst haben". Was fast niemand mehr sagte, war, „Die nehmen uns die Jobs weg". Mittlerweile hatten doch viele begriffen, dass Arbeitskräftemangel in Deutschland herrschte.

Zwei Stunden später fand Kathie, sie hätte eine Pause verdient. Die meisten dunklen Wolken hatten sich verzogen. Es schien nach dem starken Regen vom Sonntag endlich wieder ein samtig warmer Sommertag zu werden, mit kleinen erfrischenden Windeinlagen.

Kathie ging wenige Meter weiter, wo ein Coffeemobil stand. Der Kaffeeduft, natürlich Bio und Fairtrade, kroch ihr angenehm in die Nase, während sie in der kurzen Schlange stand und ihr Gesicht der Sonne zudrehte. Zum ersten Mal fühlte sie so etwas wie einen rundum glücklichen Moment.

„Einen Caffè Macchiato", bestellte sie bei dem jungen, sonnengebräunten Barista, der sie gewinnend anlächelte. Das tat jetzt aber auch mal richtig gut, dachte sie.

„Und, was geht?", fragte sie, während er wie ein Künstler ihren Kaffee braute.

„Oh, das Übliche. Aber heute hat man uns gebeten, sehr pünktlich um 13 Uhr den Marktplatz zu räumen. So gegen 15 Uhr soll eine Demo hier ankommen mit Reden und so. Da hinten wird schon ein kleines Podest mit Mikros aufgebaut."

Kathie folgte der Richtung, in die der Kopf des Kaffeekünstlers zeigte. Direkt an der Südseite des Doms trugen Leute Paneelen für ein Podest zusammen.

„Was für eine Demo?", fragte sie interessiert.

„Keine Ahnung!", erwiderte der junge Mann, „irgendetwas Politisches."

Mit einem Sonntagslächeln nahm Kathie ihren Kaffeebecher in Empfang und nahm sich vor, nachher einmal zu dem Aufbauteam zu gehen, um mehr zu erfahren.

5

Zur Überraschung seiner Kollegen tauchte Legemann schon um neun Uhr morgens in der Redaktion auf. Er stand mit breitem Grinsen an der Tür des Großraumbüros und hob mit Siegerlächeln beide Daumen hoch.

„Hey, wir sind wieder die ersten gewesen! Und jetzt geht es rund – über die Agenturen – dass der junge schwule Priester ermordet worden ist. Ist das gut oder ist das gut?", schmetterte er in den Raum.

Seine drei anwesenden Kollegen und die beiden Volontärinnen rollten mit den Augen und konzentrierten sich demonstrativ wieder auf ihre Bildschirme. Wütend rauschte Legemann an seinen Platz. „Neider", knurrte er so laut, dass seine lieben Kollegen es auch hören konnten. Niemand reagierte darauf.

Er fuhr seinen Rechner hoch und las noch einmal seinen Artikel, der schon gestern Abend online veröffentlicht worden und heute groß in Print zu lesen war. Erste Sahne, dachte er. Alles drin, was Laune macht. Das Klingeln seines Handys riss ihn aus dem Schwelgen. Es war Stoecker.

„Was fällt Ihnen ein zu veröffentlichen, dass Gönnefried ermordet worden ist. Diese Information wurde nicht von uns offiziell bestätigt", schäumte der Kommissar.

„Lieber Herr Stoecker", säuselte Legemann ironisch, „das haben Sie mir doch selbst gesagt … und dem Wort eines Polizeikommissars muss man doch vertrauen, oder etwa nicht?"

„Ich habe Ihnen gesagt, dass es noch nichts gibt, was Sie veröffentlichen dürfen", brüllte jetzt Stoecker ins Telefon.

„Mein lieber Herr Hauptkommissar, presserechtlich ist alles korrekt gelaufen", flötete Legemann süffisant, „ich habe ja nicht einmal Ihren Namen genannt, sondern nur von gesicherten

Informationen aus Polizeikreisen geschrieben."

„Was glauben Sie, was bei uns los ist! Der Polizeipräsident tobt. Und natürlich sieht er bei mir und meinen Leuten die undichte Stelle. Warum können Sie sich nicht einfach mal sich zurückhalten! Von mir bekommen Sie keine Informationen mehr unter der Hand, darauf können Sie sich verlassen, Legemann!"

Bevor Legemann noch weiter seinen Triumph auskosten konnte, hatte der Kriminalpolizist aufgelegt. Ein kurzer Signalton von seinem Rechner zeigte eine neue Nachricht an. Der Polizeipräsident hatte die für heute Vormittag anberaumte Pressekonferenz zum Tod des jungen Priesters auf 13 Uhr verschoben. Legemann fuhr seinen Rechner wieder runter und war happy. So konnte er den Termin mit dem Schwulenfreund des Priesters wahrnehmen, ohne die Pressekonferenz zu verpassen. Er hätte diesen Termin ungern einem Kollegen überlassen.

„Ich bin dann mal weg", rief er in den Redaktionsraum, und spurtete zum Ausgang. Genervt blickten ihm seine Kollegen nach.

"Viel Wind und viel Geheimnis", rief einer der älteren ihm nach. Legemann hörte es schon nicht mehr.

Wie immer, wenn er in Eile war, hatte er sein Auto auf dem Behindertenparkplatz vor der benachbarten Bank geparkt. ‚Pech gehabt', dachte er und riss den Strafzettel von der Windschutzscheibe. Er hatte nur noch eine gute halbe Stunde bis zu seinem Termin mit Leitner.

Der morgendliche Berufsverkehr war abgeebbt, und Legemann kam gut durch bis zum Südbahnhof. Er fand sogar einen regulären Parkplatz für Kurzparker direkt vor dem Eingang zum Café ‚Polonius'. Er wettete gegen sich um zehn Kniebeugen, dass Leitner nicht da sein würde, und wuchtete die schwere

Eingangstür zum rustikal eingerichteten Bahnhofcafé mit dunkler Holzvertäfelung auf. Links am wuchtigen Tresen hantierte ein älterer Wirt an einer erstaunlich modernen Kaffeemaschine. Leitner blickte in den Gastraum und sah, dass er seine Wette verloren hatte. Leitner saß in einer hinteren Ecke an einem kleinen Tisch aus massivem Holz mit einer Tasse Kaffee vor sich.

Leitner erhob den Kopf und winkte ihm zu. „Schön, dass Sie gekommen sind", begrüßte er ihn.

„Ganz meinerseits", erwiderte Legemann professionell freundlich.

Sie reichten sich kurz die Hände. Kaum hatte Legemann ihm gegenüber Platz genommen, als schon der Wirt neben ihm auftauchte. Legemann bestellte einen doppelten Espresso.

„Ich freue mich, dass Sie den Termin mit mir an einem Montagmorgen wahrnehmen konnten", sagte der Journalist betont förmlich, um dem Treffen den Anstrich eines seriösen Gesprächs zu geben, „als Psychotherapeut haben Sie sicher einen eng getakteten Terminkalender. Ihre Profession ist ja gefragt wie nie …"

Mit klammheimlicher Freude bemerkte er, wie der Psychotherapeut kurz schluckte. Er war gespannt, wie er sich aus dieser Fangfrage herauswinden würde. Noch immer hatte er das Gefühl, dass dieser Aufstand noch nicht vom Tisch war. Womöglich war er gar nicht abgesagt.

„Herr Legemann", seufzte Leitner, „das ist ganz einfach. Der Tod meines Freundes geht mir sehr nahe. Ich habe mir den heutigen Vormittag freigenommen. Aber ich muss in einer Stunde wieder zurück in der Praxis sein, weil ich noch Gutachten schreiben muss vor meinen nächsten Kliententerminen."

Touché, dachte Legemann. Diese Erklärung war tadellos. Er stellte sein kleines Aufnahmegerät auf den Tisch. Leitner hatte nichts dagegen.

„Wie haben Sie sich kennengelernt?" begann er das Interview.

„Vor fünf Jahren, als Lukas frisch in die Gemeinde kam. Sie müssen wissen, obwohl ich schwul bin und alle guten Gründe gehabt hätte, aus dieser homophoben Kirche auszutreten oder zumindest auf Abstand zu gehen, bin ich gläubig und war im Kirchenvorstand aktiv. Lukas und ich hatten also viel miteinander zu tun. Und ich merkte, dass ich mich in ihn verliebte. Aber er war ja Priester. Doch dann hatte ich bei ihm in der Wohnung ein Beichtgespräch. Und ich bekannte meine Liebe zu ihm. Und da war es um uns geschehen. Natürlich haben wir unsere Beziehung zunächst einmal geheim gehalten, obwohl die Gemeinde sehr liberal ist. Aber es gibt in jeder Gemeinde konservative, schwulenfeindliche Schäfchen, die uns gefährlich werden konnten. Das sind meist unzufriedene Menschen mit wenig Selbstbewusstsein und nicht selten einem äußerst verarmten Sexual- und Beziehungsleben. Sie müssen sich aufwerten, indem sie sich moralisch über andere erheben und sie abwerten." Robin lachte leicht. „Jetzt spricht der Psychologe aus mir."

„So wie so mancher Mitläufer bei den Rechtsnationalen oder Verschwörungsgläubige …", warf Legemann ein.

„Ja, diese Persönlichkeitsstrukturen finden sich überall, wo einfache Gut-Böse-Weltanschauungen unterwegs sind", bestätigte Leitner.

In diesem Moment stellte der Wirt den doppelten Espresso unsanft auf den Tisch. Er hatte wohl die letzten Sätze des Gesprächs mitgehört und schien not amused.

„Danke", sagte Legemann und schaute dem Wirt provozierend intensiv in die Augen, der daraufhin wortlos abdrehte.

„Den sind wir vorerst los", grinste der Journalist, „und jetzt erzählen Sie mir doch bitte, wie sie beide es geschafft haben, ihr Liebesleben geheim zu halten."

Es fiel Leitner sichtbar schwer, vor dem Journalisten noch einmal in die Vergangenheit einzutauchen. Er war hochkonzentriert, um nicht zu privat zu werden.

Was Legemann zu hören bekam, hatte das Zeug für einen Krimi. Es war die ersten Jahre ein einziges Versteckspiel. Übernachtungen in Hotels außerhalb der Stadt, heimliche gemeinsame Urlaube, Wochen, in denen sie sich nicht sehen konnten, weil Lukas auf Pfadfinderlager, Gemeindewallfahrten oder in Exerzitien war. Die Angst, die sie bei allen Pfarrgemeindetreffen und -feiern begleitete, sie könnten sich durch irgendeine unbedachte Geste oder durch zu viel Nähe verraten. Natürlich hatten sie auch Streit und Zweifel an ihrer Beziehung. Besonders Lukas, der lange Zeit tiefe Schuldgefühle gegenüber seiner Kirche hatte. Aber ihre Liebe war stärker. Und es war auch hilfreich, dass er als Therapeut Lukas helfen konnte, sein Selbstwert zu stärken und sich klar zu machen, dass nicht er schuldig war, sondern dass die Kirche mit ihrer nicht nachvollziehbaren Zölibatsdiktatur und menschenfeindlichen Homophobie Schuld auf sich geladen hatte.

Eines Tages aber hatten sie trotz aller Vorsichtsmaßnahmen so etwas wie ihr innergemeindliches Coming out. Der Küster hatte sie bei einem flüchtigen Kuss nach der langen Osternacht in der leeren Sakristei erwischt. Zu ihrer Überraschung war dieser in ihren Augen konservative Mann zwar zunächst entsetzt gewesen, hatte aber dann verständnisvoll reagiert.

Leitner bat an dieser Stelle Legemann, nicht den Namen des Küsters zu erwähnen. Er würde sonst den Inhalt dieses Interviews leugnen und Klage wegen Verleumdung erheben. Legemann sagte ihm dies zu, denn er wusste, dass er sich mit einer Verleumdungsklage auf brüchiges Eis begeben würde.

Immer wieder schaute Leitner nervös auf die Uhr über der

Theke. Legemann musste sich beeilen, um die entscheidenden Fragen zu stellen.

„Und wie kam es dann zu der Idee, Revelatio zu gründen?"

Leitner schaute ihn irritiert an. „Aber wir hatten doch abgemacht, dass wir dieses Thema außen vorlassen. Ich werde Sie rechtzeitig und vor allen anderen Medien informieren, wann und wo es losgeht."

Legemann ließ nicht locker. „Ja, aber ihre Liebe und ‚Revelatio' kann man doch nicht trennen?"

„Nein, aber wir hatten abgemacht, dass ich über mein Leben mit Lukas in einer homosexuellen Beziehung spreche. Revelatio ist die Folge davon, aber nicht unser Thema heute."

Leitners sonst so ruhige Therapeutenstimme hatte eine Schärfe, die selbst ihn überraschte. Entschlossen schob er seinen Stuhl nach hinten und zog seine schwarze Lederjacke an.

„Herr Legemann, ich beende jetzt das Gespräch. Und ich gehe davon aus, dass Ihre Redaktion freundlicherweise meinen Kaffee bezahlt. Ich wünsche Ihnen einen guten Tag."

Legemann sprang auf und hielt ihn am Ärmel fest. Einen Trumpf hatte er noch, um Leitner aufzuhalten.

„Herr Leitner, Sie wissen sicher schon, dass ihr Freund ermordet worden ist, was sagen Sie dazu?"

Leitner erstarrte. „Was sagen Sie da?"

„Verfolgen Sie keine Medien?", Legemann konnte es nicht fassen, „ich habe darüber im RealAnzeiger groß und breit geschrieben. Nach Auskunft einer sicheren Quelle bei der Polizei ist Lukas Gönnefried ermordet worden."

Leitner hatte sich gefasst. „Ich lese den RealAnzeiger nicht. Danke für die Auskunft. Und jetzt lassen Sie mich gehen."

Er schob Legemann unsanft bei Seite und eilte aus dem Café. Verblüfft blickte ihm der Journalist nach. Dann fuhr er aus der

Haut. Dieser kleine Mistkerl von Psychologe hatte ihn ausgetrickst. Und die arrogante Haltung gegenüber seiner Zeitung, die Leitner an den Tag gelegt hatte, ärgerte ihn maßlos.

Schnell warf er dem misstrauisch blickenden Wirt einen Zehn-Euro-Schein auf die Theke und rannte aus dem Café. Doch von Leitner war keine Spur zu sehen. Er ging noch den Vorort-Bahnhof auf und ab, dann bis zu den Gleisen. Aber Leitner war wie vom Erdboden verschluckt.

Legemann stürzte zum Auto. Da fiel ihm ein, dass er sein Aufnahmegerät im Café liegen gelassen hatte. Mit der Wut eines torpedierten Stiers rannte er ins Café. Der Wirt stand am Tisch und begutachtete das Aufnahmegerät mit großem Interesse.

„Geben Sie mir sofort das Gerät", brüllte Legemann. Bewusst langsam drehte sich der Wirt um und grinste ihn breit an.

„Bisschen kopflos heute, was?"

Es kostete Legemann alle Beherrschung, diesem schmierigen Fettklumpen nicht so richtig die Meinung zu sagen. Zurück im Auto überlegte er, welche Optionen er hatte, doch noch etwas über Revelatio herauszufinden. Vielleicht weiß der Küster etwas, überlegte er. Bis zur Pressekonferenz um 13 Uhr hatte er ja noch etwas Zeit.

6

Stefan hörte, wie die Tür zur Praxis aufgeschlossen wurde. Seine Anspannung stieg auf ein kaum erträgliches Maß. Leitner war gekommen, um ihn zur Demonstration abzuholen.

Ernst kam der Psychologe auf ihn zu und nahm ihn in den Arm. Es tat so gut zu spüren, wahrgenommen zu werden mit seiner Angst vor dem, was vor ihm lag.

„Stefan", sagte Leitner ruhig und löste die Umarmung, „du machst alles richtig. Du gehst jetzt deinen Weg und gibst dir die Chance, ein neues Leben zu leben und dich von der Bürde eines Amtes zu befreien, die dich zerstört hätte. Jetzt ist es endlich so weit nach vorne zu schauen und dein Leben in die Hand zu nehmen, so wie du es willst."

„Danke, Robin", sagte Stefan und seufzte tief, „ich bin froh, dass die Warterei ein Ende hat."

„Wir haben noch niemanden unserer Aktionsgruppe gesagt, dass du dabei sein wirst. Das hätte für Unruhe gesorgt. Und vielleicht hätte doch noch einer geplaudert. Ich werde mit dir erst dann zur Demo hinzustoßen, wenn sie gerade losgeht, und wir werden uns ganz hinten einreihen. Es ist ein Schweigemarsch – mit Transparenten. Wenn wir dann auf dem Marktplatz vor dem Dom unsere Statements abgeben, holen wir dich auf die Tribüne. Dann kommt dein Coming out wie besprochen. Ok?"

Stefan schluckte. Er hatte viele Entwürfe für seine Rede im Kopf gewälzt. Jetzt war er sich sicher, er würde auch ohne ein fertiges Konzept die richtigen Worte finden.

„Ich habe dir noch ein Hoodie und ein Baseballcap mitgebracht, damit dich niemand so schnell erkennt. Das wird sicher klappen, denn keiner rechnet damit, dass der Kardinal bei dieser Demo mitläuft." Leitner grinste.

Stefan zog sich den sommerlichen Hoodie über und setzte das unauffällig in beige ohne Aufdrucke gehaltene Cap auf den Kopf.

„Ich muss noch mal kurz verschwinden", sagte er und eilte zur Toilette. Als er in den Spiegel blickte, musste er lächeln. Er sah einen Mittfünfziger, der einen auf jugendlichen Dandy machte.

Leitner fuhr in ein Parkhaus, das ganz in der Nähe der Startaufstellung der Demo lag. Dort blieben sie erst einmal im Wagen sitzen und der Psychologe telefonierte mit Winterer, der einen kurzen Lagebericht gab. Der Vorplatz der kleinen Citykirche war voller Menschen mit Transparenten. Mindestens fünfzig Priester in traditioneller schwarzer Kluft mit bunten Blumensträußen in den Händen standen bereit, zur Kathedrale loszuziehen. Die Stimmung war offensichtlich gut, doch ihnen war die Anspannung in den Gesichtern abzulesen. Winterer beendete das Gespräch.

Leitner und Stefan blickten gedankenvoll in die dunkle, spärlich beleuchtete Betonwüste der Tiefgarage. Autos kamen vorbei auf der Suche nach einem bequemen Parkplatz für ihre großen SUVs.

„Stefan", begann Leitner, „ich habe vorhin den Journalisten vom RealAnzeiger getroffen. Er hat mir gesagt, dass Lukas keinen Selbstmord begangen hat, sondern ermordet wurde. Er behauptet, dafür eine sichere Quelle zu haben."

Stefan schaute ihn überrascht an. Bei seiner kurzen morgendlichen Recherche im Internet nach Nachrichten hatte er nur Bistumsveröffentlichungen überflogen. „Nein, das wusste ich nicht."

„Irgendwie bin ich erleichtert, dass er nicht selbst Hand an sich gelegt hat", sagte Leitner leise, „ich hoffe, er hat nicht zu sehr gelitten. Aber warum sollte jemand Lukas ermorden?"

„Vielleicht irgendein homophober Irrer", erwiderte Stefan, „und wie lief das Gespräch mit Legemann?"

„Ganz gut, bis er unbedingt mehr von Revelatio wissen wollte. Dann bin ich aufgestanden und gegangen", Leitner schaute mit einem zufriedenen Lächeln zu Stefan hinüber, „und ich habe mich auf der Bahnhofstoilette versteckt, bis er seine Suche nach mir aufgegeben hat. Gott, was hat mich das gefreut, ihn auszubremsen. Ich wollte verhindern, dass er mir womöglich noch gefolgt wäre."

„Glückwunsch!", sagte Stefan anerkennend, „für mich war Legemann immer ein guter Weg, gezielt Informationen zu platzieren. Unser Pressechef hat mich da ganz gut gecoacht."

Leitner blickte auf die Uhr am Armaturenbrett.

„Es wird jetzt Zeit loszugehen. Um halb eins macht sich die Demo auf den Weg. Um 13 Uhr werden wir auf dem Versammlungsort am Marktplatz ankommen."

Auf dem Weg durch das Parkhaus zum Kirchvorplatz wagte Stefan kaum aufzublicken. Er fühlte sich wie ein Terrorist, der einen Anschlag plante. Als sie auf dem Kirchvorplatz ankamen, hatte sich schon mehr als die Hälfte der Demonstranten auf den Weg gemacht. Sie reihten sich unauffällig am Ende des Demonstrationszugs ein. Kurze Blicke der Mitdemonstranten blieben folgenlos. Mit Schrecken erblickte Stefan zwei Reihen vor ihm einen engagierten Pastoralreferenten, mit dem er vor einigen Monaten auf einer Podiumsdiskussion gesessen hatte. Doch auch er hatte ihn nicht erkannt. Ein gutes Zeichen.

Wenige Reihen hinter ihnen fuhr zur Absicherung des Demonstrationsendes ein Streifenwagen. Schnell schaute Stefan nach vorne und hoffte inbrünstig, dass es keine Fahndung nach ihm gab. Hoffentlich hatte der junge Mann seinen Gewaltexzess überlebt. Ob es von ihm eine Personenbeschreibung gab?

Und wie detailliert war sie? Spätestens, wenn er auf dem Podium stand, war sein Gesicht in der Öffentlichkeit. Und dann? Stefan schob diese beunruhigenden Gedanken in die hinterste Ecke seines Bewusstseins. Wie Leitner es gesagt hatte – er ging heute seinen Weg, bereit, alle Folgen zu tragen.

Rechts und links vom Demonstrationszug blieben immer wieder Leute stehen und starrten auf die Transparente mit provozierenden Texten wie „Freies Liebesleben für alle in der Kirche", „Weg mit dem Zölibat", „Kirchenstreik" oder „Priester fordern Freiheit von der Moraldiktatur der Kirche". Handykameras wurden in Position gebracht, und Stefan drehte schnell seinen Kopf weg. Vereinzelt wurde geklatscht. Doch viele Passanten gingen einfach weiter. Kirchenthemen interessierten sie nicht. ‚Wir sind nur noch eine Randerscheinung', schoss es dem Kardinal durch den Kopf. Er hatte in seiner Amtszeit zwar darüber gelesen, aber doch viel zu tief in seiner Bistumsblase gesteckt, als dass er das Ausmaß der Marginalisierung seiner Kirche hatte realisieren können.

Er schaute zu Leitner, der an seiner Seite marschierte. Sichtlich genoss der Psychologe diesen Freiheitsmarsch, den er, Lukas und seine Mitstreiter so lange vorbereitet hatten. An den roten Verkehrsampeln konnten sie vorbeiziehen, ohne halten zu müssen. Die Polizei machte ihnen die Straßen frei. Ja, dachte Stefan, es war ein Marsch in die Freiheit.

7

„Wissen Sie was", geiferte die lässig-elegant gekleidete Frau, mit einem Bast-Korb im folkloristischen Vintage-Style in der Hand, „ich habe Angst vor denen. Für die sind wir Sexobjekte, und Hemmungen kennen die auch nicht, so traumatisiert, wie die sind. Ich will die in unserem Land nicht mehr sehen."

Kathie war genervt. Selbst wohlhabende und gebildete Frauen äußerten in letzter Zeit diese Klischees vom männlichen Geflüchteten. Fehlte nur noch das Wort ,überfremden'.

„Sind Sie schon einmal von einem solchen Mann angegriffen worden?", fragte sie wie im Lehrbuch zurück.

Empört schaute sie die Frau an: „Aber natürlich nicht. Ich gehe nicht in Gegenden, wo die herumlungern. Und abends bin ich nie allein unterwegs. Ich bin doch nicht lebensmüde."

Kathie gab nicht auf. „Wann sind Sie das letzte Mal allein abends unterwegs gewesen?"

Die Frau schürzte trotzig ihre Lippen: „Das ist schon lange her."

Kathie versuchte freundlich zu sein. „Dann wissen Sie ja gar nicht, wie es abends in der Stadt auf den Straßen zugeht. Ich bin oft abends alleine unterwegs. Und ich habe keine unangenehmen Situationen erlebt."

Bis zu dem Abend vorgestern, dachte sie, da hat mich Carsten angepöbelt und Stefan ihn zusammengeschlagen. Und das waren keine Menschen mit Migrationshintergrund.

„Na, dann haben Sie aber Glück gehabt", sagte die Frau schnippisch und stapfte davon.

Kathie hatte viele solcher Gespräche gehabt. Aber zum Glück gab es auch Menschen an diesem Vormittag, die sehr positiv auf ihr Angebot reagiert hatten und sich informieren wollten, wie sie Rassismus im Alltag begegnen konnten.

Es war mittlerweile 12 Uhr geworden und die Sonne stand hoch am Himmel. Die Regenfront war von der guten Wetterfee endgültig geschluckt worden, stellte Kathie fest. Ihr Magen grummelte jetzt vernehmlich, und sie entschloss sich, bei dem Flammkuchenstand vorbeizuschauen. Sie meldete sich kurz von ihrer Aktionsgruppe ab. Mit dem vegetarische Flammkuchen à la Provence in der Hand spazierte sie in Richtung der kleinen Tribüne, die schon fertig aufgebaut war. Höchstens acht Menschen hatten nebeneinanderstehend auf dem kleinen Podest Platz, schätzte sie. Ein älterer Mann in Jeans und Karo-Hemd prüfte die Mikrofone. Im Hintergrund stand eng beieinander eine kleine Gruppe von jungen Menschen, intensiv in ein Gespräch vertieft.

„Hey", rief sie zum Techniker hoch, „was geht hier ab?"

Der Mann musterte sie misstrauisch, was Kathie überhaupt nicht verstand.

„Gleich gibt es eine Kundgebung", erwiderte er knapp.

„Und worum geht es?"

Kathie wollte sich nicht so einfach abweisen lassen. Eine AfD-Veranstaltung konnte es nicht sein, das hätte sie gewusst. Aber warum war der Mann so abweisend, als würde etwas Verbotenes stattfinden.

„Der Verein zur Stärkung der Demokratie stellt sich vor", sagte der Mann und schraubte ein weiteres Mikro auf die bereitstehenden Ständer.

„Wann geht es los?", hakte Kathie nach, langsam richtig genervt, dass sie jedes einzelne Wort diesem Mann aus der Nase ziehen musste. Wahrscheinlich ein Rentner, der einen kleinen Nebenverdienst einstecken wollte, aber mit dem Verein und seinem Anliegen nichts am Hut hatte.

„Sind Sie von der Presse?", blaffte er sie an.

„Nein", Kathie deutete hinter sich, „ich komme von dem Stand dort drüben auf dem Markt, von dem Verein „Graswurzel gegen Rechts".

Der alte Mann schaute sie daraufhin wesentlich freundlicher an.

„Um 13 Uhr beginnt hier die Kundgebung, junge Frau", beantwortete er ihre Frage und klopfte auf das Mikro, das einen lauten Plopp-Ton von sich gab. Er nickte zufrieden und schaute dann zu Kathie herunter: „Sie können gerne dazukommen, wenn Sie Zeit haben."

Ohne ihre Antwort abzuwarten, drehte er ihr den Rücken zu und ging in den Backstage-Bereich.

Kathie hatte genug gehört. Auf dem Weg zurück zum Stand ihrer Aktionsgruppe überlegte sie, ob sie wegen dieser Demo noch ein bisschen bleiben sollte.

Sie hatte gerade den letzten Bissen vom Flammkuchen in den Mund geschoben, als ihr Handy einen Anruf signalisierte. Sie wischte sich schnell die sauerrahmigen Finger an einer Serviette ab und warf sie in den Papiermüll. Am Apparat war ihre Mutter. Sie fragte sich, ob sie rangehen sollte, und nahm den Anruf dann doch an.

„Kathie", rief ihre Mutter etwas übertrieben freundlich, „Ich würde mich gerne mit dir treffen."

Kathie überlegte, wie sie darauf reagieren sollte, und kam zu dem Entschluss, dass sie Zeit brauchte.

„Das ist mir jetzt nicht recht, Mama", erwiderte sie kühl, „ich brauche Zeit, das alles zu verarbeiten."

„Ok", erwiderte ihre Mutter gedehnt. Sie war es nicht gewohnt, dass Kathie nicht gleich Ja sagte.

„Dann noch einen schönen Tag", beendete Kathie das Gespräch kurz angebunden und legte auf.

Kathie holte tief Luft. Noch nie hatte sie gegenüber ihrer Mutter so eine Distanz empfunden und den Mut gehabt, ihr das auch klar zu vermitteln. Und es war gut so.

8

Renzo kritzelte noch ein letztes Kürzel unter die Aktennotiz. Für heute Vormittag hatte er genug Aktenberge abgearbeitet. Die meisten Schriftstücke hatte er nur überlesen oder gar nicht weiter angeschaut, bevor er sie unterschrieben hatte. Er vertraute seiner Mannschaft, denn schließlich hatte er sie handverlesen ausgesucht für ihre Jobs.

Kurz rief er auf seinem Rechner den Kantinenplan auf. Rinderroulade mit Speckkartoffeln und grünen Bohnen. Das würde er nehmen. Er seufzte voller Vorfreude und stemmte sich aus seinem Schreibtischstuhl. Ein kurzes energisches Klopfen ließ ihn innehalten. Und schon stand seine Büroleiterin vor ihm.

„Monsignore", rief sie und ließ ein bedrucktes Blatt Papier auf seinen Tisch fallen, „war gar nicht so einfach, bei der Polizei die Infos zu bekommen. Aber wir haben ja gute Drähte." Sie lächelte kurz und fuhr fort: „Also das sind die angemeldeten Demonstrationen für die nächsten zwei Wochen. Heute ist eine, angemeldet von einem unbekannten Verein „Stärkung der Demokratie". Die haben noch nicht mal eine Homepage. Und dann ist nichts mehr bis zum kommenden Wochenende. Da wird gleich dreimal demonstriert. Die Linken gegen die Rechten. Und dann am Sonntag iranische Frauen gegen die Unterdrückung der Frauen und politische Freiheit in ihrem Heimatland."

„Hm", brummte Renzo, der schon längst auf dem Weg in die Kantine sein wollte, „haben Sie gut gemacht, Henriette. Hilft uns, glaube ich, aber nicht weiter."

In diesem Moment flog die Tür auf und Pressechef Burkhardt stürzte auf ihn zu. Erschrocken trat die Büroleiterin zur Seite.

„Monsignore", rief er aufgeregt, „eine Katastrophe. Schauen Sie mal auf mein Handy. Alles Schnappschüsse auf social media-Portalen. Unsere Priester demonstrieren gegen das Zölibat und wollen ihre Arbeit niederlegen."

Ungläubig zog Renzo seine Lesebrille aus der Reverstasche und schnappte nach Luft. Auf dem großen Display des iPhone sah er Priester seiner Diözese mit Blumensträußen in den Händen, um sie herum trugen Kirchenangestellten Transparente wie Monstranzen vor sich her mit ungeheuerlichen Forderungen.

„Ich glaube das nicht!", donnerte Renzo wutentbrannt in den Raum, „das ist ja unfassbar, was da abläuft!"

Burkhardt zog es vor zu schweigen und abzuwarten. Die Büroleiterin war die Ruhe selbst und tippte ganz oben auf ihre Zusammenstellung der gemeldeten Demonstrationen.

„Monsignore, ich denke, es handelt sich um die Demonstration von dem Verein ‚Stärkung der Demokratie'. Sie soll um 13 Uhr mit einer Kundgebung vor dem Dom enden."

Renzo griff zu seinem Handy und wählte eine Favoriten-Nummer. Seien Gesichtszüge waren zu Eis gefroren. Schließlich ging jemand dran.

„Roman, komme sofort zu mir ins Büro, ein absoluter Notfall!" Ohne eine Antwort abzuwarten legte er auf und richtete sich entschlossen auf.

„Henriette! Sie gehen sofort runter in die Kantine und kommen unverzüglich mit Monsignore Di Salvo und Dr. Schüssler zu mir ins Büro!"

Normalerweise hätte sie Protest eingelegt, wie eine kleine Praktikantin herumgeschickt zu werden. Doch außergewöhnliche Umstände erforderten außergewöhnliche Maßnahmen. Sie nickte und rannte aus dem Zimmer.

„So, Burckhard, gleich kommen die Personalverantwortlichen für die Priester und die Laien. Was schlagen Sie vor?"

Renzo funkelte seinen Pressechef aus seinen kleinen Augen an wie ein kampfbereiter Grizzly. Burkhardt wurden die Knie weich. Dies war eine Ausnahmesituation, für die es kein erprobtes Rezept zum Handling gab. Um Zeit zu gewinnen, nahm er sein Handy auf, ließ es in die Seitentasche seines Jacketts fallen, und ging zum Fenster. Das Grün der Bäume schimmerte im mittäglichen Sonnenlicht. Drei Stockwerke tiefer flanierten die Menschen gut gelaunt in der Fußgängerzone.

„Ich brauche jetzt schnell eine klare Einschätzung von Ihnen, wie wir mit dieser Situation umgehen!", insistierte Renzo schneidend.

Burckhard drehte sich um. Er sah nur einen richtigen Weg, und der würde Renzo nicht gefallen.

„Ich würde jetzt erst einmal nichts unternehmen. Ich schlage vor, dass ich jetzt gleich mit zwei aus der Medienabteilung rüber zur Kundgebung laufe, Fotos mache und protokolliere, was gesagt wird. Wir sollten das aus erster Hand wissen. Und dann halten wir erst einmal still. Anfragen der Presse werden wir mit einer Pressemitteilung abfedern, in der wir auf die Richtlinien aus Rom verweisen, die wir nicht ändern können und wollen. Kein Kommentar zu unseren Leuten, die da demonstrieren."

Renzo überlegte, die Hände auf seinen Schreibtisch gestützt. Die Stille im Raum legte sich wie eine schwere Decke über die beiden Männer. Sie zuckten zusammen, als die schwere Standuhr in der Ecke mit einem lauten Gongschlag halb eins meldete.

„Burkhardt, so machen wir es. Am besten, Sie gehen gleich los mit ihren Leuten. Dann treffen wir uns und formulieren den Pressetext. Vorher geben wir keine Statements ab. Ich kläre jetzt gleich mit DiSalvo und Schüssler, wie wir mit diesen Abweichlern umgehen."

Burckhard eilte aus dem Büro. Tief in seinem Innern fühlte er Sympathie mit den Aufständischen und Respekt vor ihrem Mut. Wenn sie wirklich Ernst machten, dann hatte die Kirche ein Problem. Schon lange beklagte sie einen akuten Mangel an Priestern und Mitarbeitenden in der Seelsorge.

9

Legemann schlug mit der flachen Hand auf das Lenkrad. Schon wieder eierte ein Radfahrer-Opi, vollbepackt mit Einkäufen am Lenker, langsam vor ihm auf der Straße. Sein lautes Hupen ignorierte er oder hörte es nicht. Es war halb zwölf, und er wollte noch den Küster finden und nicht auf den letzten Drücker zu der Pressekonferenz der Polizei kommen. Im Vorfeld gab es oft die besten Informationen, sozusagen im Vorübergehen.

Endlich bog der Mann nach rechts ab, und Legemann drückte auf das Gas. Er parkte im absoluten Halteverbot vor der Kirche, in der Gönnefried seinem Mörder begegnet war. Oder Mörderin, verbesserte sich Legemann. In der Kirche war es angenehm kühl. In den Kirchenbänken saßen verstreut drei Menschen, die beteten oder einfach ihren Gedanken nachhingen. Dafür muss man auch Zeit haben, dachte Legemann, und den Nerv. Vorne rechts am Seitenaltar ordnete eine schlanke Frau in engen modischen Jeans Blumen in die Vase vor der Mutter Gottes mit Kind. Legemann hastete zu ihr.

„Guten Tag, schöne Frau", flirtete er.

Eine Frau um die Sechzig drehte sich um und fuhr ihn an:

„Diese altmodische Anmache können Sie sich sparen. Wer sind Sie überhaupt?"

Überrascht blieb Legemann stehen. Sogar in der Kirche gibt es diese spaßbefreiten Emanzen. Und tun so, als wären sie Teenager. Aber er wollte ja was von ihr, also beruhigte er seinen Ärger routiniert.

„Entschuldigung, war nur nett gemeint. Ich würde gerne mit dem Küster sprechen. Mein Name ist Legemann. Ich bin vom RealAnzeiger."

„Vom RealAnzeiger", wiederholte die Frau spöttisch, „und Sie glauben, ich würde Ihnen irgendetwas erzählen?"

„Wir sind keine Lügenpresse, wenn Sie das meinen", erwiderte Legemann beschwichtigend, „aber ein bisschen unterhaltend dürfen doch auch journalistische Artikel sein, meinen Sie nicht?"

„Wenn Sie unseren Küster finden wollen", erwiderte die Frau distanziert, „dann gehen Sie am besten einmal um die Kirche herum. Er klärt da gerade mit Handwerkern die Reparatur an der Außenwand."

„Ich bedanke mich sehr", strahlte Legemann die Frau an, die sich aber völlig unbeeindruckt von seiner Charmeoffensive wieder den Blumen widmete, was ihn nicht mehr berührte, denn er hatte ja seine Information.

Als er um die Kirche herumging, kam ihm der Küster schon entgegen.

Unfreundlich rief er ihm zu: „Was wollen Sie denn schon wieder hier?"

„Herr Nolens, schön dass ich Sie hier treffe", begrüßte ihn Legemann, um eine gute Stimmung bemüht, „ich hätte da eine Frage an Sie. Haben Sie schon von Revelatio gehört?"

„Nein, was ist denn das?", erwiderte Nolens abweisend.

„Es soll da eine Aktion geben, wo Kirchenleute mehr Rechte fordern", erklärte Legemann vage.

„Noch mehr Rechte?", polterte Nolens, „schwule Partnerschaften von Priestern sind ja offensichtlich schon gang und gäbe."

„Ist das für Sie ein Problem?", hakte Legemann sofort nach.

„Sind ja alles Menschen", brummte der Küster.

„Aber Sie haben sich ja rührend um Robin Leitner, den Partner des Ermordeten gekümmert."

Nolens erstarrte. „Was sagen Sie? Unser Pfarrer wurde ermordet?"

„Wussten Sie das nicht?", fragte Legemann listig.

Nolens wurde noch abweisender. „Nein, wusste ich nicht."

„Wer könnte denn Interesse daran gehabt haben, diesen jungen, engagierten Priester so brutal zu ermorden?"

„Was weiß ich. In unserer Gemeinde war er ja sehr beliebt. Keine Ahnung", erklärte Nolens nun richtig ungehalten.

„Wirklich nicht?", hakte Legemann unerbittlich nach.

„Nein", erwiderte Nolens vehement, „und jetzt muss ich gehen. Ich habe noch viel zu tun."

„Aber Sie mochten Pfarrer Gönnefried, oder?"

„Ja, aber sicher, er war immer sehr nett."

Nolens schaute an Legemann vorbei, als hätte er etwas gesehen.

„So, genug der Rederei, ich habe zu tun. Guten Tag, Herr Legemann!"

Ohne eine Antwort abzuwarten, eilte der Küster in die Kirche.

Legemann schaute auf sein Handy. Es war kurz nach 12 Uhr. Höchste Zeit, sich auf den Weg zur Pressekonferenz im Polizeipräsidium zu machen. Doch er kam nicht weit. Der Verkehr war wegen einer Straßensperrung zum Erliegen gekommen. Wütend sprang er aus dem Auto und rannte zu einem Polizisten am Rande der Sperrung.

„Was ist denn hier los", raunzte er den offensichtlich völlig entspannten Beamten an.

„Eine Demo", erwiderte der Polizist, „ist bald vorbei. Kein Stress."

„Und wer demonstriert?", fragte Legemann ungeduldig.

„Irgendein Verein mit vielen Gottesmännern."

Legemanns Puls ging schlagartig hoch. Er umrundete den Polizisten und schaute auf die Menschen, die gerade vorbeizogen. Priester, Laien mit Schildern, die keinen Zweifel übrig ließen – Revelatio hatte sich auf den Weg gemacht, und Leitner hatte ihn reingelegt. Er rannte zurück zum Auto, rangierte hastig raus aus dem Stau und parkte schräg vor einer Toreinfahrt im absoluten Halteverbot. Dann stürzte er zu dem Demonstrationszug. Die Pressekonferenz beim Polizeipräsidenten sank auf seiner Prioritätenliste ganz weit nach unten.

10

Stefan wagte einen kurzen Blick am schwarzen Vorhang vorbei auf den Marktplatz. Eine bunte Menschenmenge hatte sich vor der Tribüne versammelt. Viele von ihnen hielten Transparente und Schilder hoch – ihre von der Sonne beschienenen Gesichter waren voller Erwartung auf den großen Moment der Abschlusskundgebung. Zwischen ihnen standen viele Priester in ihrer ,Arbeitskluft'. Sie wirkten eher angespannt, aber entschlossen. Von allen Seiten strömten Menschen hinzu, die offensichtlich neugierig waren auf das, was da passieren würde.

Schnell zog Stefan seinen Kopf zurück.

„Stefan, wir machen alles richtig", sagte Winterer hinter ihm und klopfte ihm beruhigend auf die Schultern.

Stefan atmete tief aus, um die innere Spannung, die ihm fast die Luft abschnitt, abzumildern. Robin trat zu ihnen.

„Alle sind da", sagte er, „und in den Social Media wird schon heiß über unsere Aktion berichtet."

Stefan zuckte zusammen. Es gab kein Zurück mehr. Die Domglocke schlug 13 Uhr. Sie standen alle schweigend da, bis die Glockentöne verklungen waren.

„Es ist 13 Uhr. Wir fangen an", rief Winterer und hob den Daumen, „Revelatio!". Alle im Backstagebereich hoben den Daumen und riefen „Revelatio!"

Winterer ging nach vorne an den Rand der Tribüne und nahm das mobile Mikrofon vom Ständer. Es wurde in der wartenden Menge ganz still. Nur die Geräusche vom Wochenmarkt waren von den Marktständen zu hören, die abgebaut und in die Kleinlaster verladen wurden. Doch auch dort hielten einige inne und schauten gebannt zur Tribüne hinüber.

„Herzlich willkommen!", begrüßte Winterer die wartende Menge, „heute ist für uns ein großer Tag! Denn heute ist unsere ‚Revelatio'!."

„Revelatio! Revelatio! Revelatio!", riefen die Demonstranten, winkten enthusiastisch und schwenkten ihre Schilder. Winterer wartete, bis die Menge wieder zur Ruhe kam.

„Wir haben uns verbunden, weil wir eine neue Kirche werden wollen. ‚Revelatio' heißt Offenbarung, Enthüllung und bezieht sich auf die Offenbarung des Johannes im Neuen Testament, die Apokalypse. Die Reinigung der Kirche. Wir, die wir hier versammelt sind, Priester, Laienseelsorger und Seelsorgerinnen, Kirchenangestellte, wollen nicht mehr für eine Kirche arbeiten, für die das Zölibat wichtiger ist als die von Gott uns gegebene Liebe zu einem anderen Menschen, die auch Priester empfinden. Weg mit dem Zölibatsdiktat!"

‚Weg mit dem Zölibatsdiktat' riefen die Demonstranten.

„Wir, die wir hier stehen, glauben an den Gott der Liebe, wie Jesus sie gelehrt hat. Wir sind katholisch aus ganzem Herzen, das heißt für uns, wir umarmen alle Menschen auf dieser Welt, weil wir Christen sind. Wir sind katholisch, weil wir Teil einer jahrtausendealten Tradition sind, getragen von der Kraft der Gebete und des sozialen Engagements für alle Menschen. Liebe deinen Nächsten wie dich selbst, heißt es in der Bibel. Nicht, knechte dich und deinen Nächsten, um des persönlichen Machterhalts willen in einer erbarmungslos hierarchischen Autoritätsstruktur, zusammengehalten von Verleumdung, Vertuschung, Intrigen, Machtgier."

Begeistert begann die Menge auf dem Marktplatz zu klatschen.

„Mein Name ist Bernd Winterer. Ich bin seit 25 Jahren römisch-katholischer Priester. Und ich bin es gerne. Aber ich liebe eine Frau. Und sie liebt mich. Aber wir dürfen nicht offen zusammenleben. Wir müssen nach außen hin so tun, als wären wir nur verbunden in der Arbeit für unsere Gemeinde. Das ist unmenschlich! Ingrid, bitte komme auf die Bühne." Die Menge hielt den Atem an.

Aus dem Backstage-Bereich kam eine 40-jährige Frau selbstbewusst nach vorne. Winterer nahm sie in die Arme und küsste sie. Ergriffen schauten die Demonstranten hoch zu dem mutigen Paar, das sich mit einem liebevollen Blick wieder voneinander löste. Und dann brach ein Jubel aus, der von den Wänden der Kathedrale wie ein donnerndes Echo zurückgeworfen wurde. Winterer bat mit einer Geste, wieder still zu werden.

„Viele von uns sind gezwungen, ein Doppelleben zu führen. Immer in Angst, denunziert zu werden. Wir buckeln nach oben, damit die Kirchenfürsten uns gnädig bleiben. Und einige von uns kommen mit diesem unmenschlichen und nicht gottgewollten Druck nicht zurecht. Vor drei Tagen wurde unser charismatischer junger Priester Lukas Gönnefried erhängt in der Sakristei gefunden. Er hatte eine Beziehung zu dem engagierten Gemeindemitglied Robin Leitner. Robin, ich gebe Dir das Wort."

Robin trat vor zum Bühnenrand und übernahm das Mikrofon.

„Lukas und ich haben uns verliebt. Doch wir mussten uns heimlich treffen. Es war sehr belastend. Doch so eine Beziehung lässt sich nicht vor der Gemeinde lange geheim halten. Und die Gemeinde stand hinter uns. Aber dann wurde Lukas zum Kardinal zitiert und ihm wurde deutlich gemacht, dass so eine offen gelebte schwule Partnerschaft von der Kirche nicht toleriert werden kann. Danach war Lukas wie verwandelt. Aus dem lebenszugewandten, energievollen und fürsorglichen

Mann wurde ein in sich gekehrter, verschlossener Mensch ohne Lebensfreude, der aber trotzdem alles für seine Gemeinde tat. Und dann fand man ihn, erhängt in der Sakristei. Es wurde ein Selbstmord vermutet. Aber die Presse hat erfahren, es war Mord. Wie furchtbar! Wir wissen nicht, wer es war. Aber ich sage es noch einmal ‚Die Kirche hat meinen geliebten Mann auf dem Gewissen'. Denn Lukas war die treibende und inspirierende Kraft für eine Kirche der Liebe. Und von unserer Bewegung ‚Revelatio'. Ich danke euch, dass so viele von euch gekommen sind!"

Mit Tränen in den Augen übergab Leitner das Mikrofon an Winterer zurück. Niemand auf dem Platz rührte sich.

Winterer trat an den Bühnenrand.

„Wir von der Bewegung ‚Revelatio' haben beschlossen, von heute an das Korsett von menschenunwürdigen Bestimmungen der katholischen Moraltheologie, Sakramentenlehre und Kirchenrecht abzustreifen. Wir werden gleichgeschlechtliche und geschiedene Paare sakramental verheiraten, offen mit unseren Partnern und Partnerinnen auftreten, und einige von uns werden auch heiraten. Wir wissen, dass dies ein grober Verstoß gegen die aktuelle Kirchenlehre ist, aber wir haben verstanden, dass alle Gespräche in unseren Bistümern und mit Rom nur eine weitere Verhärtung der traditionellen Positionen bewirkt. Unser Anliegen wird weder gehört noch beraten. Wir haben keine Angst, von der Amtskirche verstoßen zu werden, denn hinter uns stehen reiche Geldgeber, die uns die Existenz finanziell absichern. Wir folgen unserem Gewissen und der christlichen Botschaft der Nächstenliebe. Und wir hoffen, dass wir nicht alleine bleiben. Ich bitte jetzt alle Paare, sich zusammenzufinden. Revelatio!"

Es kam Bewegung unter den Demonstrierenden. Nach und nach standen Priester und Seelsorgende mit Partnern und Partnerinnen im Arm vor der Tribüne, küssten sich oder hielten sich fest im Arm. Die Menge wogte, klatschte Beifall und begann zu singen: „We shall overcome". Längst schon hatte sich die Presse mit Kameras und Mikrofonen in Position gesetzt, um diesen historischen Moment festzuhalten.

„Einen Moment noch bitte", rief Winterer laut, „ich bitte um Aufmerksamkeit! Wir haben noch einen wichtigen Mitstreiter, den ihr alle kennt, der Ihnen noch ein paar Worte sagen möchte."

Ein paar Male musste Winterer auf das Mikrofon klopfen, bis die euphorisierte Menge zur Ruhe kam. Und sie konnte nicht glauben, was da vor ihren Augen passierte.

Mit zögerlichem Schritt ging Stefan Riemstedt über die ihm unendlich erscheinenden Bühne nach vorne zu Winterer.

„Ich übergebe das Wort an meinen Mitbruder Stefan Riemstedt, Erzbischof und Kardinal der römisch-katholischen Kirche."

Es ging ein ungläubiges Raunen durch die Menge. Die Presse drängte sich weiter nach vorne, um das Geschehen unmittelbar verfolgen zu können. Unter den Kameraleuten und Fotografen brach ein Gerangel um die besten Plätze aus. Riemstedt wartete, bis Ruhe eingekehrt war.

„Liebe Mitmenschen", begann er, und seine Stimme zitterte leicht, „ich wurde zum Priester geweiht, zum Weihbischof, zum Erzbischof, und vom Papst zum Kardinal ernannt, und habe treu den Lehren der Kirche gedient. Ich habe an diese Kirche und ihr Heilsversprechen geglaubt, und auch daran, dass der Papst Stellvertreter Christi ist, sein Wort gilt, und wir als seine geweihten Mitbrüder in der Nachfolge Jesu den Menschen dienen, so, wie es schon immer war. Aber mir sind Zweifel gekommen, die ich auch in der Beichte - auch Priester gehen zur Beichte - ausgesprochen habe. Aber sie wurden nicht ausgeräumt. Und irgendwann merkte ich, dass ich Gottesdienste abhielt, Kommunion austeilte, Menschen segnete, wie ein routinierter Automat, ohne innere Beteiligung. Ich fragte mich, ob das ein Burnout sei. Aber weder Exerzitien, der Rückzug ins stille Gebet am Abend noch Urlaubsreisen haben die Zweifel und innere Unruhe besänftigen können. Mir wurde bewusst, dass ich den Priesterberuf gewählt habe, weil ich in jungen Jahren eine Schuld auf mich geladen hatte, mit der ich nicht klargekommen bin. Ich fühlte Vergebung durch die Kirche, und die Chance auf Sühne, indem ich als Priester nur noch für andere da war. Ich fühlte auch, dass mir, je höher ich die Karriereleiter in der Kirche gestiegen bin, die wachsende Macht über Menschen Genugtuung verschaffte. Macht ist sehr verführerisch, wenn man als Priester Einzelkämpfer ist. Wenn Bündnisse mit Männern zu einer Hausmacht werden, durch die man Einfluss hat. Aber sie macht auch sehr einsam. Als ich hörte, dass mein Mitbruder Lukas Gönnefried, ein wunderbarer, einfühlsamer und engagierter Priester, sich in der Sakristei das Leben genommen haben soll, nachdem ich ihn – Gott vergebe mir – bedrängt habe, seinen Lebenswandel wieder auf Linie der Kirche zu bringen, war ich zutiefst erschüttert. Ich wollte und konnte nicht mehr. Ich habe eine Videobotschaft verfasst, in der ich meine fundamentale Kritik an der Kirche veröffentlicht habe. Und wollte dann nur noch alles hinter mir lassen."

Er hielt kurz inne. Denn er hatte nicht weit von der Tribüne seinen Pressechef Burkhardt entdeckt.

„Übrigens", fuhr er fort, „es wurde nur eine zusammengeschnittene Fassung veröffentlicht, nachdem ich schon längst das Generalvikariat verlassen hatte. Das hat mich enttäuscht, Burckhard."

Er sah, wie sein Pressechef zusammenzuckte, und wandte sich wieder an sein Publikum.

„Ich habe meine Priesterkleidung abgelegt, mir zivile Kleidung gekauft und bin einfach losgelaufen, mich dem Schicksal überlassen, ohne zu wissen, wie es weitergeht."

Er überlegte kurz, von Kathie zu sprechen, ließ es aber sein.

„Ich habe so zum ersten Mal seit langem als Privatperson ganz normale Menschen getroffen, erlebt, wie vielfältig menschliches Leben sein kann, und fühlte zum ersten Mal, wie schön ein Samstagabend im Sommer sein kann ohne die Bürde eines Amtes, dem mein Gewissen schon lange nicht mehr folgen konnte. Und ich habe mir natürlich auch Gedanken gemacht, wie es weitergehen soll. Ich wusste, dass ich nicht lange einfach so untertauchen konnte, denn für viele Menschen war ich ihr Bischof, von dem sie erwarten dürfen, dass er ihnen ein Vorbild im Geiste Christi ist. Ich war zerrissen zwischen meiner Verantwortung als Bischof und meinem Gewissen. Robin Leitner und mein Mitbruder Bernd Winterer haben mir Asyl gegeben, als ich weder ein noch aus wusste. Sie erzählten mir von ihrem Aufbruch zu einem neuen katholischen Kirchenverständnis, von Revelatio. Und ich habe mich entschlossen, mich dieser Bewegung reinen Gewissens anzuschließen." Er machte eine Pause und erhob die Stimme. „Und ich trage die Konsequenzen mit Überzeugung: Hiermit trete ich von meinem Amt als Kardinal und Erzbischof zurück - unwiderruflich. Ich erwarte von Rom meine Amtsenthebung."

Es kamen vereinzelte Bravorufe, doch die Ungeheuerlichkeit seines Coming-Outs schien die Menschen, die da vor ihm standen, zu lähmen. Von hinten drängte sich eine junge Frau mit vollem Ellenbogeneinsatz durch die Menge. ‚Kathie!', durchfuhr es Riemstedt. Doch plötzlich erstarrte sie, schaute wie gebannt auf die hintere Bühne. Riemstedt drehte sich um. Ein Mann stürzte sich wutverzerrt auf ihn, hob ein Messer und stach ihm in die Brust.

„Du Verräter", schrie er und wollte noch einmal zustechen. Da hatte ihn schon Winterer am Arm gepackt und zurückgerissen.

Riemstedt fühlte keinen Schmerz, als er blutend zu Boden sank. Eine ihm vertraute Stimme flüsterte ihm ins Ohr: „Stefan, Du darfst nicht sterben, bitte, bitte, bleibe wach."

Es war Kathie, die neben ihm kniete und seinen Kopf in ihren Schoß nahm. Er sah noch, wie ein Rettungssanitäter zu ihm rannte. Dann verlor er das Bewusstsein.

11

Legemann schaffte es bis kurz vor die Bühne der Kundgebung, indem er einfach die Demonstrierenden umrundet und sich von hinter der Tribüne nach vorne vorgedrängelt hatte. Umwege sind manchmal die kürzeren Wege, dachte er mit Genugtuung. Er hatte auch schon erste Fotos geschossen und an die Redaktion geschickt, denn der Fotograf hing im Stau fest und würde erst verspätet zum Pressepulk dazustoßen.

Zufrieden schaute er auf das Display seines Handys. Die Redaktion hatte ihm fünf Daumen-Hoch-Icons geschickt. Als die Kirchenglocken ein Uhr einläuteten, aktivierte Legemann sofort die Videofunktion seines Handys. Das käme sicher super in den sozialen Medien – Schicksalsgeläut der Kirche kurz vor ihrem Waterloo.

Er war sehr überrascht, dass als erstes ein Priester das Wort ergriff. Noch immer keine Spur vom Fotografen. Sollte sich besser mal ein Fahrrad zulegen, grinste Legemann, und begann mit seinem Handy zu filmen. Fast hätte er die Aufnahme verwackelt, als er sah, wie dieser Priester namens Winterer eine Frau nach vorne holte und sie in aller Öffentlichkeit küsste. Wahnsinn!!! Er stoppte kurz die Aufnahme. Mit Entsetzen sah er bei einem kurzen Blick auf das Display, dass der Handyempfang zusammengebrochen war. Keine Chance, dieses erste Video direkt an die Redaktion zu senden. Hoffentlich hatten seine Journalistenkollegen kein Satellitentelephon.

Legemann hörte, wie Winterer noch einen Überraschungsgast ankündigte. Nicht nur er versuchte, sich noch näher zum Bühnenrand zu drängen. Als Riemstedt nach vorne zum Mikrofon ging, erkannte Legemann ihn sofort. Schnell tippte er eine SMS an die Redaktion: „Verschwundener Kardinal aufgetaucht auf Bühne Revelatio." Die Kollegen konnten da eine schnelle Meldung online raushauen. Das würde sicher die Click-Zahlen noch mehr erhöhen.

Die Worte des Kardinals gingen sogar dem mit allen Wassern gewaschenen Legemann unter die Haut. Er hielt sein Handy so hoch wie möglich über die Köpfe der Menschen vor ihm, um dieses historische Ereignis festzuhalten. Selbst seine Kollegen schienen den Atem anzuhalten, als sie hörten, dass Riemstedt von allen kirchlichen Ämtern zurücktreten wollte. Legemann textete schnell eine Kurznachricht.

Am liebsten wäre er nach diesem Hammerstatement sofort zurück zu seinem Auto gerannt, wo sein Laptop lag, um in Windeseile einen Kurzbericht zu schreiben. Da wurde er von einer jungen Frau schmerzhaft zur Seite gestoßen, die offensichtlich zur Bühne wollte. Er packte sie am Arm und schnauzte sie an. Sie schien ihn nicht zu bemerken, sondern blieb wie erstarrt stehen. Legemann richtete seinen Blick wieder zur Bühne und sah, wie der Küster Nolens auf Riemstedt zustürmte, mit einem Messer in der Hand, und zustach, während er laut „Verräter!" brüllte. Der Priester namens Winterer zerrte ihn zurück, so dass er rückwärts auf den Boden fiel.

Legemann war wütend auf die Frau, die ihm unmöglich gemacht hatte, das Attentat zu filmen. Da sah er, wie sie mit Brachialgewalt die letzte Menschenreihe vor der Bühne wegstieß, auf die Bühne kletterte und Riemstedt offensichtlich in den Arm nahm. Leitner konnte nur noch dieses eine Foto schießen. Dann brach Chaos unter den Demonstranten aus. Einige wollten dem Ort des Attentats näherkommen, andere vom Marktplatz flüchten. Legemann konnte gerade noch sehen, wie ein Sanitäter von den Johannitern sich um den verletzten Kardinal kümmerte. Dann umringten Winterer und seine Mitstreiter auf der Bühne das Attentatsopfer und sorgten dafür, dass niemand mehr etwas sehen konnte.

Leitner hatte das Mikrofon ergriffen und bat eindringlich die Menge, Ruhe zu bewahren. Seine Worte hatten wenig Wirkung.

Bevor Legemann und seine Kollegen zur Bühne stürmen konnten, marschierten Polizisten auf und drängten sie zurück. Hinter die Bühne zu kommen wurde aussichtslos. Legemann kämpfte sich seitlich aus der Menge und betrat über einen Seiteneingang die Domkirche.

Das Echo der aufgeregten Stimmen von draußen war im Kirchenraum nur ein leises Summen, das auf- und abschwellte. Legemann setzte sich in eine Seitenkapelle und zückte sein Handy. Es gab wieder Empfang. „Yes!", rief er begeistert. Eine ältere Dame, die sich zum Beten vor die Mutter Gottes gekniet hatte, drehte sich um und schaute ihn ärgerlich an. Er zuckte nur mit einem halbherzigen Entschuldigungslächeln die Schultern und wählte seine Redaktion an. Das erste Klingeln war gerade verhaucht, da hatte er seinen Chefredakteur, Woody Malkovicz am Ohr, wie immer direkt zur Sache.

„Björn, leg los!"

„Woody, Topinfo, die niemand hat. Der Kardinal ist auf offener Bühne von einem Mann mit einem Messer angegriffen worden, und ich weiß wer der Attentäter ist: Küster Siegfried Nolens, Küster von der Kirche, in der der junge Priester ermordet worden ist. Ich habe ihn vor gut einer Stunde erst dort getroffen. Schreibe dir alles, sobald ich bei meinem Auto bin."

„Björn, das ist groß, ganz groß! Bilder bekommen wir gerade übermittelt. Also – mach hinne. Wir brauchen Text."

Legemann beamte. Sein Chefredakteur war äußerst knausrig mit lobenden Worten.

„Klar, kommt fast sofort", rief er etwas zu laut, was ihm einen weiteren Tadel der älteren Dame einbrachte. Er speiste sie mit einer Was-soll-ich-machen-Geste ab und stürmte aus dem gegenüberliegenden Seitenausgang des Doms. Das plötzlich auf ihn hereinbrechende übergrelle Sonnenlicht blendete ihn. Er blieb kurz stehen, um sich zu orientieren und verlor fast das Gleichgewicht, als ein Mann in ihn hineinlief.

„Hey, was soll das!", fuhr ihn Legemann an und erkannte im selben Augenblick, dass das Glück auf seiner Seite war. Es war Burkhardt, der Pressechef des Erzbistums, der ihn gehetzt ansah.

„Legemann, keine Zeit", blaffte Burkhardt.

Legemann hielt ihn mit eisernem Griff am Arm fest.

„Ne, so geht das nicht. Der Kardinal hat sie ganz schön öffentlich angeranzt, nicht wahr?"

Legemann fixierte ihn mit den Augen.

„Kein Kommentar, und jetzt lassen Sie mich los, sonst hagelt es eine Anzeige!", knurrte Burkhardt.

„Mal wieder eine Anzeige. Was anderes könnt ihr Kirchenleute nicht, und wo bleibt die Moral?", erwiderte Legemann genüsslich.

„Fahr zur Hölle", sagte Burkhardt und riss sich los.

Legemann ließ ihn ziehen. Das reichte ihm schon für einen kleinen Nebensatz in seinem Artikel. Jetzt musste er nur noch zum Auto kommen.

Er kämpfte sich durch die aufgeregte Menge und fluchte, denn die Zeit drängte. Als Legemann endlich zur Einfahrt gelangte, wo er sein Auto abgestellt hatte, blieb er wie angewurzelt stehen. Sein Auto war weg. Und mit ihm sein Laptop im Kofferraum. Einige Meter vor ihm stand eine Frau vom Ordnungsamt. Er musste der Wahrheit ins Auge sehen – sein Auto war abgeschleppt worden. Legemann trat voller Wut gegen das Halteverbotsschild. Dann zwang er sich zur Ruhe.

Vielleicht war es besser, noch nicht in die Redaktion zu seinem Rechner zu fahren, sondern herauszufinden, wie es um den Kardinal stand und wer diese junge Frau war, die sich so fürsorglich um den Geistlichen gekümmert hatte.

In einer ruhigen Seitenstraße stellte er sich in den heruntergekommenen Eingang eines Geschäftes, das schon länger leer stand, eines von vielen in der Stadt, Opfer der Corona-Krise und des wachsenden Online-Marktes. Er rief einige seiner Polizeikontakte an, aber sie alle mauerten. ‚Verflucht', dachte Legemann, es muss doch einen Weg geben herauszufinden, wo der Kardinal medizinisch versorgt wurde. Seine Gedanken wanderten zu dem Moment, als der Kardinal angegriffen wurde. Und da hatte er eine Idee. Es war doch ein Sanitäter von den Johannitern, der als erster bei dem Attentatsopfer war. Er tippte in sein Handy.

„Kellchmann, Johanniter Unfallhilfe", meldete sich sein Kontakt professionell gut gelaunt.

„Dagmar, hier ist Björn", säuselte er ins Telefon.

„Oh Björn, schön, dass du dich wieder mal meldest."

Sie war offenbar nicht sauer, dass er sie schon lange nicht mehr angerufen hatte. Für ein weiteres Treffen intimer Art war sie immer offen. Und er war ja nicht der Einzige in ihrem Portfolio.

„Schön deine Stimme zu hören, du Liebe", flirtete Legemann, „wenn ich diese Story raushabe, dann lade ich dich auf ein gemütliches Abendessen ein. Aber ich brauche jetzt ganz dringend deine Hilfe."

„Um was geht es?", fragte Kellchmann etwas gedämpfter.

„Vielleicht hast du es schon gehört", tastete sich Legemann heran und versuchte, seine Ungeduld zu zügeln, „irgendein

Irrer hat den Kardinal niedergestochen. Einer eurer Sanitäter hat ihn erstversorgt. Weißt du, wo man ihn hingebracht hat? Ich kenne den Kardinal gut und bin wirklich in Sorge, wie es ihm geht." Legemann hoffte, er klang ehrlich erschüttert.

Dagmar zögerte. „Du weißt, das ist vertraulich."

„Ja klar, weiß ich das, ich will dich doch nicht in Verlegenheit bringen, aber es ist mir wirklich wichtig. Und es wird ja sowieso alles bald durchsickern. Wenn du mir schnell helfen könntest, hast du wirklich was gut bei mir. Aber hallo!"

Dagmar schien intensiv zu überlegen. Legemann wartete und hielt den Atem an.

„Das wird teuer für dich", sagte sie schließlich.

„Alles, was du willst", säuselte Legemann mit ultimativem Charme ins Telefon.

„Also gut, unser Rettungswagen wollte ihn zum nächstliegenden Krankenhaus bringen, aber der Psychologe, der dabei war, bestand darauf, dass er in eine Privatklinik gebracht werden soll."

„Weißt du in welche?", Legemann lief die Zeit davon.

„Eine ganz kleine Privatklinik – sie heißt Sanamelia."

„Du bist ein Schatz", rief Legemann zutiefst beglückt, „ich verspreche dir hoch und heilig, du darfst dir von mir alles wünschen, was du willst."

„Björn, da nehme ich dich beim Wort", freute sich Kellchmann, „und du weißt nicht, von wem du die Info hast, klar?"

„Ehrenwort", schwor Legemann, „ich will es mir doch mit dir nicht verscherzen."

Sie beendeten das Gespräch mit akustischen Küsschen. Legemann schaute sich um und entdeckte ein Mietfahrrad. Er loggte sich ein und radelte los wie ein Wilder.

12

Der Schweiß perlte von seinen Nacken in den schon nassen Hemdkragen herunter, als Burkhardt die Stufen hoch ins Büro von Monsignore Renzo flog. Hinter ihm keuchten seine beiden Vertrauten aus dem Presseteam. Sie hatten die Beine in die Hände genommen, um so schnell wie möglich zurück ins Generalvikariat zu kommen. Er wies seine Mitarbeiter an, sich in ihren Büros um die Auswertung der Fotos und Videos zu kümmern. Er sah ihnen an, dass sie froh waren, nicht mit in die Höhle des Löwen kommen zu müssen.

Renzo hatte mehrmals angerufen, doch Burkhardt war nicht dran gegangen. Er brauchte erst einmal für sich eine klare Positionierung in dieser brisanten Gemengelage. Wann hatte es je sowas gegeben. Ein Kardinal reicht nicht, wie es üblich ist, sein Rücktrittsgesuch beim Papst ein in der Hoffnung, der Papst gewährt ihm seinen gut begründeten Wunsch, sondern hier wirft ein Bischof mit Kardinalswürde einfach seinen Job hin, als ob die Bischofsweihe nichts anderes wäre als eine Anstellung bei einer Zeitarbeitsfirma.

Und Riemstedt machte absolut nicht den Eindruck, als wäre er ein Fall für die Psychiatrie. Und dann noch das Attentat auf den Kardinal.

Er öffnete die Tür zum Vorzimmer von Renzo. Aschfahl begrüßte ihn Büroleiterin Winkel.

„Höchste Zeit, dass Sie kommen", sagte sie mit gepresster Stimme, „warum sind Sie nicht ans Telefon gegangen?"

„Kein Empfang", sagte Burkhardt knapp, „kann ich rein?"

Stumm wies Winkel zur Tür.

Alle starren ihn an – der Generalvikar, die Personalchefs, Weihbischof Sauter und Renzo selbst. Sie sahen aus, als ob die russischen Wagner-Söldner sie gleich standrechtlich erschießen wollten. Renzo dirigierte Burkhardt mit seiner Hand auf den einzigen freien Stuhl und schoss sofort seine erste Frage ab.

„Wir haben mitbekommen, dass der Kardinal auf dieser Demo war, aus seinem Amt aussteigen will und mit einem Messer attackiert wurde. Sagen Sie uns, was genau passiert ist!"

Burkhardt fasste kurz die Forderungen von Revelatio und die Ereignisse rund um das Attentat zusammen. Dann holte er sein Handy aus der Innentasche seines Jacketts, angelte ein Überspielkabel aus seinem Rucksack und verband das Handy mit dem Rechner des Monsignore. Wenige Klicks weiter startete er das Video, das er von der Rede des Kardinals aufgenommen hatte.

Mit ungläubigem Entsetzen verfolgten die Kirchenmänner die Rede ihres Kardinals, der nicht mehr einer von ihnen sein wollte. Als Riemstedt verkündete, dass er unwiderruflich von seinem Bischofsamt und allen kirchlichen Ämtern zurücktreten wollte, froren sie ein, als hätte jemand flüssigen Stickstoff über sie regnen lassen. Es kostete sie größte Beherrschung, Kontrolle über ihre Gefühle zu bewahren. Stattdessen beschränkten sich auf ein gepresstes „ungeheuerlich", „Blasphemie" oder „vom Teufel besessen".

Renzo haute ungebremst mit seiner Faust auf den Tisch und brachte die Aufmerksamkeit der anwesenden Herren auf das Wesentliche – mit kühlem Kopf die Krisensituation zu managen.

„Was wir hier haben, ist ein extraordinärer Präzedenzfall", fasste er zusammen, „rein kirchenrechtlich ist dieser Rücktritt ohne Gesuch beim Heiligen Vater nicht so einfach zu bewerten. Der Ball liegt also in Rom. Der Kardinal … oder sagen wir jetzt mal besser … Riemstedt scheint entschlossen zu sein, sein

Weiheamt nicht mehr auszuüben, koste es, was es wolle. Wie gehen wir damit um – ich bitte um Vorschläge."

Konzentriert starrten die Kirchenmänner vor sich hin. Schließlich ergriff der Generalvikar das Wort.

„Ich schlage vor, wir sagen in einer Pressemitteilung, der Kardinal befinde sich in einer psychischen Ausnahmesituation und wurde von den Rädelsführern dieses Aufstands emotional unter Druck gesetzt. Wir sind überzeugt, dass er nicht freiwillig diesen Rücktritt verkündet hat."

Burckhard schaltete sich ein.

„Entschuldigung, aber wäre es nicht wichtig, erst einmal auf das Attentat gegen den Kardinal einzugehen? Immerhin wurde er mit einem Messer auf offener Bühne niedergestochen und wohl schwer verletzt."

Die Kirchenmänner schauten sich an und nickten.

„Sie haben recht", pflichtete ihm Monsignore Renzo bei, „wir beginnen die Pressemitteilung mit unserer tiefen Bestürzung, dass der Kardinal Opfer eines feigen Attentats geworden ist. Wissen Sie, wer der Täter ist?"

„Nein", erwiderte Burkhardt, „aber vielleicht gibt es schon erste Reaktionen."

Er griff zu seinem Handy und surfte durch diverse Seiten und Chats. Als er auf die Seite des RealAnzeigers stieß, weiteten sich seine Augen.

„Hier, der RealAnzeiger meldet in einer kurzen Meldung, es sei der Küster der Kirche, in der Gönnefried ums Leben gekommen ist. Legemann hat ihn wohl erkannt. Mehr Informationen haben die zurzeit auch nicht."

„So eine Scheiße", entfuhr es Gregor Kastner, verantwortlich für die angestellten Laien in der Kirche, „der Küster heißt Sigfried Nolens, ein treuer und frommer Kirchendiener. Es ist eine Tragödie, dass ausgerechnet er unseren Erzbischof ermorden wollte. Das ist nicht gut für uns."

„Das ist aber polizeilich noch nicht bestätigt", wandte Burkhardt ein.

„Aber dieser Legemann ist ein Profi, der wird keine Falschmeldung in den Raum stellen", entgegnete der Generalvikar.

Burkhardt zog es vor zu schweigen. Nachher war er schuld, wenn sie mit ihrer Pressemitteilung ein Eigentor schießen würden.

Renzo schaut ihn an: „Wissen wir, wie es dem Kardinal geht? Ist er schwer verletzt?"

„Ich war weiter entfernt", erklärte Burkhardt, „er ist blutüberströmt zusammengebrochen, und es war sofort ein Sanitäter bei ihm. Mehr kann ich Ihnen nicht sagen, denn er wurde sofort abgeschirmt."

„Ich kümmere mich darum", sagte Renzo.

Er ertappte sich bei dem Gedanken, dass es für die Kirche ein Segen wäre, wenn Gott den Kardinal zu sich rufen würde. Dann hätten sie ein Riesenproblem weniger.

Es war schnell klar, dass sie auf jeden Fall auf das Attentat reagieren mussten. Eine Pressekonferenz hielten sie für verfrüht. Schließlich fassten sie den Beschluss, eine knappe Pressemitteilung herauszugeben, in der sie ihrer Bestürzung über das Attentat auf den Kardinal Ausdruck verliehen und ihm rasche Genesung wünschten, aber sie für keine weiteren Statements oder Interviews zur Verfügung stünden. Wie sie sich zu dem Rücktritt von Riemstedt aus seinen kirchlichen Ämtern verhalten sollten, wollten sie erst einmal mit Rom absprechen. Da hatten sie sowieso keine Karten drin.

Burkhardt verzog sich, um einen entsprechenden Text zu formulieren und die wichtigsten Fotos und Aufzeichnungen von der Revelatio-Kundgebung für die hohen Herren zusammenzustellen. Er kannte den Kardinal recht gut und war überzeugt, dass sein Ausstieg aus der Kirchenhierarchie bewusst und in aller Freiheit entschieden worden war.

Nach dem Telefongespräch mit Legemann war Stoecker nur noch sauer. Natürlich war ihm klar, dass er keine Handhabe gegen diesen Journalistenproll hatte. Doch der Druck auf ihn lastete schwer wegen der Pressekonferenz um 13 Uhr. Sie hatten, verdammt noch mal, keine weiteren Ermittlungsergebnisse. Und die wichtigste Nachricht wurde durch Legemann schon durch die Medien gejagt – der junge Priester war ermordet worden. Ihm war auch klar, dass die Pressekonferenz nicht abgesagt werden konnte. Und diesen Robin Leitner hatte er noch immer nicht erreichen können.

Die Pressekonferenz war zu ihrem Erstaunen nur spärlich besucht. Kurz bevor sie aufs Podium treten wollten, erfuhren sie von ihrem Pressereferenten den Grund: Es gab eine Kundgebung auf dem Marktplatz, in der Priester und nicht geweihte Angestellte der katholischen Kirche einen Aufstand probten. Wer wollte es den Presseleuten vorwerfen, dass sie sich mehr von dieser Aktion versprachen, als Erklärungen zu einem Mord, den sie später auch locker in der Agentur oder einer Pressemitteilung der Polizei nachlesen konnten. Nach 20 Minuten und wenigen Nachfragen war der Pressetermin Geschichte. Kessler würdigte ihn keines Blickes und rauschte raus. Er musste ja auch keine Worte verlieren, denn es war klar wie Kloßbrühe, was er von ihm erwartete – auf Hochdruck weiter ermitteln. Und Ergebnisse, Ergebnisse, Ergebnisse.

Stoecker verzichtete auf einen Besuch in der Kantine und ging gleich wieder hoch in sein Büro. Er wollte gerade sein Jackett an die wacklige Garderobe hängen, da stürzte schon Kolakowski mit seinem Laptop in der Hand auf ihn zu.

„Sie suchen doch den Leitner, Chef, hier ist er", rief er aufgeregt und hielt ihm den Bildschirm unter die Nase. Es war ein Live-Stream von der Kundgebung auf dem Marktplatz. Ein Mann sprach gerade zur Menge, doch hinter ihm stand zweifellos der von ihm verzweifelt gesuchte Psychotherapeut.

„Hm", brummte Stoecker, „sieht nicht so aus, als ob er sich verstecken wollte."

Gebannt schauten sie weiter auf den Stream, die Rede des Kardinals und verfolgten entsetzt, wie ein Mann von hinten mit einem Messer nach vorne stürzte und auf ihn einstach. Stoecker war im ersten Moment fassungslos – der Attentäter war der Küster der Kirche, in der der junge Priester erhängt worden war.

Er verlor keine Sekunde und alarmierte die Bereitschaftspolizei. Gleichzeitig griff er sich seinen Autoschlüssel und rannte mit Kolakowski die Treppen zum Autohof der Polizei herunter. Weit kamen sie trotz Einsatz des mobilen Blaulichts nicht, denn die Straßen waren hoffnungslos dicht. Sie ließen den Wagen auf der Haltebucht einer Bushaltestelle stehen und versuchten zur Tribüne auf dem Marktplatz zu kommen.

Als sie die Tribüne hochkletterten, war der niedergestochene Erzbischof schon mit dem Rettungswagen weg, und mit ihm Leitner. ‚First things first', dachte er, und fragte eine Polizeibeamtin nach dem Täter, den sie festgesetzt hatten. Er fand Nolens stocksteif auf dem Hintersitz eines Polizeiwagens nahe der Tribüne sitzend. Stoecker ordnete an, dass der Täter nach den erkennungsdienstlichen Erhebungen gleich zu ihm in den Verhörraum des Polizeipräsidiums kommen sollte.

Auf dem Weg zu seinem Auto nutzte Stoecker die Zeit, sich schnell einen Döner zu besorgen, den er auf der Stopp-and-Go-Fahrt zum Präsidium hastig in sich hineinstopfte. Gottseidank war Kolakowski am Steuer die Ruhe selbst und fand schnell kleine Lücken im zähen Verkehr, so dass sie relativ schnell wieder zurück an ihren Schreibtischen waren.

Ein erster Blick in den Polizeiserver ergab, dass Nolens bislang polizeilich nicht aufgefallen war. Stoecker bereitete sich auf die Vernehmung vor und hatte immer wieder das Bild von dem zitternden Küster in der Sakristei vor Augen, der zutiefst geschockt über das brutale Ableben des jungen Priesters gewesen zu sein schien. Er fragte sich, ob dieser Mann fähig gewesen sein könnte, Lukas den Strick um den Hals zu legen.

Als Stoecker kurz durch das Sichtschutzfenster in den Verhörraum blickte, sah er einen gefassten Mann sitzen, der fast ein wenig trotzig wirkte. Es war diesem völlig harmlos wirkenden Diener der Kirche nicht ansatzweise anzusehen, dass er vor wenigen Stunden einen Menschen in aller Öffentlichkeit hinrichten wollte. In jedem von uns steckt ein potenzieller Mörder, dachte er bitter und ging hinüber in den Verhörraum.

Nolens blickte kurz auf, als er den Vorhörraum betrat, und dann wieder auf seine Hände, die er wie im Gebet gefaltet auf dem Tisch liegen hatte. Er bewegte lautlos seine Lippen und schien keine Notiz von ihm nehmen zu wollen. Stoecker aktivierte das Aufnahmegerät.

„Herr Nolens, Sie sitzen hier, weil Sie mit einem Messer auf Kardinal Riemstedt eingestochen haben. Wir müssen davon ausgehen, dass Sie die Absicht hatten, ihn zu ermorden. Sie haben das Recht, einen Anwalt zu diesem Verhör hinzuziehen. Wir können Ihnen auch einen Pflichtanwalt zur Seite stellen."

Nolens schaute auf.

„Herr Stoecker, ich brauche keinen Anwalt. Nur Gott ist mein Richter."

„Herr Nolens, Sie sitzen aber jetzt hier, und hier gilt das weltliche Gericht. Also kein Anwalt?"

„Ich brauche keinen Anwalt", erwiderte Nolens.

„Warum haben Sie auf den Kardinal eingestochen?"

„Er hat Gott und die Kirche verraten", brauste Nolens auf, „er ist vom Teufel besessen."

„Wollten Sie den Kardinal ermorden?". Stoecker entschied sich für den direkten Weg zum Geständnis.

„Ja", kam die Antwort des Küsters ohne Zögern, „er hat das Ansehen der Kirche beschmutzt, sie regelrecht in den Dreck gezogen. Und das als oberste Hirte unserer Diözese. Ich musste handeln, wer hätte es sonst getan?"

„Sie haben also mit Absicht auf den Kardinal eingestochen mit dem Ziel, ihn zu töten", wiederholte Stoecker noch einmal die entscheidende Frage.

„Ja, das habe ich Ihnen doch gerade schon gesagt!", sagte Nolens jetzt gleichmütig.

„Woher wussten Sie, dass der Kardinal auf der Bühne auftreten würde. Er war doch seit Tagen untergetaucht?", hakte Stoecker nach.

In Nolens' Gesicht schlich sich ein Ausdruck höhnischen Triumphes.

„War ja in der Zeitung zu lesen, dass der Kardinal untergetaucht ist. Und schon lange wusste ich, dass ein Kirchenaufstand geplant ist. Wenn man wie ich immer in der Kirche zu tun hat, da fällt man ja nicht mehr auf. Und dadurch kriegt man so einiges mit. Und ich fragte mich, ist dieser Kardinal etwa auch so ein versteckter Antichrist? Sie sind ja überall, überall!". Er schrie es fast.

Unbeeindruckt fragte Stoecker weiter: „Woher wussten Sie, wann die Demonstration stattfinden würde?"

„Das Datum stand ja lange schon fest", erwiderte Nolens.

„Von wem wusste Sie diesen genauen Termin?", hakte Stoecker nach.

„Das wussten doch alle", sagte Nolens ausweichend.

„Wirklich alle? Oder hat es Ihnen jemand persönlich erzählt."

Nolens zuckte zurück und starrte auf seine Hände.

„Herr Nolens! Von wem haben Sie den konkreten Termin dieser Kundgebung erfahren?"

Nolens sank in sich zusammen und schwieg. Stoecker entschied sich zu warten. Die stillen Minuten in einem Verhör waren nicht selten Gold wert, zumindest aus der Perspektive von Ermittlern. Doch Nolens begann wieder stumm zu beten.

Stoecker versuchte es auf die verständnisvolle Tour.

„Herr Nolens", sagte er sanft und beugte sich zu ihm mit einem, wie er hoffte, freundlichen Nicken, „ich verstehe ja, dass es für Sie nicht einfach ist. Sie sind ein frommer Mann und lieben ihre Kirche. Und da sind um sie herum Menschen, die doch eigentlich mit Ihnen zusammen zum Wohle Ihrer Kirche leben und Gottesdienste feiern sollten, und plötzlich stehen Sie ganz allein da, weil diese Menschen der Kirche, die Ihre Heimat ist, den Kampf ansagen, ihr die Autorität absprechen. Das ist doch die Hölle!"

„Ja", brach es aus Nolens heraus, „Sie sagen es! Es war die Hölle! Alle fanden es total in Ordnung, dass Pfarrer Gönnefried schwul war, nicht nur das, ganz offen mit seinem Partner herumturtelte. Ich habe sie beobachtet. Abartig! Und dann bekam ich mit, dass sie eine Demonstration gegen die Kirche anzetteln wollten. Ich wollte das nicht glauben, ein geweihter Priester, gegen die Kirche!"

„Sie mussten irgendetwas unternehmen", subtil befeuerte Stoecker die Empörung des Küsters.

„Genau", rief Nolens, „es wollte ja niemand auf mich hören. Der Kardinal hat ja dem Lukas einen eingeschenkt. Aber wer weiß, vielleicht auch nicht. Also habe ich Pfarrer Gönnefried um ein persönliches Gespräch gebeten."

„In der Sakristei", soufflierte Stoecker.

Nolens hielt inne und erkannte in diesem Moment, dass es für ihn kein Zurück mehr gab. Seine Augen funkelten.

„Ja, in der Sakristei. Ich sagte ihm, dass das aufhören musste, dass er zur Heiligen Römischen Kirche wieder zurückkehren musste. Doch er lächelte mich an wie einen Kranken und erklärte mir, dass ich den Weg der Liebe suchen sollte, zu den Menschen, und zu mir selbst. Dann würde ich ihn verstehen. Er würde es sich so sehr wünschen, dass ich mit ihm den Weg in der Liebe Gottes gehen würde."

Nolens rollten Tränen die Wangen herunter, ob aus Verzweiflung oder Wut war nicht auszumachen.

„Und dann?", fragte Stoecker leise.

„Und dann wollte er mir aus der Bibel, die hinter ihm auf der Ablage lag, eine Bibelstelle vorlesen. Er stand auf und drehte sich von mir weg, da habe ich ihn mit dem silbernen Kerzenständer in den Rücken geschlagen. Wie ein Stein ist er auf den Boden gefallen. Ich dachte, er wäre tot. Und da wurde ich ganz ruhig. Ich dachte, Lukas ist ein Judas, ein Verräter Jesu. Und wie Judas soll er am Strick hängen. Also habe ich aus der Abstellkammer ein altes Seil geholt und ihm um den Hals gelegt. Da merkte ich, dass er noch lebte, denn er versuchte schwach, sich zu wehren. Aber das war mir egal. Er musste sterben, um der Kirche willen. Er verlor dann gleich wieder das Bewusstsein und ich habe seinen Körper auf den hohen Sakristei-Tisch gewuchtet und das andere Ende des Seils an der schweren Deckenleuchte festgemacht. Als ich ihn dann vom Tisch herunterwarf, zuckte er noch. Dann war er tot."

Nolens saß nach diesem Geständnis zusammengesunken und völlig regungslos am Tisch, als hätte jemand den Stecker gezogen. Stoecker versuchte sich zu sammeln. Da war so viel aufgestauter Hass in diesem Mann. Pfarrer Gönnefried hatte Recht gehabt – diesem Mann fehlte die Erfahrung von Liebe, er hatte nur Gehorsam gekannt. Doch er musste noch eine Frage stellen:

„Herr Nolens, ich würde gerne noch von Ihnen wissen, warum Sie mit einem Messer zur Kundgebung gekommen sind."

Nolens hob langsam seinen Kopf und wirkte abwesend. Er brauchte eine Zeit, die Frage zu verstehen. Mechanisch begann er zu reden.

„Ich wusste nicht, ob die Kundgebung nach dem … Tod … von Pfarrer Gönnefried stattfinden würde. Aber ich wusste ja den Tag und den Ort. Dann ist heute Mittag der Journalist vom RealAnzeiger aufgetaucht und hat nach Revelatio gefragt. Da musste ich doch nachsehen, ob diese gotteslästerliche Demo stattfindet oder nicht. Ich bin sofort zum Marktplatz gelaufen. Unterwegs traf ich auf den Demonstrationszug und ganz am Ende habe ich den Kardinal entdeckt."

Nolen begann zu schreien. „Der Kardinal!!! Mit Kapuzenpulli und Käppi auf dem Kopf!!! Zusammen mit diesen Teufeln!!!". Er sackte wieder in sich zusammen.

„Und dann", fragte Stoecker leise.

„Ich bin zum Marktplatz gegangen und habe bei einem Markthändler, der gerade einpackte, ein Messer auf dem Tisch liegen gesehen. Das habe ich sofort eingesteckt. Er hat es gar nicht bemerkt."

Kurz spielte ein überlegenes Lächeln um das Gesicht des Küsters. Stoecker schaute ihn stumm an. Nolens musste sich alles von der Seele reden.

„Ich bin dann zur Tribüne gelaufen und habe gesehen, wie der Kardinal hinter die Tribüne geführt wurde. Ich bin ihnen gefolgt und habe mich seitwärts hinter die Tribüne gestellt. Bis zuletzt habe ich gehofft, der Kardinal ist nur da, um diesen Teufeln ins Gewissen zu reden. Aber nein, er hat die Kirche verraten! Da wusste ich – Gott hat mich an diesen Platz geführt, um diesen gotteslästerlichen Mann in seinem Namen zu richten."

Nolens wirkte nun ganz ruhig und schien bei diesem Geständnis im Reinen mit sich selbst zu sein. Von Reue keine Spur. Stoecker konnte zufrieden sein. Ein schnelles doppeltes Geständnis. Jetzt musste er nur noch den Polizeipräsidenten von seinem Ermittlungserfolg unterrichten. Er war so müde.

14

Sonnenlicht flutete durch die hohen Fenster in die Besucher-Lounge der Privatklinik Sanamelia am Rande der Stadt. Vor hellen Wänden arrangierten sich in dezentem Anthrazit gehaltene Sessel mit Lehnen aus Eibenholz um stylische kleine schwarze Lack-Tische in Nierenform. Pflanzenkübel mit Blumen und kleinen Bäumen sorgten für ein lebensbejahendes Ambiente.

Seit gut einer Stunde warteten in diesem Wohlfühl-Bereich der Klinik Robin Leitner, Bernd Winterer und Kathie auf Nachrichten des Arztes. Der freundlichen Empfangsdame an der Rezeption hatten sie schon eine kleine Entwarnung – natürlich unter Vorbehalt – entlocken können. Es bestand wohl keine Lebensgefahr für Stefan. Sie waren erleichtert gewesen. Doch in ihren Gesichtern war die Erschöpfung zu lesen nach diesen turbulenten Ereignissen, die ihr Leben so verändert hatten.

„Ich kann es nicht fassen!" Leitner schüttelte seinen Kopf in leisen Bewegungen, und seine Hände suchten Halt an den Armlehnen, „was ist denn in den Küster gefahren! Einfach auf Stefan einzustechen! Er war doch immer so loyal, hat seinen Dienst in der Kirche völlig zuverlässig getan, war immer freundlich. Ich begreife es einfach nicht."

„Du müsstest es als Psychologe am besten wissen", sagte Winterer, „in den harmlosesten Menschen stecken tiefe Abgründe."

„Du hast Recht", gab Leitner zu, „aber ich habe bei Nolens diese Abgründe nie wahrgenommen. Gut, er war schon sehr konservativ in Kirchenangelegenheiten und nicht gerade begeistert, wenn wir Neuerungen im Gemeindeleben und im Gottesdienst diskutiert und eingeführt haben. Aber deswegen bringt man doch keinen Menschen um - oder versucht es."

Leitner schüttete sich noch Wasser aus der bereitstehenden Karaffe in sein Glas und nahm einen kräftigen Schluck. Es legte sich wieder eine gedankenvolle Stille über die Wartenden. Kathie tupfte Tränen in ihren Augen mit einer Serviette weg.

„Danke", sagte Kathie leise, „danke, dass ich mit euch fahren konnte."

„Du hast dich ja nicht von ihm trennen lassen", sagte Leitner ernst, „ihr kennt euch wohl sehr gut, nehme ich an."

„Ja, und eigentlich nein", sagte Kathie, „ich habe ihn am Samstagabend zufällig getroffen, wir haben einen Absacker in meiner Lieblingskneipe getrunken, und dann habe ich ihm angeboten, bei mir zu übernachten, weil er so verzweifelt war."

„Und du hast dir nichts dabei gedacht, einen Erzbischof bei dir übernachten zu lassen?", fragte Winterer ungläubig.

„Das wusste ich ja gar nicht", sagte Kathie fast empört, „ich habe keine Ahnung, wer irgendwer wo Erzbischof ist. Und das ist mir, ehrlich gesagt, auch ziemlich egal."

Winterer seufzte. Kirche war kurz davor, eine Randerscheinung gesellschaftlichen Lebens zu werden. Und die meisten jungen Leute lasen weder Zeitung noch nahmen sie online Kirchennews wahr.

„Aber es gibt einen anderen Grund, warum ich unbedingt hierher mitkommen wollte", fuhr Kathie fort.

Alle Augen richteten sich auf die junge Frau, die ihren Blicken tapfer standhielt.

„Stefan könnte mein Vater sein."

Ihr Bekenntnis traf Leitner und Winterer wie ein Blitzschlag.

„Wie kommst du darauf?", fragte Leitner bemüht ruhig.

„Stefan hat mir gestern Nacht seine Lebensgeschichte erzählt. Er war Starfighter-Pilot, ist mit seiner Maschine abgestürzt und hat sich mit dem Schleudersitz gerettet. Die Maschine stürzte auf ein Bauernhaus und hat eine ganze Familie ausgelöscht. Und mein Vater, den ich nie kennengelernt habe, war auch Militärangehöriger." Kathie senkte den Blick. „Hat er zumindest behauptet."

Verblüfft schauten Leitner und Winterer auf Kathie.

„Das klingt schon ein bisschen abenteuerlich …", sagte schließlich Winterer mit einem hohen Maß an Skepsis in der Stimme.

„Ich weiß es ja auch nicht", gab Kathie kleinlaut zu, „ich habe meinen Vater nie kennengelernt. Er ist einfach abgehauen und hat meine Mutter mit mir schwanger sitzenlassen. Vielleicht sollte ich ihn auch besser nicht kennenlernen. Aber ich muss unbedingt mit Stefan sprechen, um das zu klären." Ihre Augen füllten sich mit Tränen. „Ich … ich fühle mich ihm so nahe."

Winterer und Leitner versuchten das Gehörte zu verarbeiten.

„Darf ich kurz stören", hörten sie eine Stimme am Eingang zur Klinik-Lounge. Ein Arzt in weißem Kittel über auffällig roten Jeans strahlte sie an.

„Herr Riemstedt hat enorm Glück gehabt. Der Messerstich hat sein Herz verfehlt. Es ist eine tiefe, aber nicht gefährliche Fleischwunde, bei der er allerdings viel Blut verloren hat. Wir würden ihn deshalb noch gerne zwei Tage bei uns behalten."

„Können wir zu ihm?", fragte Kathie schnell.

„Er schläft jetzt noch etwas, wir mussten ihn sedieren. Wenn Sie wollen, können Sie hier auch gerne noch warten, bis er aufwacht."

„Danke, Herr Kollege", sagte Leitner, „wir nehmen das Angebot gerne an. Und bitte, wie schon besprochen, äußerste Geheimhaltung."

„Dafür gebe ich Ihnen mein Wort", sagte der Arzt ernst, „Diskretion ist in dieser Klinik ein Markenzeichen. Wir haben genug Prominente hier, die keine Öffentlichkeit wollen."

Der Arzt drehte sich um und verließ federnden Schrittes den exklusiven Gästebereich.

Leitner blickte in die Runde und sah die Erleichterung in den Gesichtern.

„Das sind wirklich gute Nachrichten", fasste er die allgemeine Stimmung zusammen. Bevor er weiterreden konnte, ergriff Kathie das Wort.

„Ich möchte unbedingt als erste mit Stefan sprechen. Ich möchte wissen, ob er mein Vater ist oder nicht."

„Vielleicht ist das ein bisschen zu plötzlich für ihn", entgegnete Leitner behutsam, „immerhin muss er gerade ein Attentat verarbeiten, das für ihn beinahe tödlich geendet hätte."

Kathie fiel es schwer, ihren drängensten Wunsch zurückzuhalten. Doch sie wusste, dass der Psychologe recht hatte, und nickte stumm.

„Ich möchte einen Vorschlag machen", sagte Winterer und blickte ernst in die Runde, „wir sollten Stefan so schnell wie möglich an einen sicheren Ort bringen, wo er sich ungestört erholen kann. Freunde von mir besitzen ein Haus in den Bergen. Ich werde sie fragen, ob wir Stefan dort für einige Wochen unterbringen können. Das gibt ihm Zeit, sich zu erholen und sich Gedanken zu machen, wie es mit ihm weitergehen soll. Wir müssen ihn natürlich fragen, ob das in seinem Sinne ist, aber was haltet ihr davon?"

„Gute Idee!", rief Kathie mit Verve, „und ich könnte ihn begleiten und für ihn sorgen. Ist ja für mich als Studentin kein Problem. Er braucht doch auch jemanden, der für ihn einkaufen geht und dafür sorgt, dass ihn niemand erkennt."

„Gut. Dann fragen wir Stefan, was er davon hält, sobald er wieder aufnahmefähig ist und ihr beide euch ausgesprochen habt. Wie siehst du es, Bernd?", fragte Leitner.

Winterer überlegte kurz.

„Ich glaube, dass dies die beste Lösung wäre. Ich schlage vor, dass du, Robin, mit Kathie hier wartest. Ich werde jetzt wieder in die Stadt fahren und schauen, wie es unseren Leuten geht. Vor uns liegt sehr viel Arbeit. Revelatio hat ja erst begonnen, und der schwierige Teil liegt noch vor uns – wir wissen nicht, wie die Kirche und Rom auf unsere Revelatio-Bewegung reagiert. Und alle, die sich jetzt geoutet haben, brauchen viel Unterstützung in ihrem Alltag – psychologisch und ganz pragmatisch. Ganz abgesehen davon, dass wir jetzt offensiv Öffentlichkeitsarbeit betreiben müssen, damit die Bewegung nicht nur die Schlagzeile eines Tages bleibt. Stimmst du mir zu, Robin?"

Leitner nickte. „Ja, das ist ein guter Plan. Aber was ist mit der Polizei? Sie wird diesen Mordanschlag untersuchen und mit Stefan sprechen wollen."

„Da finden wir eine Lösung!", erwiderte Winterer, „sie brauchen ja nicht genau wissen, wie es aktuell um seinen gesundheitlichen Zustand steht. Ich werde das mit der Polizei regeln. Fürs Erste ist er schlicht und ergreifend nicht vernehmungsfähig."

„In Ordnung", stimmte Leitner zu, „Kathie und ich warten hier, bis Stefan aufwacht. Und dann checke ich mit dem Arzt seinen Zustand und kläre, ob Kathie mit ihm sprechen kann."

Winterer erhob sich, umarmte Leitner und legte Kathie beruhigend seine Hand auf ihre Schulter. Dann eilte er zur Rezeption, um sich ein Taxi rufen zu lassen.

Kathie stand auf und ging zu einem der tiefen Fenster. Regungslos schaute sie in den gepflegten Klinikgarten mit einem Tümpel, über dem eine Trauerweide ihre langen, dünnen Arme herabhängen ließ. Schließlich setzte sie sich quer auf die mit Sitzkissen ausgepolsterten Fensterbank und verlor sich in ihren Erinnerungen an die letzten Tage. Ob Stefan wohl wirklich ihr Vater war? Hatte ihre Mutter ihr die Wahrheit gesagt? Leitner nahm sich eine der Zeitschriften in die Hand und versuchte sich abzulenken, was ihm nicht gelang.

15

Carsten lümmelte auf seinem Krankenhausbett, den Rücken an ein großes Kopfkissen angelehnt, und daddelte mit Kopfhörern im Ohr auf seinem Handy herum. Es ging ihm schon bedeutend besser – und er hatte angefangen, sich sauwohl als Patient zu fühlen, betüddelt vom Krankenhauspersonal, vor allem von Schwester Angelina.

Nicht ohne Hintergedanken hatte er sich dafür entschieden, seinen Eltern von dem nächtlichen Überfall zu erzählen. Er hatte es genossen, wie seine ach so sozial und multikulturell eingestellten Eltern mit Entsetzen auf seine Nachricht reagiert hatten, dass ihr geliebter Sohn von einem aggressiven Junkie überfallen und brutal zusammengeschlagen worden ist. Ein herber Schlag gegen ihre Weltanschauung war das für sie gewesen – sie hatten vor lauter Entsetzen, dass ihrem Sohn so etwas Schlimmes widerfahren war, sogar von „asozialem Gesindel" gesprochen. Carsten grinste in sich hinein. Deutschland würde in absehbarer Zeit von diesem asozialen Gesindel befreit werden, aber sicher nicht im Sinne seiner Eltern mit Samthandschuhen und gutem Zureden. Und wie erwartet hatte sein Vater sofort dafür gesorgt, dass er in einem Einzelzimmer als Privatpatient ein gutes Leben führte - finanziert natürlich von Daddy.

Natürlich hatte er auch ihnen nur die halbe Wahrheit erzählt. Und sie gebeten, Kathie nichts zu sagen. Blieb nur zu hoffen, dass seine ach so Gut-Mensch-Kathie nicht wagte, irgendetwas von dem Zwischenfall zu erzählen. Dann würde es extrem kompliziert. Aber da war er zuversichtlich. Letztendlich hatte er die eindeutig besseren Karten. Ihr Sugar-Daddy hatte ihn zusammengeschlagen, und sie hat ihn verletzt liegenlassen.

Er schaute hoch zum Fernsehen, angelte nach der Fernbedingung auf seinem kleinen Tischchen neben dem Bett und schaltete ihn ein. Seine Augen weiteten sich. Im Privatfernsehen wurde groß über das Messerattentat auf irgendeinen hohen katholischen Geistlichen während einer Kundgebung berichtet. Es wurde ein großes Bild des Opfers eingeblendet – und Carsten erkannte den Mann, der ihn zusammengeschlagen hatte. Nahe genug war er ihm ja gekommen. Und dann sah er, wie Kathie auf die Bühne stürzte und offenbar voller Sorge neben dem Mann niederkniete. Dann hatten sich Menschen vor das Bild geschoben und ein Reporter berichtete live vom Marktplatz über die aktuellen Entwicklungen.

Sein Handy klingelte. Schon wieder versuchte Gerold ihn anzurufen. Er hatte einfach keinen Bock auf diesen versoffenen Nazi-Proleten und seine „Schwarze-Sonne-Koalition". Und schon gar nicht wollte er ihm erzählen, dass er Opfer eines Überfalls geworden war. Auf so dumme Kommentare wie „Du Pussy lässt dich schlagen?" konnte er gut verzichten. Wahrscheinlich wollte Gerold ihn daran erinnern, dass sie am kommenden Wochenende die braune Welle auf die Straße bringen wollten. Doch auf solche Schläger-Demos hatte er keine Lust mehr. Da gehörte er nicht hin, fand er, die machten ihn nur aggressiv.

Das war ihm in den letzten anderthalb Tagen im Krankenhaus klar geworden. Immer attraktiver fand er den Gedanken, schnell und top sein Jurastudium zu Ende zu bringen, als Anwalt für die Deutsch-Nationalen richtig viel Geld zu verdienen, ohne deswegen den Staub der Straße in die Nase zu bekommen. Dann lieber eine Prise des weißen Goldes durch die Nase ziehen.

Das Handyklingeln hörte auf. Erleichtert drehte er sich zu seinem Nachttisch neben seinem Bett und nahm einen Schluck von dem 100-Prozent-Bio-Fairtrade-Smoothie, den seine

Mutter ihm vor zwei Stunden mitgebracht hatte. Er fasste sich in die Jogging-Hose und fühlte das beruhigende Knistern einer Zigarettenschachtel. Die hatte er heimlich von der schönen Schwester Angelina zugesteckt bekommen, mit der er gestern Abend während ihrer Spätschicht kleine ‚Intimitäten' ausgetauscht hatte. Sie schien ihm gewogen.

Ein warmes Glücksgefühl durchströmte ihn. Da war mehr als nur die Vorfreude auf eine erotische Nacht nach seiner Entlassung, stellte er fest. Diese voll pragmatische junge Krankenschwester hatte etwas, das ihn regelrecht aus der Fassung brachte. Und das war ihm erstaunlicherweise nicht einmal unangenehm. Sie ist anders als Kathie, dachte er. Direkt, sinnlich und nicht so fucking grundsätzlich. Warum hatte er überhaupt diese Bitch anfassen wollen? Wahrscheinlich nervte sie ihn einfach, und er war besoffen. Passiert mir nicht wieder, dachte er.

Schon wieder klingelte sein Telefon – und er war kurz überrascht, als er auf das Display schaute. Gedankenübertragung, dachte er, und nahm das Gespräch an.

„Hallo Kathie", feixte er, „das ist aber eine Überraschung! Ich dachte, du besorgst es gerade deinem armen alten Priesterfreund."

Er hörte, wie Kathie am anderen Ende der Leitung nach Luft schnappte.

„Der Carsten mal wieder in Hochform mit seinen altbackenen erotischen Fantasien", konterte sie, „da freue ich mich aber, dass es dir offenbar wieder recht gut geht."

„Ich bin eben hart wie Kruppstahl", erwiderte Carsten im Überlegenheitsmodus, „da hätte dein Priesterfreund ein bisschen mehr draufhaben müssen."

„Wie kommst du darauf, dass du von ‚meinem Priesterfreund' zusammengeschlagen worden bist."

„Woher weißt du, dass ich zusammengeschlagen worden bin", konterte Carsten und hörte, wie Kathie tief durchatmete. „Aber ich beantworte dir mit Vergnügen deine Frage. Ich habe gerade deinen Priesterfreund im Fernsehen gesehen, wie er mit einem Messer attackiert worden ist, und du warst gleich bei ihm, so richtig besorgt."

„Alles klar", sagte Kathie jetzt ganz ruhig, „Carsten, es ist anders, als du denkst. Dieser Mann, den du meinen Priesterfreund nennst, ist möglicherweise mein Vater."

Carsten pfiff durch die Zähne. „Wow, das ist jetzt aber mal eine Nachricht. Ein Bischof ist dein Vater."

„Könnte sein", sagte Kathie, „ob er Bischof ist oder nicht, ist mir total egal."

„Und was willst du von mir", lauerte Carsten.

„Ich bitte dich, keine Anzeige gegen ihn zu erstatten, Carsten", sagte Kathie bestimmt.

Carsten schwieg und überlegte seine Optionen. Eigentlich wollte er ja aus eigenem Interesse diese Geschichte nicht öffentlich machen.

Aber Kathie ein bisschen zappeln zu lassen, war auch nicht schlecht. Und vielleicht konnte er ja auch etwas herausschlagen.

„Weißt du, was du da von mir verlangst", rief er scheinbar empört, „dieser Mann hätte mich fast umgebracht. Einfach so, weil es ihm wohl Spaß gemacht hat. Meine Kopfverletzung kann sogar Spätfolgen haben. Und ich brauche meinen Kopf für das Studium und die Zeit danach."

„Das verstehe ich ja, Carsten", sagte Kathie und bemühte sich, einfühlsam zu klingen, „das ist ja alles eine ganz große Scheiße. Aber mehr als ein Schmerzensgeld kriegst du nicht raus, und Stefan hat den viel größeren Schaden. Also wenn es um ein kleines Schmerzensgeld geht, vielleicht kann ich da was machen. Aber nur unter der Hand."

„Hm, 20.000 wäre eine Verhandlungsbasis", provozierte Carsten.

„Du bist ja wahnsinnig!", explodierte Kathie, und dann schleuderte sie ihm entgegen: „Dann musst du eben klagen! Aber in diesem Falle musst du auch hinnehmen, dass ich dich wegen versuchter Vergewaltigung anzeige. Kein guter Leumund für einen zukünftigen Juristen."

‚Touché', dachte Carsten. Damit hatte sie einen wichtigen Punkt. In diesem Moment klopfte es und Schwester Angelina kam mit dem Blutdruckgerät in der Hand ins Zimmer. Carsten winkte ihr zu bleiben.

„Pass auf, Kathie", sagte er schnell, „wir vergessen das Ganze, ok? So hat keiner von uns ein Problem. Und jetzt muss ich auflegen, Chefvisite."

Und bevor Kathie etwas erwidern konnte, beendete er das Gespräch und strahlte Angelina an. Sie setzte sich auf sein Bett und strich ihm sanft über seinen Arm. Ein Schauer durchlief seinen Körper.

„Wenn ich hoffentlich übermorgen raus bin", gurrte er, „müssen wir uns unbedingt wiedersehen. Ich lade dich in ein Sternerestaurant ein, versprochen! Wir machen uns einen richtig schönen Abend."

„Ganz bestimmt", sagte Angelina ungerührt, „aber jetzt erst einmal Blutdruck messen. Könnte es sein, dass er gerade viel zu hoch ist?"

Carsten nickte verklärt. Die Zukunft gehörte ihm. Glaubte er.

16

Schweißgebadet stellt Legemann das Mietfahrrad vor dem eleganten Eingangsportal der Privatklinik ab. In seiner Eile hätte er fast vergessen sich abzumelden. Unterwegs hatte er mit seinem Chefredakteur telefoniert und ihm mitgeteilt, dass er auf dem Weg zur Klinik wäre, wo der Kardinal hingebracht worden ist. Große Freude beim Chefredakteur, die jedoch schnell abkühlte, als er ihm klar gemacht hatte, dass er diese Story alleine machen und nicht verraten würde, welche Klinik er jetzt ansteuern würde. Mit dem Hinweis, dass er keine Zeit verlieren durfte, hatte er einfach aufgelegt, bevor der Chefredakteur zudringlich werden konnte

Legemann wischte sich den Schweiß von der Stirn, zog vergeblich seine Leinen-Hose glatt und betrat das Foyer der Klinik. Das ganze Ambiente war licht, freundlich und mit deutlich mediterraner Note durchgestylt. Am sanft geschwungenen Empfangstheke mit frischen Sommerblumen lächelte ihn eine dezent geschminkte Frau im Businessdress an.

„Einen schönen guten Tag", zwitscherte sie, „was kann ich für Sie tun?"

„Ich bin ein guter Freund von Stefan Riemstedt", erklärte er mit seinem besten gewinnenden Lächeln, „mir wurde gesagt, dass ich ihn hier finden würde. Ehrlich, ich mache mir große Sorgen um ihn."

„Mir ist nicht bekannt, dass ein Herr Riemstedt bei uns ist", entgegnete die Empfangsdame mit einem unbeirrbar freundlichen Lächeln, „setzen Sie sich doch bitte hinten links in unseren Empfangsraum. Dort finden Sie auch kleine Erfrischungen. Ich frage gerne nach, ob sich ein Herr Riemstedt angemeldet hat. Und – bitte, wie ist Ihr Name?"

Legemann musste zugeben, dass die Klinik eindeutig best-geschultes Personal am Start hatte. Er entschied sich, alles auf eine Karte zu setzen.

„Mein Name ist Legemann, Björn Legemann. Herr Riemstedt kennt mich, und wird sicher gerne mit mir sprechen, wenn es ihm überhaupt möglich ist."

Die Empfangsdame wartete, bis er im Besucherraum Platz genommen hatte, und hob dann ganz traditionell einen Tele-fonhörer auf. Er konnte nicht verstehen, was sie sagte, aber es war ein kurzes Gespräch. Danach setzte sie sich an ihren Com-puter hinter der Theke und schien zu arbeiten.

Legemann konnte die Spannung kaum aushalten, aber es blieb ihm nichts übrig als zu warten. Mehrere Erfrischungsgetränke standen auf dem Tischchen, und er gönnte sich einen Schluck Cola direkt aus der Flasche. Das Koffein und der Zucker waren ein Labsal nach dieser kalorienintensiven Fahrradtour, die sei-nem sportentwöhnten Körper einiges abverlangt hatte.

Er nutzte die Zeit, um auf seinem Handy die aktuellen Nach-richten abzurufen. Die Blitzmeldung, dass der Täter der Küster gewesen ist, war ein voller Erfolg – sowohl wegen der Klickzah-len, wie auch durch die Übernahme durch Agenturen und Medi-en. Mittlerweile hatte auch die Polizei in einer kurzen Pressemit-teilung herausgegeben, dass der Küster geständig war. Morgen würde es Einzelheiten in einer Pressekonferenz geben.

Von der Kirche gab es nur ein dürres Statement des Bedau-erns, dass der Kardinal Opfer eines Attentats geworden ist, verbunden mit Genesungswünschen. Typisch Kirche, dach-te Stegemann, die haben eine lange Tradition, unangenehme Ereignisse auszusitzen. Es war, als würden ihre Epigonen mit Ölmänteln herumlaufen, an denen alles abperlte, was nicht in ihr Weltbild passte.

Die Revelatio-Demonstranten standen noch immer auf dem Marktplatz und beteten zwischen ihren Protestschildern für den Kardinal. Unter ihnen jede Menge Journalisten, denen sie bereitwillig ihre Geschichte erzählten. Doch die entscheidenden News würden von ihm kommen, freute sich Legemann und öffnete eine zweite Flasche Cola.

17

Kathie stand mit Herzklopfen vor der Tür ins Krankenzimmer Nummer 18. Das Namensschildchen war leer. Hinter ihr lag eine quälende Zeit des Wartens, bis Leitner zu Stefan gerufen wurde. Wenig später war die Rezeptionistin zu ihr gekommen und hatte ihr die erlösende Nachricht überbracht, dass Stefan sie jetzt sprechen wolle. Entschlossen drückte sie die Türklinke runter und betrat ein geräumiges, helles Zimmer mit farbenfrohen Bildern an der Wand. Stefan lag halb aufgerichtet und bleich in seinem Krankenbett, an seiner Hand klebte ein Infusionsschlauch, der Monitor über ihm blinkte, und er lächelte matt. Leitner stand neben ihm und lud Kathie mit einer Handbewegung ein, sich auf den Stuhl neben Stefan zu setzen.

„Hallo Stefan", sagte Kathie leise, ging zum Stuhl und setzte sich. Stefans Blick fühlte sich für sie an wie eine Umarmung. Vorsichtig strich sie über seine Hand.

„Wie geht es dir?" Kathie war bemüht, ihn nicht mit ihren drängenden Fragen zu überfallen.

„Gut soweit." Stefans Stimme war etwas kratzig und sehr leise.

„Ich bin so froh, dass du lebst!" Kathie konnte mit Mühe verhindern, dass sie in Tränen ausbrach.

„Ja, so hat es Gott gewollt", erwiderte Stefan, und es schien, als würde er es als Bürde empfinden.

Robin drückte Stefan sanft seine Hand auf den Arm.

„Stefan, bitte überanstrenge dich nicht. Der Arzt hat gesagt, du brauchst viel Ruhe."

„Das sagen sie immer", scherzte Stefan bemüht und wandte sich an Kathie. „Aber wir beide brauchen noch ein wenig Zeit.

Kathie, ich freue mich sehr, dich zu sehen. Robin sagte, du hättest eine Frage an mich."

Kathie wurde fast schwindlig. Bald würde sie die ganze Wahrheit erfahren. Sie holte tief Luft und schloss kurz die Augen.

„Stefan, du hast mir erzählt, dass du beim Militär warst. Bist du vor deinem Flugzeugabsturz einmal auf einer Flugschau gewesen und hast eine Frau kennengelernt, mit der du einen sehr schönen Tag am See verbracht hast?"

Stefan schaute sie mit warmen Augen an und schüttelte langsam den Kopf.

„Nein, Kathie, leider nicht. Ich hatte zwar Frauenbekanntschaften. Aber war nie bei einer Flugschau. Warum fragst du?"

Kathie konnte nicht antworten. Zu tief war ihre Enttäuschung, dass Stefan nicht ihr Vater war. Und doch liebte sie ihn. Stumm saß sie da, Tränen rollten ihr über das Gesicht.

„Kathie, bitte sage mir, was los ist", fragte sie Stefan ernst, „es ist wichtig, ehrlich zu sich selbst und den anderen zu sein. Ich weiß es selbst nur zu gut."

Kathie wischte sich die Tränen aus dem Gesicht. Stefan hatte recht.

„Ich hatte gehofft, du wärst mein Vater. Ich habe mich immer gefragt, wie er wohl sein würde. Meine Mutter hat ein Geheimnis aus ihm gemacht. Und gestern erst hat sie mir erzählt, dass er beim Militär war, sie ihn auf einer Flugschau kennengelernt hat, sie von ihm schwanger geworden war, aber er ist abgehauen auf nimmer wiedersehen."

„Diese Sehnsucht kann ich gut verstehen. Aber ehrlich Kathie, wäre ich für dich ein so toller Vater, wenn ich mit deiner Mutter eine Affäre gehabt hätte und sie dann hätte schwanger sitzengelassen?"

Kathie schaute ihn an und schüttelte leise den Kopf.

„Aber ich liebe dich!", brach es aus ihr heraus.

Stefan schloss die Augen und atmete tief ein und aus. Dann schaute er sie mit großer Zuneigung an.

„Kathie, ich habe dich auch sehr, sehr gern. Aber du bist noch sehr jung. Und ich bin schon Ende Fünfzig. Für mich kommt keine intime Beziehung mit einer so jungen Frau in Frage. Aber ich würde Dir sehr gern ein guter Freund sein. Ja, das würde mich sehr glücklich machen."

Kathie brauchte Zeit, seine Worte in sich aufzunehmen und zu verstehen. Wie sehr hatte sie gehofft, er würde zu ihr gehören, untrennbar. In diesem Moment summte das Tischtelefon neben dem Krankenbett. Leitner nahm den Anruf entgegen und erstarrte. Dann legte er auf und schaute ernst in die Runde.

„Legemann, der Journalist ist unten in der Rezeption. Er möchte dich sprechen, Stefan. Weiß der Teufel, wieso er weiß, dass du hier liegst."

Stefan schaute aus dem Fenster. Dann wandte er sich zu Kathie und Robin. In seinem Gesicht tanzte ein verschmitztes Lächeln.

„Ich habe da so eine Idee."

18

„Herr Legemann", meldete sich die Empfangsdame. Er hatte sie nicht kommen hören. „Bitte folgen Sie mir." Endlich, dachte Legemann, er hatte mordsmäßig Hunger. Und der Druck, exklusiv seine Nachricht rauszuhauen, war ins Unerträgliche gewachsen.

Sie führte ihn zu einem Aufzug und bat ihn, in den dritten Stock zu fahren. Als er oben ankam, nahm ihn eine junge Frau in Empfang. Es dauerte nur eine Sekunde, bis er wusste, wer sie war – es war die Frau, die ihn vor der Tribüne zur Seite gestoßen hatte und auf die Bühne zum Kardinal gesprungen war. Sie sah völlig erschöpft, aber gefasst aus.

„Guten Tag, Herr Legemann", sagte sie, „ich bringe Sie jetzt zu Kardinal Riemstedt."

Legemann starrte sie an, während er versuchte zu verstehen. Da hatte sich die junge Frau schon umgedreht, und er folgte ihr, während seine Gedanken Achterbahn fuhren.

Als er ins Krankenzimmer trat, sah er Riemstedt liegen, noch x-fach verkabelt mit Monitoren und einer Infusion an der Hand. Neben ihm stand Robin Leitner. Seinen kritischen Blick ließ Legemann an sich abperlen. Riemstedt lächelte ihn müde an, während sich die junge Frau neben ihm auf das Bett setzte und liebevoll seine Hand nahm.

„Hallo Legemann", sagte er, „in letzter Zeit konnte ich nicht ans Telefon gehen, aber jetzt sehen wir uns ja live und in Farbe."

„Hallo Herr Kardinal ...", begann Legemann und wurde direkt unterbrochen.

„Nein, ich bin nicht mehr Kardinal, noch Erzbischof", korrigierte ihn Riemstedt, „das war einmal. Also – Riemstedt reicht."

„Äh, ja, also, danke Herr Riemstedt, dass Sie mich empfangen. Wie geht es Ihnen?"

„Danke, es ist gottseidank keine lebensbedrohliche Verletzung. Ich habe Glück gehabt", erwiderte Riemstedt und schaute ihn prüfend an.

„Das freut mich, ehrlich", sagte Legemann, und da brach auch schon der Journalist in ihm durch und er deutete auf die junge Frau, „und wer ist sie?"

„Eine gute Freundin", sagte Riemstedt und schaute Kathie liebevoll an, „leider nicht meine Tochter. Aber ich verdanke ihr viel."

Legemann sah schon die ersten Schlagzeilen vor Augen. „Ihre Geliebte?"

„Nein, wirklich eine gute Freundin, eine mutige und großartige junge Frau. Ich glaube, Sie sind sicher neugierig, Herr Legemann, was in den letzten drei Tagen so alles passiert ist, oder?" erwiderte Riemstedt gefasst.

Legemann war völlig verblüfft und suchte nach Worten. So ein Gesprächsangebot gab es selten ohne aufwendiges Nachbohren.

„Das freut mich, wirklich, das ist einfach großartig, dass Sie mir Ihre Geschichte erzählen wollen."

Legemann konnte nicht glauben, dass er sich wie ein kleiner Junge aufführte, der vom großen Papa auserwählt wurde, mit ihm nach New York zu fliegen.

„Legemann, ich will es kurz machen", sagte Riemstedt freundlich, aber bestimmt, „ich erzähle Ihnen meine Geschichte nur unter der Bedingung, dass Sie mich danach nie mehr kontaktieren. Dies ist mein letztes und einziges Interview – dann möchte ich in Ruhe gelassen werden. Sie müssen Ihr Einverständnis hier und jetzt schriftlich erklären. Kathie nimmt danach das Gespräch mit ihrem Handy auf und wird es Ihnen direkt im Anschluss an das Interview auf Ihr Handy weiterleiten. Sie können die Nummer gleich vergessen, wenn Sie die Datei heruntergeladen haben. Es ist ein Prepaid-Handy. Sind Sie damit einverstanden?"

Legemann passte es überhaupt nicht, dass er nicht selbst das Interview aufzeichnen durfte – aber was blieb ihm anderes übrig, als zuzustimmen. Hier wartete auf ihn eine Sensation, die Top-Story seines Lebens.

„Einverstanden, Herr Kar …, Herr Riemstedt. Das ist fair!"

„Gut", schaltete sich Robin Leitner ein, „zwanzig Minuten, nicht länger. Riemstedt ist es sowieso viel zu viel. Aber wo Sie jetzt schon hier sind, ist das wohl auch für ihn der beste Weg, den Druck der Presseleute abzufangen. Sie müssen auch vor Beginn des Gesprächs schriftlich versichern, dass Sie den Aufenthaltsort von Stefan Riemstedt in der Klinik nicht verraten. Andernfalls kriegen Sie richtig Ärger! Wir haben gute Anwälte in der Hinterhand, ist das klar?"

Legemann musste zugeben, dass dies hier eine gut überlegte Aktion war. Es war ja auch in seinem eigenen Interesse, dass seine Kollegen nicht an den Kardinal rankommen würden – so hatte er alles exklusiv. Und er wusste, dass es sich presserechtlich selbst an den Strick liefern würde, wenn er sich über diese Vereinbarung hinwegsetzen würde.

„Auch damit bin ich einverstanden", erwiderte er.

Kathie führte ihn an den Besuchertisch am Fenster, auf dem schon ein Blatt Papier mit einem Kugelschreiber lag. Unter ihren strengen Augen setzte er seine Einverständniserklärung auf und unterschrieb. Dann erst aktivierte sie ihr Handy, um das Interview aufzuzeichnen.

Nur wenige Nachfragen waren nötig, denn Riemstedt erzählte konzentriert von seinem Unglück als Starfighter-Pilot und dass er danach seinen Dienst quittiert hatte, weil er in eine tiefe seelische Krise gestürzt war.

Legemann lernte den ehemaligen Kardinal völlig neu kennen, als er von seiner Berufung zum Priester erzählte, seiner sehr schnellen Karriere hoch ins Bischofsamt und die ungewöhnlich frühe Ernennung zum Kardinal wegen seines engagierten und mutigen Eintretens für verfolgte Christen. Da war er gerade 50 Jahre alt geworden. Riemstedt fasste auch knapp und nüchtern seine Gründe zusammen, warum er seine Ämter bei der Kirche niedergelegt hat. Über die junge Frau aber ließ er sich kein Wort entlocken.

Leitner klopfte unübersehbar auf seine Armbanduhr und gab unmissverständlich zu verstehen, dass Kathie gleich die Aufnahme stoppen würde.

Legemann bat noch um eine allerletzte Frage, die ihm gestattet wurde.

„Riemstedt, ich muss sagen, Ihre Geschichte ist wirklich beeindruckend. Aber gerne würde ich eines wissen: als Sie vorgestern, also am Samstagabend, nachdem Sie das Video abgedreht hatten, in die Stadt gegangen und untergetaucht sind. Wussten Sie, wie es für Sie weitergehen würde?"

Riemstedt wirkte mittlerweile sehr erschöpft, aber ein leises Lächeln spielte um seine Lippen.

„Gute Frage, Legemann", erwiderte er, „ich wusste nicht, wo die Reise hingehen würde. Ich bin einfach losgegangen, wollte raus aus meinem Leben als Amtsträger der Kirche. Ich habe mich treibenlassen und genoss diese neue Freiheit. Aber sie machte mir auch Angst, denn plötzlich war ich ein Nichts, ohne jeglichen Halt. Es plagten mich Schuldgefühle, denn ich war dabei, meine Bischofsgelübde zu brechen. Ich wusste nicht mehr, an was ich glaube. In mir tobten Gefühle, die ich von mir nicht kannte."

„Welche Gefühle?", hakte Legemann sofort nach, seinem journalistischen Instinkt folgend.

Riemstedt machte eine kurze Pause und schien nachzudenken, dann fuhr er fort:

„Ich fühlte viel Wut, weil ich mich permanent untergeordnet habe, keine Freiräume hatte, selbst im Urlaub war ich in der Priesterrolle. Wir Geistliche stehen permanent unter Beobachtung, durch die Menschen, mit denen wir es zu tun haben, oder durch die internalisierten Kirchengebote. Wir stehen unter einem Kontrollzwang, der mir alle Lebensfreude nach und nach aus der Seele gesaugt hat. Und wir sind sehr allein. Die Begegnung mit Robin Leitner und Bernd Winterer und ihre Bewegung Revelatio haben mir die Kraft gegeben, eine Entscheidung zu treffen."

„Stefan", unterbrach ihn die junge Frau, „jetzt ist genug." Und sie beendete kompromisslos die Aufnahme.

Legemann wusste, dass er keinen weiteren Spielraum für Fragen hatte. Die junge Frau war schon dabei, die Aufnahme zu speichern, um sie gleich an ihn weiterzusenden.

Legemann ging zu Riemstedt und blieb vor ihm stehen.

„Ich danke Ihnen sehr für Ihr Vertrauen und wünsche Ihnen alles Gute für Ihre Zukunft. Wird sicher nicht leicht, aber ich habe den Eindruck, Sie kriegen das hin. Sie sind ja nicht mehr allein."

„Danke, Legemann", erwiderte Riemstedt, und schüttelte langsam die Hand des Journalisten, „und vergessen Sie nicht, Sie sind als Journalist Anwalt der Wahrheit."

Legemann musste jetzt doch grinsen. Ohne ein bisschen Moral ging es auch nicht bei einem geläuterten Kardinal.

Er verabschiedete sich schnell, nachdem er den übertragenen Audiotake des Interviews in seiner privaten Cloud gespeichert und die Handynummer der jungen Frau gelöscht hatte.

Es wurde ihm noch erlaubt, ein Foto vom Kardinal zu machen, aber nicht von der jungen Frau.

Als er die Klinik verließ, schaute er noch einmal nach oben. Und ihm wurde auf einmal schmerzlich bewusst, dass jetzt er es war, der sehr allein war.

EIN JAHR SPÄTER ...

Es war wieder ein sehr heißer Sommertag. Zwei junge Männer in T-Shirt und Shorts radelten an ihm vorbei Richtung Universitätsgebäude. Stefan grüßte sie mit einem kurzen, zackigen Nicken und ging weiter den geschwungenen pastellfarbenen Steinweg zwischen akkurat geschnittenen Rasenflächen entlang. Im Schatten eines Baumes am Ufer des Kühlsee blieb er stehen und blickte versonnen über den Steg, der den kleinen See am Rande der Universität der Bundeswehr Hamburg in zwei Teile teilte.

Er genoss die Stille des Nachmittags auf dem Campus und den Blick auf den unbewegten See in Form eines dreiflügeligen Bumerangs. Er stellte sich vor, wie er langsam nach oben schwebte und schwirrend in den blauen Himmel entschwand. Tiefer Frieden erfüllte ihn, ein Geschenk des Himmels nach den turbulenten Monaten, die hinter ihm lagen.

Am frühen Morgen hatten Robin und Kathie ihn zwei Tage nach seiner Einlieferung von der Klinik abgeholt – unter Protest des betreuenden Arztes. Robin konnte ihn jedoch beruhigen, dass er als ausgebildeter Rettungssanitäter sich um den Patienten kümmern würde.

In seinem abgelegenen Exil in den Bergen hatte er sich sofort wohlgefühlt. Es war ein kleines Häuschen am Rande eines Waldes mit Blick auf eine sanft sich ins Tal neigenden Wiese. Kathie hatte sich rührend um ihn gekümmert. Und zwischen den langen Schlafphasen, die sein Körper einforderte, hatten sie Zeit, über ihr Leben und die Zukunft zu erzählen. Noch nie hatte Stefan so eine persönliche Nähe und Zuneigung erfahren. Und Kathie war froh gewesen, in ihm einen Vertrauten gefunden zu haben, der sie bedingungslos unterstützte und ihre Lebensfragen ernst nahm.

Legemann hatte Wort gehalten und bis zu seiner Abreise kein Wort über seinen Aufenthalt in der Klinik verraten. Sein Artikel schlug ein wie eine Bombe und ging viral – weit über die Grenzen Deutschlands hinaus.

Weltweit diskutierte die katholische Öffentlichkeit äußerst kontrovers über seinen kompromisslosen Ausstieg aus allen Ämtern und seine Kritik am Zölibat und der Homophobie. Sein Fall spaltete die kirchlichen Gemüter und führte zu hitzigen Debatten in Talkshows, in den sozialen Medien und in den Kirchenmilieus. Formal hatte er den Papst um seine Laisierung, um die Entlassung aus allen kirchlichen Weihen, gebeten. Erstaunlich schnell – schon nach fünf Monaten – kam aus dem Vatikan das sogenannte „Reskript", das Antwortschreiben des Papstes, in dem er Stefan „gnadenweise" die Entlassung aus allen Ämtern gewährte. Und wenig später wurde auch klar, warum sein Gesuch für vatikanische Verhältnisse so rasant entschieden worden war – der konservative Clan an der Spitze seines Bistums hatte in Rom einen ultrakonservativen Bischof als seinen Nachfolger durchgesetzt.

Für die Revelatio-Gruppe war das ein harter Schlag, der zu Auflösungstendenzen geführt hatte. Der Druck der Kirche, die seelsorgerische Arbeit in den Gemeinden in traditioneller Weise weiterzuführen, war groß. Die Flut an Hassmails und -posts aus erzkonservativen Kirchenkreisen waren schwer auszuhalten. Gleichzeitig hatten die Aufständler durch ihren Streik deutlich gemacht, dass ohne sie kirchliches Leben nicht mehr aufrechterhalten werden kann. Das zähe Ringen um Reformen ging also weiter, ohne dass Rom ein finales Urteil über die Priester gesprochen hätte, die offen ihre Beziehung lebten. Der Widerstand der katholischen Weltkirche gegenüber der Aufgabe des Zölibats und ihre Homophobie war groß. Die

Revelatio-Bewegung hatte noch einen langen Kampf vor sich.

Stefan blickte auf seine Uhr. Gleich begann seine Vorlesung. Aufgrund seiner Zeit als Militärangehöriger in Verbindung mit seinem Theologiestudium und den Erfahrungen als Bischof mit Personalverantwortung hatte er eine freie Dozentenstelle an der Hamburger Bundeswehr-Universität angeboten bekommen – im Fachbereich „Ethik und innere Führung".

Kathie war nicht begeistert gewesen, dass er wieder einen Job beim Militär angenommen hatte, aber hatte eingesehen, dass er als Dozent eine friedensstiftende Rolle hatte. Zu seiner Freude hatte sie mittlerweile ihr Studium abgeschlossen und sich um ein Praktikum bei der Amadeu-Antonio-Stiftung erfolgreich beworben. Er fragte sich, ob die reine Projektarbeit ohne den täglichen Kontakt mit der Basis das Richtige für sie wäre. Aber er war sich sicher, dass sie ihren Weg finden würde.

Stefan sah noch einmal auf die Uhr. Er musste sich beeilen. Pünktlichkeit war auf diesem Campus mehr als nur eine Tugend. In anderthalb Stunden war sein Lehrauftrag für heute erfüllt. Und dann würde er endlich Sabine wiedersehen. Seit sie sich auf einer Wanderung in den Bergen kennengelernt hatten, führten sie eine Beziehung nach dem Prinzip ‚living apart together'. Es war für sie beide das ideale Beziehungskonzept.

Voller Vorfreude auf den Abend und ein ganzes langes Wochenende mit Sabine öffnete Stefan die Tür ins Vorlesungsgebäude. Er war glücklich.

Danksagung

Es ist ein aufregender Prozess, den ersten Roman zu schreiben. Wie schön, dass mich so viele Menschen wohlwollend und aufmunternd begleitet haben. Ich möchte ihnen allen von ganzem Herzen danken: Meinem Sohn Paul Angermeyer, der mir dramaturgische Fragen gestellt hat, die mich zum Umdenken angeregt haben. Hans Leitner, der als ehemaliger Starfighterpilot mich Teil haben ließ am Alltag der Starfighterpiloten. Danke auch an Felix Angermeyer, Dr. Christian Gebauer, Bea Leppert, Petra Pluwatsch, Monika Salchert, Wolfgang Schmitz, die mein Manuskript gelesen und mir wertvolles Feedback gegeben haben.

Ein tief empfundes Danke gilt meinem Mann Michael Bischoff, der mir den Rücken freigehalten, mich immer ermutigt und keinen Zweifel zugelassen hat, dass ich auf dem richtigen Weg bin.

Und besonders bedanke ich mich bei meinem Verleger Ralf Liebe, der sich auf dieses Romanexperiment eingelassen und die Veröffentlichung möglich gemacht hat. Das ist wirklich einfach nur großartig.

Birgitt Schippers, geboren in Köln. Autorin, Kulturjournalistin und Moderatorin. Studium der Theologie, Anglistik und Geschichte an der Universität Freiburg. Berufliche Stationen am Theater, im Verlag und beim Radio. Sie war Kulturredakteurin bei *domradio* und veröffentlicht in weiteren Medien.